옷의 말들

Clothes...
and other things
that matter

《보그》전설적인 편집장이 말하는 옷
그리고 그보다 중요한 것들

알렉산드라 슐먼 지음 * 김수민 옮김

현암사

차례

들어가며 7

일러두기
- 각주는 모두 옮긴이주입니다.
- 이 책에 나오는 외래어는 국립국어원 외래어표기법을 따랐으나,
  일부 상표명은 통용되는 명칭으로 표기했습니다.

들어가며

2018년 겨울, 내 옷장을 열고 그 안에 있는 것들을 세어보았다.

- 코트 22벌
- 원피스 35벌
- 파티 드레스 5벌
- 재킷 34벌
- 치마 37벌
- 분류하기 모호한 상의 7벌
- 카디건 12벌
- 스웨터 18벌
- 스웨트셔츠 4벌
- 원피스 수영복 3벌
- 비키니 6벌

- 사롱·sarong* 8벌
- 반바지 1벌
- 운동복 상의 3벌
- 운동복 하의 4벌
- 팬티 31벌
- 브래지어 35벌
- 슬립 5벌
- 러닝셔츠 5벌
- 파자마 4벌
- 원피스 잠옷 2벌
- 타이츠 24켤레
- 레깅스 7벌
- 실내용 가운 4벌
- 양말 21켤레
- 스카프와 숄 16개
- 모자 4개
- 장갑 9짝
- 털목도리 4개
- 스니커즈나 운동화 6켤레
- 롱부츠 8켤레
- 앵클부츠 3켤레

* 미얀마·인도네시아·말레이반도 등지에서 남녀가 허리에 두르는 민속의상을 말한다.

- 굽이 있는 구두 34켤레
- 플랫슈즈 24켤레
- 슬리퍼 6켤레
- 핸드백 37개

목록을 작성은 했지만, 처음에는 이것으로 무엇을 할 수 있을지 몰랐다. 어떤 특별한 목적을 가지고 작성하지 않았기 때문이다. 그저 이 책을 집필하는 데 도움이 되지 않을까 하는 바람으로 만들어본 것에 불과했다. 《보그》의 편집장으로서 내 삶을 어떤 식으로든 글로 남기고 싶었다. 그러나 쓰레기 같은 기억을 무겁게 짊어지고서 자서전을 쓰고 싶은 마음은 조금도 없었고, 갈피를 못 잡고 허우적거렸다. 그러다가 이런 생각을 했던 것 같다. 그래, 어쩌면 옷에서 시작해볼 수도 있겠다.

23살에 대학교를 졸업한 이후로 나는 일하러 가기 위해 (더 구체적으로 말해 대부분 사무실에 가기 위해) 옷을 입었다. 그러다 2018년 겨울은 학생 때 이후로 처음으로 집에서 더 많은 시간을 보내고 있던 때였다. 직장에 가기 위해 무엇을 입어야 할지 선택하지 않아도 되었다. 《보그》를 그만둔 지 약 6개월이 지난 데다가, 옷에 대한 내 생각에도 커다란 변화가 생긴 다음이었다. 삶에서 더 큰 자유를 느꼈을 뿐만 아니라 옷을 입는 방식에서도 자유로워졌다. 더는 옷을 직업과 연관해서 대하지 않게 되자 수년 만에 처음으로 나는 진심으로 내 옷을 즐길 수 있게 되었다.

　25년 넘게 옷은 내 직업에서 필수적인 부분으로 자리 잡고 있었다. 《보그》는 패션 잡지다. 옷에 대한 영감과 정보를 제공해주는 존재다. 나는 최고의 사진작가와 스타일리스트, 기자들과 일하는 삶을 사랑했다. 내가 중요하다고 생각한 사진과 이야기를 잡지로 엮어 발간하고, 《보그》라는 필터를 통해 삶을 기록하는 작업에 자부심을 느꼈다. 그러나 이 모든 옷에 둘러싸여 살면서 이들은 어느새 개인적인 기쁨이 아니라 일이 되어버렸다.

　벽장을 살펴보면서 이런 옷이 (모든 옷이) 내게 어떤 의미인지를 생각해보게 되었다. 내가 가진 원피스와 치마 중 다수가 매우 아끼는 옷이었고 아름다웠다. 마치 특별한 날을 위해 1년에 두 번 정도 꺼내 쓰는, 테이블 위에 아무렇게나 툭 내려놓는 머그잔과는 다르게 쟁반에 받쳐 내놓는 고급 찻잔 세트 같았다. 니트와 펜슬 스커트, 원피스, 재킷, 하이힐 등은 출근할 때만 입고 다른 때는 잘 입지 않았다. 다른 옷들은 퇴근하고 집에 돌아왔을 때나 휴가 때, 주말에 《보그》에서 (책임감과 사무실 정치, 끊임없이 무언가를 만들어내야 하는 삶에서) 탈피해 걸치는 옷이었다. 내가 가진 옷을 이리저리 살펴보면서 나는 다시 입은 모습을 상상하기 힘든 옷이 얼마나 많은지 깨달았다. 또 모든 네이비색 재킷과 파티 드레스, 그리고 심지어 털목도리까지 이렇게 많이 필요하지도 않다는 사실을 깨달았다.

옷의 개수를 센 그 시기에 나는 대부분의 시간을 집에서 보내고 있었다. 한겨울이었고, 많은 시간을 두꺼운 스웨터와 양말을 신고 지냈다. 남자친구와 아들이 자주 불평했듯이 주중에 난방이 꺼져있는 집은 정말 추웠다. 목록 속 수많은 옷이 난방이 잘 되는 사무실과 북적거리는 레스토랑, 회사에서 지원해주는 자동차, 레드카펫 위를 걷는 밤, 업무상의 아침 회의 등 다른 일상을 위해 필요한 것이었다.

내가 가진 옷으로 무엇을 할까 생각하다가 각각의 아이템들이 내게 어떤 의미인지 궁금해졌다. 왜 구매했을까? 이들을 입고 어떤 기분이 들기를 바랐던가? 어떤 것들은 왜 계속해서 사게 되는가? 나는 왜 늘 입는 옷을 입을까? 어떤 것은 남겨두고 어떤 것은 버리는 이유가 무엇일까? 몇몇 옷에 감정적으로 의미를 부여하는 이유는 무엇일까? 그리고 우리가 입고 있는 옷을 보며 우리의 세상에 대해 무엇을 말할 수 있을까?

나는 수년간 패션계에 몸담고 있기는 했지만, 나와 옷의 관계는 이보다 더 오래되었다. 내 인생에서 옷은 아주 큰 의미가 있었다. 많은 아이들이 그렇듯이 나 역시 어떻게 옷을 입는지에 크게 신경을 썼고, (요즘의 아이들에 비하면 훨씬 더 늦은 나이에) 스스로 옷을 고를 수 있게 되었을 때의 기쁨을 지금도 기억한다. 어머니가 타탄 '트루즈tartan trews'*라고 불렀

---

* 타탄은 스코틀랜드 아일랜드 지방에서 양모를 사용해 짰던 모직 천, 트루즈는 스코틀랜드 하일랜드 사람이나 아일랜드인이 입었던 타탄 무늬의 홀쭉한 바지를 말한다.

던, 우리가 자주 입었던 포대자루 같은 바지를 더는 입지 않아도 되었다. 내 다리에 맞게 자른 흰 양말도 더는 신지 않아도 되었다. 이때부터 시간이 날 때마다 옷가게를 둘러보았고, 가진 돈을 옷을 사는 데 몽땅 썼다. 나는 항상 새 옷에 열광했다. 이전에도 그랬고, 지금도 여전히 옷이 단순한 천 조각 이상이라고 느낀다. 꽃무늬 원피스와 인디고색 셔츠, 체크무늬 코트를 볼 때면 이들을 입고 내가 살아가게 될 더 온전하고 발전된 삶이 보인다. 이들은 매우 신나는 가능성을 내포하고 있다.

이 책에 대해 더 깊이 생각할수록 옷이 우리가 살면서 맡게 되는 역할과 얼마나 복잡하고 밀접한 관계에 있는지 깨달았다. 그리고 내 역할들을 소화하면서 입었던 옷만큼 이 역할들에 대해서도 다시 생각하게 되었다. 런던의 특권층 자녀와 예술가를 흉내 내던 청소년, 유능한 직장인, 잡지사 간부, 엄마, 아내, 연인, 친구, 자매, 딸.

옷은 단순히 연대순으로 나열할 수 없고, 그래서 이 책에서는 그렇게 하지 않았다. 이야기는 이곳에서 저곳으로 팔짝팔짝 뛰어다닌다. 옷의 역사 속으로 살짝 들어갔다가 나오고, 때로는 특정 아이템이 어떻게 특정 시대와 내 인생의 상징이 되었는지를 살펴보려고 한다. 옷이 훨씬 더 중요해 보이고, 내 기억이 더 생생한 때가 있는 반면에 솔직히 수개월에서 길게는 수년간 내가 무슨 옷을 입었는지 생각이 나지 않는 시기도 있다.

　나는 어느 시점에서 내게 의미가 있었던 아이템들을 선택해 글을 썼다. 몇몇은 특이하지만, 다른 것들은 대부분 수많은 여성복 중 일부다. 그러나 궁극적으로 이 책은 전적으로 개인적인 생각을 담고 있다. 옷장 안에 무엇이 있는가를 통해 얼마나 많은 추론을 할 수 있을까? 내 옷장 안에는 556개의 아이템이 있다. 이 옷들은 내 인생과 내가 무엇에 심취했는지를 보여준다. 모든 사람의 옷이 그렇듯이 이들은 내게 유일무이하다.

I.

빨간 구두

아이들은 자신을 둘러싸고 있는 생활환경을 당연하게 받아들인다. 나 역시 어린 시절 학교에서 신을 신발을 사기 위해 내가 살던 런던의 아파트에서 화려한 해러즈 백화점까지 걸어갈 때면 다른 사람들도 모두 이런 식의 탐험을 즐기며 살고 있다고 생각했다. 우리는 자전거를 타거나 손을 잡고 큰 정원의 광장을 가로질러 그리스 선박왕과 미국 영화 제작자의 집이 있던 고급 주택가인 벨그레이비어의 크림색 거리를 따라 걸었다. 이 동네는 티끌 하나 없이 깨끗하고 조용했다.

나이츠브리지에 도착해서 한스 플레이스로 방향을 튼 다음부터가 가장 재미있는 구간이었다. 이 길에서는 펫 숍의 유리창 안을 들여다볼 수 있었는데, 안에는 언제나 애정을 갈구하는 눈망울을 가진 강아지들로 가득했다. 그런 다음에 모퉁이를 돌면 붉은 벽돌로 지어진 거대한 백화점이 나타났다. 금빛으로 화려하게 장식된 엘리베이터에 올라타면 유니폼을 입은 엘리베이터 보이가 황동색의 '상승' 레버를 당겼고, 층마다 어떤 상품을 판매하는지 간략하게 소개했다.

어린이 신발매장은 엘리베이터 가까이에 있었고, 매장에는 놀이공원의 기구처럼 앉으면 빙글빙글 돌아가는 작은 빨간 의자가 있었다. 우리는 신발을 상자에 담고 계산이 끝날 때까지 기다리는 시간을 이 의자에 앉아 보상받았다. 비밀스러운 목적지를 향해 쉭 소리를 내며 물건을 쏘아 보내는 기송관pneumatic tube*을 구경하는 것은 또 다른 재미였다.

신발은 언제나 어린이 신발 브랜드 스타트라이트Start-rite에서 구매했다. 직선으로 나무가 늘어선 황금빛 길을 걸어가는 모자를 쓴 두 아이의 뒷모습으로 유명한 이 회사의 로고는 샤넬의 C자 두 개가 겹쳐진 로고와 구찌의 G 로고만큼이나 내게 친숙하다. 50년대에 만들어지기는 했지만, 두 아이가 입고 있는 옷은 현대의 유니섹스 제품 애호가들을 만족시키기에 충분했다. 이들은 모두 바지를 입고 있고, 녹색 점프수트를 입고 있는 아이와 그의 친구인 (또는 형제일 가능성이 큰) 다른 아이는 머리 모양이 다를 뿐이다. 한 아이는 여자가 분명한데, 자세히 들여다보면 땋은 머리를 하고 있기 때문이다. 반면 다른 아이는 모자 밑으로 목이 완전히 드러나 있다. 당시에 나는 이런 모습에 의문을 품지 않았지만, 사실 이들의 옷 스타일은 내가 아는 누구와도 비슷하지 않았다. 소녀들은

---

* 압축 공기를 써서 물건을 운반하는 장치를 말한다

모두가 원피스나 치마를 입었고, 소년들은 대부분이 반바지에 셔츠를 바지 안에 넣어 입었다.

새 신발을 사면서 발의 치수를 잴 때마다 비참한 심정이 들었다. 길이는 완벽하게 평범했다. 하지만 폭은 달랐다. 무릎을 꿇고 줄자를 잡아당겨 내 발의 가장 넓은 부분을 재는 직원의 모습을 보는 것은 언제나 암울했다. 이들은 '아무래도… 부인, 따님은 더블 E 사이즈 같네요'라고 말했다. '아무래도'라는 표현과 함께, 아이들도 눈치챌 정도로 안 좋은 이야기를 암시하는 잠깐 말을 멈추는 순간만 없었다면, 더블 E 라는 단어 자체는 그다지 끔찍하게 들리지 않았을 것이다.

시간이 흐르면서 더블 E가 함축한 의미는 명확해졌다. 섬세하고 앞코가 뾰족한 스타일의 '실내용' 빨간색 학생 신발은 더블 E 사이즈가 거의 없었다. 매끈하게 생긴 발을 가진 내 가장 친한 친구인 제인은 앞코가 날렵한 다이아몬드 모양으로 뚫려 있는 멋스러운 신발을 신었다. 반면 나는 앞코가 둥근 못생긴 신발을 신을 수밖에 없었고, 더 작고 애매하게 뚫린 모양은 제인의 신발처럼 산뜻하고 예쁘지 않았다.

매력이 무엇인지 정확히 알지 못했던 나이에도 내 신발이 매력적이지 못하다는 점은 명백해 보였다. 그리고 8살의 나는 넓적하고 투박한 더블 E 사이즈 발 덕분에 내가 되고 싶은 사람이 될 수 없다는 사실을 알게 되었다.

그래서일까? 나는 언제나 많은 신발을 가지고 있었지만, 거의 유일하게 없는 색이 빨간색이었다. 어린 시절의 기억은 머릿속에 깊게 새겨졌고, 터벅터벅 걷는 퉁퉁한 내 발은 한 번도 이런 색깔의 신발이 연상시키는 마법 같은 춤을 추는 매력을 가져본 적이 없었다.

안데르센의 동화『빨간 구두』는 허영심 많은 카렌의 이야기다. 카렌은 빨간 구두를 신고 영원히 춤을 추어야 하는 벌을 받았는데, 신발을 벗을 수도, 멈출 수도 없었다. 카렌이 이 신발을 산 것은 부유함과 제멋대로 구는 경솔함을 상징했다. 그리고 빨간 구두는 그에게 가해진 끝나지 않는 형벌이었다.

신발 한 켤레로 받은 벌치고는 가혹하지만, 빨간 구두가 시선을 잡아끈다는 사실은 부인할 수 없다. 조용한 것과는 거리가 멀다. 다홍색부터 암적색까지, 우체통부터 장미까지, 빨간 구두는 불의 위급함과 불꽃의 열기를 가지고 있다. 입고 있는 다른 모든 옷을 지배하고, 이목을 끌며, (빨간 구두를 신은 사람을 보면 사람들이 그러듯이) 발을 쳐다보는 사람들에게 진짜 이야기는 신발에 담겨 있음을 말없이 들려준다.

이것이 직업 때문에 또는 그저 제일 적절한 복장이라고 느끼기 때문에 진지해 보이는 옷을 입는 여성들이 흔히 빨간 구두를 좋아하는 이유다. 교사와 의사, 학자, 변호사 등 빨간 구두는 이들이 입고 있는 옷 뒤에 숨겨진 다른 면을, 즉 이들에게 쾌활하고 도발적인 측면이 있음을 보여준다. 〈오즈의 마법사〉의 제작사는 노란 벽돌길 위에서 무엇이 더 근사하고 기억에 남을지 정확히 알고 있었다. 이들은 도로시의 슬리퍼를 은에서 루비로 바꾸었다.

2.

슬로피 조

지금 나는 빛바랜 무지개 색깔의 헐렁한 스웨터를 입고 있다. 처음 샀을 때는 이 옷이 당시 고통받았던 가장 암울한 겨울을 보내는 동안 안정감과 포근함을 느끼게 해줄 것으로 생각했었다. 밝지 않은 색조가 얼룩덜룩한 레몬색에서 뿌연 파란색으로, 다시 장미색으로 부드럽게 연결된다. 부드럽고 순한 색깔이다. 암갈색과 얼룩덜룩한 녹색이 만나는 소매는 길게 내려와서 손가락 끝에 닿고, 스웨터의 전체 길이는 엉덩이 중간까지 내려온다.

이 스웨터는 크리스마스가 지나고 나를 위해 장만한 선물이었다. 원래는 조카에게 줄 선물로 골랐지만, 여동생에게 의견을 묻기 위해 온라인 주소를 링크해서 보냈더니 동생은 즉각 조카의 취향에 맞지 않는다는 답장을 보냈다. 그러나 내가 왜 좋아하는지는 알겠다는 말을 덧붙였다. 그는 이 스웨터가 딱 나답다고 했다. 내가 아버지의 장례식에서 사용할 음악을 제안했을 때도 이런 말을 했었다. 가수 레너드 코헨의 〈당신의 뜻이라면If It Be Your Will〉을 독특하게 리메이크한 곡이 매우 나답다고 했었다. 그러나 아버지가 좋아할 만한 곡은 아니었다.

큰 사이즈의 헐렁한 스웨터는 향기롭고 마음을 안정시켜주는 차를 들고 몸을 웅크린 채 불가에 앉을 때 입는 옷이다. 밖으로 나가서 어떤 일을 완수해야 할 때 입는 옷이 아니다. 그렇다. 이런 옷은 평소의 일하는 삶에서 잠시 벗어나, 예를 들면 바비 젠트리Bobbie Gentry가 부른 〈빌리 조에게 바치는 노래Ode to Billie Joe〉에서 루신다 윌리엄스Lucinda Williams와 진 클라크Gene Clark, 머큐리 레브Mercury Rev로 이어지는 음악을 들으며 시간을 보낼 때 더 어울린다. 말이 나온 김에 덧붙이자면 나는 이 젠트리 노래의 리메이크 곡 중 빌리 조가 탤러해치 다리에서 내던진 것이 무엇인가에 대한 질문에 분명하게 의사를 밝혔던 시네이드 오코너Sinéad O'Connor의 곡을 좋아한다. 그의 곡에서는 아기의 짧고 작은 울음소리를 들을 수 있다. 이것이 이런 스웨터를 입었을 때 듣는 음악이고 생각하는 것들이다. 그리고 이런 종류의 옷을 슬로피 조Sloppy Joe라고 불렀다. 슬로피 조를 입고 카디 비Cardi B나 켈빈 해리스Calvin Harris, 두아 리파Dua Lipa 같은 강렬한 사운드의 음악을 듣는 사람은 없다고 본다. 있다고 해도 오늘날에는 분명 이런 옷들을 다른 이름으로 부를 것이다.

헐렁한 니트의 매력은 입은 사람을 작아 보이게 만든다는 점이다. 실제로는 아니지만 그렇다고 상상하게 된다. 이 옷은 우리를 감싸주지만 가두거나 제한하지 않는다. 모습을 감추고 싶을 때나 달팽이가 껍데기 안으로 들어가듯이 몸을 오므리고 싶을 때 찾는 옷이다. 손을 덮을 정도로 길게 내려 입은 소매를 초조하게 만지작거리고, 가슴과 엉덩이 배, 허벅지 등 수많은 여성이 만족하지 못하는 부위를 가려주는 옷에 편안함을 느끼는 것은 십 대만이 아니다. 슬로피 조는 몸매를 드러내지 않으면서 의도적으로 성별을 모호하게 만들고, 그래서 성관계를 하고 싶지 않을 때 입기 편한 옷이다. 저녁을 너무 많이 먹은 뒤나 드라마 〈킬링 이브Killing Eve〉의 새 에피소드가 당신의 취향에 훨씬 더 가까울 때 등 그저 원하지 않을 때만이 아니라 그 개념조차 당신의 인생에 포함하고 싶지 않을 때도 마찬가지다.

십 대 때 나는 굵은 다이아몬드 모양의 뜨개질로 짠 크림색 스웨터를 정말로 아꼈다. 그 스웨터는 내 허벅지까지 내려왔고, 나는 거의 주말마다 그 옷을 입었다. 보호자 없이 처음으로 해외여행을 할 수 있게 되었을 때도 파리 센강의 퐁네프에서 이 스웨터를 입고 비바 브랜드의 실크 스카프를 두른 채 가장 친한 친구인 캐롤라인과 함께 포즈를 취하며 사진을 찍었다. 여행을 떠나기 전 주에 우리는 런던의 킹스로드에서 놀고 있었는데, 이때 캐롤라인이 나이가 훨씬 많은 어떤 남자의 눈에 띄었다(내 말을 믿어도 좋다. 캐롤라인은 요정처럼 아름다웠다). 우리는 그가 사주는 차를 마시며 대화를 나누었고, 그와 그의 친구도 주말에 파리에 있을 것이라고 했다. 그러면서 식사를 대접해도 되겠냐고 물었고, 우리는 말했다. 좋아요.

그는 자신을 존이라고 소개했다. 그리고 여행을 떠나기 전날 밤에 내게 전화를 걸어 우리를 파리에서 유명한 라 뚜르 다르장La Tour d'Argent이라는 고급 레스토랑으로 데려갈 것이 니 이에 걸맞은 옷을 준비하라고 알려주었다. 청바지는 안 되 었다. 나는 전화기가 있던 집 복도에 서서 전화를 받았고, 부 모님에게 그의 말을 전했다. 내 기억에 부모님은 그곳이 매우 유서 깊은 고급 레스토랑이라고 말했던 것 같다. 부모님은 왜 얼굴도 모르는 부유한 남자가 17세 소녀 둘을 파리에 있는 엄청나게 비싼 레스토랑에 데려가려 하는가에 대해서 아무 것도 묻지 않았다.

어쨌든 나는 우리가 묵었던 호텔 드 닐르와 생제르맹에서 벗어난 곳에 있는 어느 저렴한 숙소에서도 그 스웨터를 입었 다. 우리는 저녁을 먹으러 나갔다. 캐롤라인은 40년대 풍의 새틴 원피스를 입었고, 전 해에 데이비드 보위에 열광하며 그 를 따라 밀었던 눈썹이 다시 자라고 있었다. 그리고 나는 몇 장의 빈티지 스카프를 꿰매서 만든 옷을 입었다. 라 뚜르 다 르장에서 센강이 내려다보였다. 커다랗고 반짝이는 샹들리 에와 그림이 그려진 천장, 많은 로코코 양식의 거울이 있는 식당 안에서 우리는 이 레스토랑의 대표 요리인 오리고기(내 가 처음 먹어본 오리였고, 다소 무섭게 생긴 모습이었다)와 야 생 딸기 푸딩을 먹었다. 이날 처음 만난 다른 남자가 음식값을 냈는데, 그는 소매업을 하는 런던의 부유한 가문의 일원이었다. 그리고 가장 말이 많았던 다른 남자는, 이후에 알게 된 바로는, 이 남자를 위해 젊고 어린 여자를 찾아 정기적으로 킹스로드를 돌아다녔던 일종의 매춘 알선자였다. 두 사람 모두 짧은 머리와 일반적인 유럽 스타일의 블레이저를 입고 넥타이를 매었으며 로퍼를 신고 있었다.

이들은 기사가 운전하는 차를 탔고, 저녁 식사를 마친 후에 클럽에 가자고 제안했다. 최소한 10살은 더 많고, 원하는 단 한 가지가 무엇인지 명확했던 낯선 남자들과 동행하는 것은 차치하더라도 그때나 지금이나 나는 슬로피 조를 즐겨 입는 소녀였지 쾌락적인 분위기로 유명한 파리의 클럽에서 편한 시간을 보낼 수 있는 소녀가 아니었다. 나는 친절한 제안이지만 호텔로 돌아갈 시간이라고 말하며 거절하려고 했다. 그러나 세계의 어느 클럽에 가도 편하게 즐길 수 있는 소녀인 캐롤라인은 나와 생각이 달랐다. 그는 가고 싶어 안달했다.

결국 우리는 클럽으로 향했다. 부둣가를 따라 사이키 조명과 댄스 플로어, 한쪽으로 치워 놓은 테이블이 있는 클럽으로 달려갔다. 도착하자마자 캐롤라인은 곧장 플로어로 향했다. 그의 춤은 정말 근사했다. 키가 크고 호리호리하며 금발의 단발머리를 한 캐롤라인은 물결치듯 몸을 흔들며 진홍색 립스틱을 바른 시원스러운 입으로 노래를 불렀다. 남자들이 그에게 시선을 고정했다. 캐롤라인은 남자들에게 보여주기 위해서가 아니라 오롯이 자신을 위해 춤에 심취해 몸을 움직이고 있었다. 그리고 이들도 이 사실을 알고 있었다. 나는 비참했다. 육체미를 발산하는 친구 옆에서 춤을 추고 싶지 않았던 나는 결국 긴 소파 등받이를 가로질러 팔을 슬금슬금 내 쪽으로 뻗으면서도 캐롤라인에게 계속해서 추파를 던지는 두 남자와 함께 앉아 있을 수밖에 없었다. 그리고 한두 시간쯤 지난 어느 시점에서, 당연히 대가를 치르게 하는 순간이 올 것을 알았다. 나는 처녀였고, 다시 볼 일이 절대로 없는, 매력은 찾아볼 수 없는 나이 많은 남자와 오싹한 섹스에 탐닉해 첫 경험을 치르고 싶지는 않았다. (이 당시에 큰 인기를 끌었던) 〈자이브 토킹 Jive Talking〉과 〈러브 투 러브 유 베이비 Love To Love You Baby〉, 글로리아 게이너 Gloria Fowles의 〈네버 캔 세이 굿바이 Never Can Say Goodbye〉가 흘러나오던 디스코 시간 중간에 짧게 쉬는 시간이 왔을 때 나는 저항하는 캐롤라인을 끌고 나오며 우리를 초대한 남성들에게 그만 가겠다고 소리쳤다. 존이 분노했던 모습은 기억이 난다. 이들이 기사가 딸린 차를 타고 가게 해주었던가? 기억나지 않는다.

수년이 흐른 후에 나는 파리의 쿠틔르 패션쇼에 참석하기 위해 유로스타 열차를 타고 파리의 북쪽 역에 도착했다. 이때 한 남성이 내게로 다가와 자신을 소개했다. 존이었다. 그는 내가 짐가방을 내리는 것을 도와주었다. 승강장에서 나는 그에게 수년 전에 어떻게 그럴 수 있었는지 물었다. 그는 이상하고 애매한 미소를 지어 보였고, 답을 하지 않고 가볍게 어깨를 으쓱하며 멀어졌다.

이 사건은 여성의 분노가 미투 캠페인을 촉발하고, 타임즈 업Time's Up*이 설립되기 한참 전에 일어났었다. 온갖 직종의 여성들이 성희롱과 잠자리를 내세운 협상, 부적절한 권력 남용의 사례를 앞장서서 폭로했고, 사회 각계각층의 남성들이 원치 않는 성적 접촉을 한 것으로 비난을 받았다. 당신이 나와 같은 세대의 여성이라면 이 모든 일이 당신의 반응과는 상반된다는 점을 발견할 것이다.

그동안 많은 여성이 원치 않는 신체적 접촉을 당하거나 섹스 제의를 받거나 꼴사납게 추근대는 남자들을 상대해야 했고, 이를 우리 존재의 본질적인 부분으로 받아들였다. 하지만 이제는 이에 대해 우리의 과거 반응을 돌아보아야 하지 않을까? 일반적으로 흔히 있는 당혹스러운 일로 치부하지는 않았던가? 여름 휴가 때 밤늦은 시간에 내 가슴을 만졌던 친구의 부모와 밤낮 가리지 않고 나를 스토킹했던 DJ, 어느 날 밤에 집까지 데려다주면서 나를 덮치려 했던 존경했던 남성 멘토. 어쩌면 제프리 엡스타인Jeffrey Epstein 같은 끔찍하고 오싹한 소아성애자가 라 뚜르 다르장에서 우리의 데이트 상대가 될 수도 있었다.

현재의 관점에서 보면 파리에서의 일화는 아무리 좋게 봐줘도 부도덕한 행위임이 틀림없지만, 당시에는 이런 일에 가담하는 일이 잘못이라는 생각을 (분명 가졌어야만 했으나) 가

---

* 하비 와인스타인 성추문사건 이후 미국 영화계를 중심으로 시작된, 직장 내 성폭력과 성차별 문제를 해소하기 위해 결성된 단체다.

지지 않았다. 우리는 제트족jet-set*과 함께하는 밤을 위해 이들과 성관계를 가질 (그러니까 실제가 아닌) 가능성을 감당할 수 있다고 생각했었다. 그리고 캐롤라인은 할 수 있었다. 그러나 외국 도시에서 늦은 밤에 이런 포식자 같은 남성들과 함께 호화로운 작은 공간에 밀어 넣어졌을 때 내 머릿속에 든 생각은 하나였다. 런던으로 돌아가 슬로피 조 같은 성별을 가늠하기 힘든 옷을 입고 해머스미스 지역에 있는 술집에서 라임을 넣은 맥주를 마시고 싶었다. 하룻밤을 보낸 육감적인 여성의 매력을 떨어뜨리는 안전한 옷을 원했다.

몇 년 후에 나는 큰 뜨개질 바늘로 슬로피 조 스타일의 스웨터를 떴다. 사실 옅은 녹색의 양모로 만들어진 네 개의 직사각형에 지나지 않았다. 목 부분이 완전히 직선이었고, 소매는 통은 너무 넓었다. 그다지 멋지다고 할 수 없었다. 그러나 대학교에 입학해 첫 학기를 보내기에는 안성맞춤인 옷이었다. 이때는 모두가 집에서 만든 것처럼 보이는 옷을 입고, 갈색 머그잔을 사용하고, 대학 기숙사의 침실 창문 아래 선반에서 잔디를 기르려고 했다.

한 학년 위인 앤드류가 내 대학 생활에 도움을 주는 멘토로 지정되었다. 그는 귀걸이를 하고 짧게 자른 검은 머리를 하고 있었다. 우리는 주방에서 셀 수 없이 많은 차를 마셨다. 나는 남동부의 한정된 지역을 벗어난 적이 없었고, 앤드류는

---

* 비행기를 타고 이곳저곳 여행을 많이 다니는 부유한 사람들을 말한다.

내가 한 번도 가본 적 없는 먼 북쪽 지방에서 왔다. 그는 내 목소리와 태도를 가볍게 놀려댔다. 그는 지금 어떤 삶을 살고 있을까? 가끔 궁금해진다. 내가 거의 매일 슬로피 조를 입고 있는 모습을 보고 그는 자신의 이모가 이와 똑같은 스웨터를 뜬 적이 있다고 말했다. 그리고 그 이모는 한쪽 팔이 없다고 했다. 나는 이 말이 진실인지 거짓인지 끝끝내 확인하지 못했다.

3.

브래지어

어느 시점에서 대다수 여성이 지옥에 마련된 특별한 장소를 방문하는 경험을 하게 된다. 바로 브래지어를 쇼핑할 때다.

브래지어 쇼핑과 구매는 엄연히 다른 행위다. 구매는 단순히 금전 거래일 뿐이다. 하지만 쇼핑은 상황이 완전히 다르다. 선택할 수 있는 종류가 수백만 개는 되는 가운데 자신에게 맞는 브래지어를 찾는 것이다. 발코넷과 미니마이저, 티셔츠, 브라렛 스타일의 브래지어에서부터 끈이 없거나, 패드를 넣었거나, 와이어를 대었거나, 가슴을 모아주는 기능을 하는 브래지어까지 다양하다. 그리고 옷을 벗고 브래지어를 입은 다음에 자신의 몸을 꼼꼼히 살펴야 하는 시간을 피할 수 없다.

여기서 잠깐 내 이야기를 하겠다. 나는 한때 예쁜 가슴을 가졌었다. 나에게 가슴은 최고의 신체 자산이었고, 나는 내 가슴이 무척 마음에 들었다. 그래서 브래지어를 착용하거나 하지 않는 문제에 대해 항상 생각했다.

첫 브래지어를 사는 것은 통과 의례다. 몸에서 일어나는 극적인 변화의 발현이다. 겨드랑이와 음부에 난 털과 갑자기 생겨난 여드름과 점, 어린아이의 달콤한 향기를 대신하는 보통은 그다지 향기롭지 않은 새로운 체취. 이 우울한 풍경 안에 브래지어가 있다. 이들은 인생에 더해진 흥미로운 부가물이다. 첫 번째 브래지어는 부모에게 일일이 허락받아야 하고, 취침 시간을 감시받으며, 주는 대로 먹고, 친구에 대해 꼬치꼬치 캐묻는 등 초기 청소년기의 굴욕에서 해방될 시간이 다가오고 있다는 징후였다. 또 무엇을 하고, 말하고, 어떻게 생각해야 하는지를 매번 지시받지 않아도 되는 때가 오고 있음을 뜻했다. '한 번만 더 말하면 천 번째일 거다.' 부모들은 흔히 이렇게 말한다. 그리고 (아직 자녀가 없는 사람들을 위해 한마디 하자면) 끔찍하겠지만 당신도 부모가 되면 이런 말을 하는 자신을 발견하게 되리라.

브래지어는 미래로 가는 길을 잘 걸어가고 있음을 보여주는 옷이다. 여자가 되는 길이다. 그러나 개인적으로 나는 여자가 되어가는 모든 변화를 완전히 비밀로 하고 싶었다. 첫 생리를 시작했을 때 이를 누구에게 알리고 싶은 마음이 조금도 없었다. 사실은 무슨 일이 일어나고 있는 것인지 전혀 몰랐다. 우리 집은 신체 기능에 대해, 그것이 어떤 것이든 논의한 적이 없었다. 그래서 나는 이 현상에 대해 들은 바가 전혀 없었다. 화장실에 앉아서 나는 내 내장에 어떤 비극을 초래할 문제가 생겼다고 생각했고, 어머니에게 이 무시무시한 상황을 어떻게 말해야 하는지 몰랐다. 첫 생리 때 받은 엄청난 충격만큼은 아니었지만, 가슴의 돌출도 극도의 수치심을 가져왔다.

그러나 브래지어를 소유하는 것이 어떤 지위를 상징했고, 나는 내 친구 중에서 제일 먼저 착용하기 시작했다. 친구들은 여전히 러닝셔츠를 입었다. 누구도 내 가슴이 나오기 시작한 것에 크게 질투하는 모습을 보이지는 않았다. 그러나 우리는 모두가 어른이 되기를 원했기 때문에 브래지어 착용은 다른 친구들은 겪지 않는 것처럼 보였던 신체 변화로 내가 느낀 지독한 불편을 어느 정도 보상해주었다.

브래지어가 처음부터 섹시하거나 매력적으로 보이기 위한 용도로 제작된 것은 아니다. 초창기 브래지어라고 여겨졌던 것은 피부를 오염시키는 옷으로 인해 몸이 더럽혀지는 사태를 예방하기 위한 위생용품으로 등장하기 시작했다. 이들은 가슴을 지지해주는 장치가 아닌 억압하는 장치였다. 수세기 동안 뻣뻣한 보디스bodice*는 가슴이 움직이는 모습이 눈에 보이지 않게 제자리에 고정하는 역할을 했다. 다시 말해 이들을 감추어야 한다는 말이었다. 속박하는 동시에 온기를 더해주는 옷이라는 표현이 브래지어의 정의에 가장 가깝다고 할 수 있었다.

---

* 　유럽 여성들이 자주 입던, 몸통에 꼭 맞고 가슴부터 허리에 걸쳐 끈을 조여 입는 옷.

오늘날 브래지어를 널리 착용되는 속옷으로 만들어준 가슴골을 인정하고 동경하면서 브래지어에 변화가 생기기 시작했다는 주장도 있다. 가슴이 한 쌍으로 이루어져 있음을 분명히 보여주는 가슴골은 20세기가 되기 전에는 외부로 거의 노출되지 않았다. 역사를 통틀어 조각상과 그림에서 여성은 흔히 가슴을 드러내고 있지만, 이들은 언제나 비교적 작은 두 개의 가슴이 몸통에 단단히 붙어 있는 모습으로 묘사되었다. 있어야 할 자리를 벗어나 힘없이 퍼져 있는 모습으로 그려진 적은 없다. 옷이나 천으로 가슴을 가렸을 때는 일반적으로 가슴골이 있다는 암시조차 보이지 않았다.

1800년대 중반까지도 프란츠 빈터할터 Winterhalter 같은 궁정화가들이 빅토리아 여왕과 외제니 황후처럼 사회가 찬미해야 한다고 생각하는 여성의 격식을 차린 초상화를 그릴 때, 어깨는 아름답게 드러내면서도 드레스의 네크라인은 언제나 가슴골이 없이 하나로 보이는 가슴을 덮고 있었다. 존 싱어 사전트 John Singer Sargent가 그린 〈마담 X Madame X〉는 네크라인이 뽀얀 두 가슴 사이로 V자를 만들며 깊게 파인, 가는 어깨끈만 달린 대담한 검은색 드레스를 입은 모습으로 많은 논란을 일으켰다. 이 초상화의 주인공은 프랑스 은행가의 아내 비르지니 고트로 Virginie Gautreau였다. 그러나 이때조차 가슴골은 묘사되지 않았다. 브래지어의 컵이 두 개로 나누어지고, 가슴을 올리고 모아주고, 패드를 넣기까지 수십 년이라는 세월이 걸렸고, 세계 전쟁에 버금가는 전쟁을 치러야 했다. 그리고 이제 브래지어는 거대한 산업으로 발전했다.

내가 처음으로 브래지어를 착용했던 시기인 1969년에 브래지어는 간절히 기다렸던 유년 시절로부터의 탈출과는 매우 다른 종류의 자유를 상징하게 되었다. 바로 브래지어를 착용이 아닌 제거하는 것이었다. 페미니즘에 일어난 새로운 움직임은 브래지어가 억압적인 남성의 시선을 상징한다며 거부했다. 여성을 매력적으로 보이게 만드는 보좌관이 아니라 여성의 모든 자연적인 특성을 부정하고 남성들이 원하는 모습으로 만드는 공범으로 간주했다. 저메인 그리어 Germaine Greer는 격렬한 비판을 담은 유명한 저서 『여성 거세당하다』에서 여성들에게 '풍만한 가슴에 대한 판타지를 영속시키는 속옷을 거부해 남자들이 여성의 가슴이 실제로 각양각색이라는 사실을 인정하게 하자'라며 강하게 권고했다.

여성해방운동에서 악명 높은 순간으로 매우 자주 언급되는 브래지어를 불태운 사건은 실제로 일어나지 않았다. 그 대신에 1968년에 미스 아메리카 선발대회에 반대하는 젊은 여성이 자신의 브래지어를 '자유 쓰레기통 Freedom Trash Can'에 던져 넣었다. 60년대 후반에 자신이 멋지고 지적이며 탐구열이 강하다고 생각하는 젊은 여성들은 브래지어에 대한 생각을 재고했다. 왜 입는 것인가? 브래지어는 몸을 구속하고 불편하게 했다. 우리의 몸을 누구를 위한 이상적인 모양으로 만들려는 것인가?

그러나 브래지어를 착용하면서 여성들이 기쁨을 얻지 못

한다는 의미는 아니었다. 모양을 변형시키는 속성은 마음에 들지 않았지만, 피부에 닿는 직물의 촉감, 몸과 세상에 드러나는 것 사이에 존재하는 비밀스러운 층이 주는 감미로움이 있었다. 속옷이 자신이나 자신이 선택한 사람에게만 보여주는 아름다운 물체라는 사실은 무언가 기분을 좋게 해준다. 이를 증명해주는 수없이 많은 본보기가 존재하는데, 내 친구 마리 콜빈Marie Colvin도 이들 중 하나다. 그는 《선데이 타임스The Sunday Times》의 용감한 해외 특파원이었고, 시리아에서 학살당했다. 이런 여성들은 직업상 자신이 얼마나 잔혹한 세계로 들어갈 수 있는지와 상관없이 겉옷 밑에 섬세하고 아름다운 무언가를 입는 것에서 힘을 얻고 기쁨을 느꼈다.

그러나 브래지어를 착용하지 않기로 했던 17살의 나는 이렇게 느끼지 않았다. 내가 다시 브래지어를 입은 것은 20년 뒤 아들이 태어난 후였다. 고결한 페미니즘의 이상과는 관련이 없었다. 그저 어깨를 누르는 끈이나 뒤쪽의 후크 등 이들을 입었을 때의 느낌이 싫었을 뿐이었다. 또 내 가슴이 그저 제자리에 있다는 사실만으로 좋았다. 보호 우리에 넣는 것보다 천 조각을 맨살에서 떼버리는 것이 더 좋았다.

유일하게 신경 쓰이는 부분이 있다면 유두 문제를 피할 수 없다는 것이었다. 브래지어를 착용하지 않았다는 사실이 명백하게 드러난다고 해도 신경 쓰지 않았지만, 그렇다고 해도 내 유두가 도드라져 보이며 사람들의 시선을 끄는 상황이 편한 것도 아니었다. 이런 상황은 특히 일어나지 않았으면 하

고 바랄 때 흔히 일어났다. 《선데이 텔레그래프Sunday Telegraph》
의 여성란 편집자였을 때 고르바초프의 새로운 세계 질서나
북해의 유전탐사선 파이퍼 알파Piper Alpha 화재와 뉴스 기사를
논하는, 남성 기자들이 가득 찬 방에서 아침 회의를 할 때를
예로 들 수 있다. 꼿꼿이 선 유두가 어느 정도 은밀한 관심을
끌어모으고 있다는 사실을 깨닫지 못한 채 완벽한 흰색 티셔
츠를 찾는 내용의 기사를 여성란에 싣는다고 발표하는 상황
은 당혹스러웠다.

30년을 건너뛴 현재 나는 무려 35개의 브래지어를 가지
고 있다. 이들 중 어느 하나도 좋아하지 않기 때문에 나 자신
도 이 사실을 믿기 힘들다. 적자색 면으로 된 것 1개와 흰색
레이스로 된 것 2개가 있다. 노출이 많은 검은색 브래지어 10
개와 가슴의 절반도 가리지 못하기 때문에 입는 용도라기보
다는 그저 바라보기 위해 존재하는 한 쌍의 아름다운 진홍색
벨벳 삼각형으로 이루어진 것도 있다. 이들은 (보라색과 청록
색, 살색과 초콜릿색, 네이비, 에메랄드색 등) 무질서하게 무더
기로 놓여 있는데, 이들 중 어느 것도 구매하면서 가졌던 내
바람을 만족시켜주지 못한다. 바로 브래지어를 착용하지 않
았던 시기의 가슴으로 돌아가게 해주는 것이다.

불가능한 일임을 안다. 그런데도 새로운 브래지어를 살
때마다 기대하게 된다. 나는 나무 치료사의 도르래처럼 생긴
끈이 아닌 새틴 끈이 달린 브래지어를 찾고 싶었다. 브래지어
의 뒤쪽 밴드가 가는 것과 거의 쇄골까지 올라오기보다는 내

가슴에 균형을 잡아주는 컵을 원했다. 내가 언제부터 아이들을 위한 다과회를 치를 수 있을 만큼 큼직한 브래지어 4개를 들고 피팅룸으로 들어가는 사람이 되었던가? 피팅룸의 어두운 조명 아래 몸통에 다수의 쥐젖이 난 것을 보고 비참해졌을 뿐만 아니라, 거울에 비친 툭 튀어나온 등살과 겨드랑이 밑까지 눌려 가슴이 올라간 모습을 보고 4개 모두 한 치수 더 큰 것으로 바꾸어야 했다.

그러나 이는 지옥에 마련된 특정한 한 귀퉁이에서 흔히 일어나는 일이다. 이곳에서는 자신의 몸이 얼마나 건강한지, 어떻게 모유 수유를 했고, 연인이 갈망했으며, 이곳저곳 돌아다닐 수 있게 해주었는지에 대한 모든 균형감각을 잃어버린다. 다른 신체적인 요소들에 감사하는 마음을 잊고, 그렇지 못한 사람들이 아주 많다는 사실을 깨닫지 못한다. 살아있다는 진짜 기적 같은 사실에 감사하는 대신에 브래지어를 착용한 가슴 모양에 대한 엄청나게 큰 자책과 의심의 소용돌이 속으로 빨려 들어갈 뿐이다.

4.

빈티지

패딩턴 역 근처에 외교관이 살고 있는 집이 있었다. 그 집의 자녀들이 런던의 학교에 다니는 동안 아버지는 대개 해외에 나가 있었다. 1973년의 어느 토요일 오후, 나는 이 집의 작고 천장이 낮은 응접실에서 레너드 코헨이 부른 〈수전Suzanne〉을 처음 들었다.

　이날 오후에(내 기억으로는 늦봄이었지만, 어쩌면 초가을이 었는지도 모르겠다) 우리는 다과회에 참석했다. 이 집 딸인 루시는 나보다 3학년 위였고, 매주 다과회를 열었다. 이 당시에 이들은 이루 말할 수 없이 근사해 보였다. 모두가 시간을 보내고 싶어 하는 그런 곳이었다. 우선 이곳에 가면 언제나 남학생들이 있었는데, 나는 여학교에 다녔기 때문에 남학생과 어울릴 기회가 많지 않았다. 다과회에 참석한 남학생들은 모두 루시에게 푹 빠져 있었다. 특별히 예뻐서라기보다는 수전과 비슷한 분위기를 풍겼기 때문이다. 긴 치마를 입고 실크 스카프를 두른 루시는 현명하고 사려 깊게 조언해주거나 의견을 말했다.

나는 16살이었고, 노래 속의 수전은 (그리고 수개월간 루시는) 내 영웅이었다. 코헨이 1967년에 쓴 시는 그의 가장 유명한 곡 중 하나가 되었다. 수전이 입은 옷은 그 노래가 흘러나온 순간과 완벽하게 어울렸다. 60년대에 출시되어 인기 절정에 올랐던 빈티지 스타일이면서 〈수전〉에 나온 표현처럼 '누더기와 깃털rags and feathers'을 구세군 중고용품점에서 구매한 것 같았다. 누더기와 깃털, 새틴과 넝마. 길거리를 배회하는 사람들의 스타일이다. 누군들 수전처럼 보이고, 그처럼 강가에서 살고 싶지 않을까? 코헨의 노래에서처럼 수전은 독특하고 야생적이며 자신만의 흥미로운 길을 개척한다. 그리고 나는 그의 패션 스타일 때문에 그가 나와 같은 부류라고 생각했다(16살 소녀에게 이것은 매우 커다란 의미를 지녔다).

누더기와 깃털은 감각적이고 미끈하며, 움직임이 자유롭고, 구속하지 않는다. 상체에 꼭 맞는 셔츠 원피스나 재킷, 세련된 원피스처럼 몸을 제약하는 스타일과 매우 다르다. 실용성을 강조하는 청바지나 카고 바지, 전문성을 강조하는 단조로운 검은 정장 바지와는 하늘과 땅 차이이다. 이들의 색채는 명확히 규정할 수 없다. 무지개빛이나 공작새의 화려한 에메랄드색과 청록색, 금색으로 반짝이기도 하고, 때로는 채도가 낮기도 했다. 수전이 강가로 떠내려온 유목流木과 개펄에 둘러싸인 물이 많은 지역에서 살았기 때문에 나는 그가 이런 옷을 입었다고 상상했다.

내 세대의 런던 여학생들은 교회에서 주최하는 자선 바자에서 옷더미를 뒤지거나 빈민 구호단체 옥스팜Oxfam과 크리스천 에이드Christian Aid의 상점들을 돌며 주말을 보냈다. 그 당시에는 이런 옷들을 빈티지라고 부르지 않았다. 중고 매장에서 저렴하거나 독특한 옷을 사는 브루클린의 유행을 좇는 사람들이 추구했던 스타일이 생겨나기 수년 전이었다. 그러나 우리는 복숭아빛 실크 블라우스나 40년대풍 다과회 드레스 같은 아주 희귀한 물건을 발견하기 위해 냄새나는 테릴렌과 폴리에스테르 셔츠와 할아버지 스타일의 파자마 더미에 코를 박고 샅샅이 파헤쳤다. 흔치는 않았지만, 돈이 충분한 날에는 샌들우드 향이 나는 인도 물건들 사이에서 가판대를 설치하고 중고 옷을 판매했던 켄싱턴 마켓으로 향했다. 부촌인 첼시 지역에 사는 부잣집 소녀들은 제대로 된 (비싸고 수집 가치가 있는) '골동품' 옷을 판매하는 앤티쿼리우스 골동품 센터에 갔다.

수전의 스타일은 50년 넘게 우리와(또는 분명한 것은 나와) 함께했다. 수전처럼 옷을 입으면, 비록 일시적이기는 하나, 우리도 이메일과 담보 대출, SNS 등 따분한 현실에 방해받지 않는 자유로운 영혼이라고 상상할 수 있기 때문이다. 수전이 세상에 등장했을 때 이런 것 중 대다수는 존재하지 않았지만, 있었다고 해도 그는 어떤 식으로든 도망쳤을 것이다. 주차할 자리를 찾기 위해 씨름하지 않아도 되었을 것이다. 이것이 사실이든 아니든 나는 이렇게 믿기로 했다.

빈티지 스타일이 일상을 벗어나 휴가를 즐길 때 입는 규정복처럼 자리 잡은 것도 놀랄 일이 아니다. 저녁노을이 지는 이비사섬이나 툴룸, 코스타리카의 해변에서 모히토를 마시는 사람들 사이에서 이런 스타일을 발견할 수 있다. 염색한 땋은 머리와 피어싱을 하고, 가죽 샌들을 신고, 헐렁한 바지를 입은 채 유명 휴양지들을 떠도는 여행객이나 요트에서 내리는 금융가 아내들의 옷에서 볼 수 있다. 바닷물에 젖은 아랫단이 모래사장에 자국을 남기는 긴 원피스. 깊게 파인 목선과 소매가 나풀거리는 종 모양의 벨 슬리브에 밝고 얇은 천으로 만들어진, 숨기고 드러내기를 동시에 하는 원피스. 그리고 작곡가이자 가수로 역동적이면서 매혹적으로 노래하는 스티비 닉스Stevie Nicks부터 하늘거리는 긴 원피스와 강렬한 목소리를 가진 플로렌스 웰치Florence Welch까지 여러 세대에 걸친 여성 가수들의 스타일과 음악에도 깃들어 있다.

노래 속 수전의 정체는 수전 베르달Suzanne Verdal로 밝혀졌다. 그는 몬트리올에서 재즈 음악가들과 어울렸던 아름다운 여성이었다. 수전은 코헨의 친구였던 남편과 헤어졌을 때 생로랑강에 위치한 오래된 아파트로 이사했다. 그곳에서 코헨을 만나고 차와 귤을 대접하기도 했을 것이다. 1998년 인터뷰에서 누더기와 깃털에 대해 질문을 받았을 때 중고품 상점에서 찾은 낡은 옷으로 자신과 딸들이 입을 옷을 만들었던 재활용의 초기 개척자라고 자신을 설명했다.

비교적 최근까지 헌옷은 어떤 식으로든 열망의 대상이 아니었고, 현재에도 탐나는 빈티지라는 개념은 수년간 억압받고 궁핍했던 사회에서 거의 통용되지 않는다. 남이 입던 옷을 입는 것에 특별한 가치가 있다는 생각은 달리 가진 것이 없는 사회에서 여전히 받아들여지지 못하고 있다. 이것은 입던 옷을 갈망하는 사치에 탐닉할 수 있는, 상대적으로 긴 시간 평화와 안녕을 누려왔던 서구 문화의 특권이었다.

자원이 부족한 사회는 어쩔 수 없이 항상 재활용할 수밖에 없다. 그러나 소비주의가 계속해서 증가하고, 더 많은 새로운 물건을 소유하는 것이 발전의 척도인 사회에서 살아온 우리는 아니다. 더 많이 만들고, 더 많이 구매하는 것은 세상을 지금과 같은 모습으로 바꾸어 놓은 위대한 산업혁명의 부산물 중 하나였다. 두 번의 세계 대전을 치른 후에 우리는 사회의 웰빙이 얼마나 많은 것을 소유할 수 있는가로 측정되는 세상에 살고 있다. 1947년에 크리스티앙 디오르가 발표한 새로운 스타일인 뉴룩의 넓게 퍼지는 긴 치마는 그저 멋진 패션만이 아니었다. 전시의 궁핍했던 생활에서 벗어나 더는 옷을 아껴 입지 않아도 되는 것, 천을 아낌없이 사용하면서 여성스러움을 마음껏 표출하는 것을 찬양하는 새로운 질서가 시작됨을 대변했다. 하지만 이제 우리는 이런 소유의 문화에 대가가 따른다는 사실을 알게 되었다. 지난 수십 년 동안 패스트패션이 널리 퍼지면서 지구의 유한한 자원에 막대한 피해를 주고 있다. 열악한 고용 조건으로 노동력을 착취하고 제작과 유통, 구매와 처분에서 천연자원을 대가로 치르면서 옷을 생산하기 위해 환경과 생태계를 파괴하고 있다는 사실을 안다. 재활용은 개인과 기업의 사회적 책임에서 점점 더 큰 자리를 차지하고 있다.

수전 베르달은 수년 전에 자신을 재활용하는 사람이라고 생각했을지 모르나, 우리의 모습은 (예를 들어 쓸 수 있는 돈이 많지 않은 경우처럼) 경제 사정에 크게 좌우된다. 또 패션업계가 집시의 이것저것 마구 짜 맞춘 스타일을 받아들이면서 이에 영향을 받았다. 우리가 금방이라도 쓰러질 듯한 마른 외모를 좋아했고, 그 시대의 디자이너 브랜드 옷을 (몰라서가 아니라 알아도) 입고 싶은 마음이 없었다고는 해도 이때는 프라이마크나 자라, H&M, 아소스 같은 저가 브랜드들이 없었다. 그래서 남은 군용품과 자선단체 상점에 대부분 의존할 수밖에 없었다. 그러나 중고품을 구매하면서 단 한 순간도 지구를 위하는 일이란 생각을 가져보지 않았다. 사실 재활용이 무엇인지 알지도 못했다.

이제 어느 정도는 순환이 만들어졌다. 케임브리지 공작부인이 자녀들에게 헌옷을 입히고, 자신의 옷을 리폼해 입으면서 찬사를 받고 있다. 시내 중심가의 상점들은 재활용 계획을 세우고 있고, 패션 대여 사업이 점점 성장하고 있으며, 명품 브랜드들은 환경 보호를 실천하는 이미지를 심는 것을 필수적인 마케팅 전략으로 삼고 있다. 패션업계에 진출하는 회사들은 소비자가 구매하고 싶은 옷뿐만 아니라 이들이 기분 좋게 구매할 수 있는 옷을 어떻게 생산할 수 있는지를 살펴보아야 한다. 최소한 구매할 때 불편한 마음이 들지 않아야 한다.

며칠 전 내게 소포가 하나 도착했다. 황색 포장지 안에는 데님 재킷이 들어 있었다. 등판과 소매, 그리고 앞판에 한 줄로 빛바랜 페이즐리 문양의 천이 덧대어져 있고, 구슬로 장식된 테두리에 작은 금속 조개와 불가사리가 달려 있었다. 카라 쪽에 '셰이크 더 트리Shake the Tree'라는 상표가 붙어 있었다. 내 친구 레이첼이 보낸 케냐의 업사이클 제품이었다. 그는 패스트 패션의 중심에서 넥스트와 뉴룩, 막스 앤 스펜서 같은 회사를 위해 일하며 극동에서 15년을 보냈다. 그랬던 그가 최근 지금까지와는 다른 방식으로 살겠다는 열정을 품고 런던으로 돌아왔고, 이 청재킷은 새로운 세상으로 들어가는 여행의 첫발이었다. 레이첼의 꿈은 자신이 디자인한 옷을 판매하던 런던의 옥스퍼드 거리의 거대한 빌딩 중 하나가 윤리적 패션을 지향하는 대형 매장으로 바뀌는 것이다.

이 재킷은 부츠컷 바지와 단추가 달린 조끼를 입고, 가방 안에 아버지의 바지에서 슬쩍한 5파운드를 넣고 박하향 담배를 피우며 켄싱턴 마켓의 가판대를 어슬렁거리던 수십 년 전의 내가 입었을 법한 옷처럼 보였다. 나는 어제 이 옷을 입고 지역 직거래 장터에 갔다. 이곳에서는 일요일 아침에 수염이 까칠하게 자란 아버지들이 아이들에게 점심으로 속을 채운 호박꽃 요리나 채식주의자용 만두를 시식해보라고 권하는 모습을 볼 수 있다. 나는 토마토와 유기농 닭고기, 몇몇 살

짝 시들기 시작한 튤립과 어린 아스파라거스, 민트와 파슬리
를 샀다.

봄 햇살을 받으며 카트를 끌고 집으로 돌아오는 길에 청
재킷에 달린 조개가 내 뒤에서 짤랑짤랑 소리를 냈다. 나는
어린 시절의 내가 담보 대출을 갚아야 하고, 건강 보험에 들
고, 폭스바겐 자동차를 몰며, 연금을 걱정하는 지금의 나를
어떻게 생각할지 궁금했다. 감명을 받을 것이라고 생각하지
않지만, 최소한 이 재킷만은 인정해주지 않을까?

5.
정장

어렸을 때 나는 미국에서 온 이모 콘스턴스를 보러 버클리 호텔을 방문하곤 했다. 이모는 로스앤젤레스에서 가장 성공한 홍보회사 임원이었고, 버클리 호텔은 이모가 IBM이나 석유 회사 엑손 같은 기업 고객을 위해 런던을 방문할 때마다 머무는 곳이었다. 안내 데스크와 유니폼을 입은 직원들이 있는 로비에 도착하면 언제나 굉장히 흥분되었다. '콘스턴스 스톤 이모를 보러 왔어요.' 나는 주변 분위기에 주눅이 들어 긴장하며 말했다. 내가 초조해하며 기다리고 있는 동안 직원이 수화기를 들고 객실로 전화를 건 다음에 미소를 지으며 내게로 돌아서서 말했다. '바로 올라오라고 하십니다.'

이모는 내가 처음으로 만난 여성 경영인이었고, 그의 일은 굉장히 흥미진진해 보였다. 당시 런던에서 가장 인기 있는 레스토랑에서 저녁을 먹고, 즐겨 마시는 음료인 '로즈스 라임 주스를 넣은' 보드카 김렛과 이탈리아 화이트 와인을 주문했다. 회사의 거래처들이 큰 성공을 거둔 〈다시 찾은 브라이즈헤드Brideshead Revisited〉 같은 미국에서 상영하는 많은 대작 시리즈를 후원했기 때문에 방송계의 프로듀서와 감독, 배우들과 만나는 일이 흔했다.

콘스턴스 이모는 언제나 같은 스타일의 옷을 입었다. 바로 정장이다. 긴 재킷과 가는 다리를 가장 멋지게 보여주는 무릎 바로 위까지 오는 치마로 구성되었으며, (분홍색, 네이비색, 담청색, 베이지색 등) 색깔이 다양했다. 또 살색 타이츠와 굽이 높은 코트 슈즈를 신었다. 눈에 검은색 아이라이너를 짙게 칠했고, 때때로 길고 가는 입술에 분홍색 립스틱을 찍어 발랐다. 목에는 길고 다양한 목걸이를 걸었는데, 대개 작은 돋보기가 달랑거리며 달려 있었다. 이모는 버클리 호텔에서 항상 같은 방에 머물렀고, 커피 테이블 위에는 치즈를 담은 접시와 잡지가 놓여 있었다. 우리가 방에 들어가면 언제나 수화기를 턱 밑에 끼고, 호텔 메모지에 무언가를 휘갈겨 쓰면서 우리에게 치즈와 크래커를 가리키며 먹으라고 손짓했다.

스위트룸 여기저기에 최소한 두 개의 커다란 여행 가방과 이미 (보통은 해러즈 백화점에서) 쇼핑을 끝낸 물건들이 널려 있었다. 이모는 내게 짐을 적게 싸는 것이 무의미하다고 알려주었다. 무엇을 가져가야 할지 모르겠다면 필요하다고 생각되는 모든 것을 가져가면 되지 않은가? 그 여행 가방은 누군가가 가방 위에 앉아 눌러줘야만 닫을 수 있었다. 그리고 런던을 방문할 때마다 나를 데리고 쇼핑을 했다.

내 첫 번째 (세루티Cerruti 브랜드의 가는 밝은 청색 줄무늬가 있는 연회색) 정장은 이모가 준 선물이었다. 이모가 입는 정장처럼 어깨에 패드가 살짝 들어간 긴 재킷과 스트레이트 스커트였다. 내가 소유했던 옷 중 가장 비싼 것이었으나, 이모는 회의실과 사무실에서 좋은 인상을 심어주어야 하는 직장 여성은 내가 평소에 즐겨 입는 중고품 상점에서 산 잡다한 것들이 아닌 말끔한 정장을 입어야 한다고 주장했다.

나는 20대 내내 모든 중요한 회사 행사나 입사 면접 때 이 정장을 입었다. 심지어 이 옷에 어울리는 돌치스Dolcis 브랜드의 누드 색깔에 굽이 높은 펌프스힐도 구매했다. 이 옷을 입으면 비즈니스 정장을 입었을 때 느낄 수 있는 그 기분을 느꼈다. 자신감이 생겼고, 똑똑하고 능력 있는 사람이 된 것 같았다. 이 옷은 내 옷장을 채우고 있는 다른 옷들과 전혀 달랐지만, 침입자라기보다는 격려와 지원을 해주는 존재였다. 콘스턴스 이모가 나를 위해 사주었기 때문이다.

타이밍은 완벽했다. 이때는 1980년대 초였고, 나는 최근 노팅힐이 왜 새로운 유행의 중심지인가에 대한 생각을 써서 그 당시 편집장이었던 티나 브라운Tina Brown에게 전달하면서,(이 정장을 선물 받기 전이었다)《태틀러Tatler》잡지의 특집 기사 편집자가 되었다. 내 이야길 끝까지 들어보기를 바란다. 당시는 1983년이었고, 단언컨대 나와 같은 생각을 하는 사람이 많지 않았던 때다. 조수로서 내 주요 업무는 파티 사진에 들어갈 짧은 캡션을 작성하는 것이었다. 똑똑하고 까다로웠던 나의 상사는 내게 얼마나 짧은 글을 작성하든 여기에는 그저 지루한 사실이 아닌 이야기가 담겨 있어야 한다고 가르쳐주었다. 지금까지도 나는 대형 천막이 있을 수도, 없을 수도 있고, 누군가가 다른 누구와 눈이 맞을 수도, 아닐 수도 있는 옥스퍼드셔의 집에서 열린 파티를 흥미진진하게 50단어로 소개하는 능력이 내가 배운 유용한 삶의 기술이었다고 생각한다.

몇 년 후에 뛰어난 풍자만화가이자 잡지 편집자인 마크 복서Mark Boxer가《태틀러》의 편집장이 되었다. 그는 어렸을 때부터 나를 알았고, 따분하고 개성 없다고 여겼던 18살 소녀를 자신의 유능한 팀의 팀원으로 두고 싶은 마음이 없었다. 나는 수많은 시간을 화장실에서 눈물을 쏟으며 보냈다. 마크는 남을 조롱하고 굴욕감을 주는 분야의 석사 학위라도 받은 것이 분명했다. 그러나 그가 내게 이 일을 그만두고 다른 일자리를 찾아보라고 끊임없이 제안했을 때 나는 밀려나지 않겠다고 마음을 굳세게 먹었다.

어느 날 오후에 특집기사 아이디어 회의가 있었다. 그리고 누군가가 플레이보이로 악명 높은 폴로 선수 루이스 바수알도Luis Basualdo를 인터뷰하자고 제안했다. 바수알도는 인터뷰에 응해본 적이 없었고, 게다가 그가 어디에 있는지 아는 사람이 한 명도 없었다. 첼시에 있을 수도, 부에노스아이레스에 있을 수도 있었다. 오나시스가 소유한(그는 크리스티나 오나시스의 남편이었다) 이오니아해의 스콜피오스섬이나 생트로페의 비블로스 해안에 있을 수도 있었다. 마크는 내게 그를 찾아 인터뷰하라고 지시하며 이 상황을 즐겼다. 이 임무를 완수하기란 불가능하며, 실패하면 마침내 나를 치워버릴 수 있다고 기대했을 것이다.

그러나 결과적으로 나는 바수알도를 찾아냈고, 인터뷰에 성공했다. 이 내용은 '망나니'라는 제목으로 실렸고, 마크는 매우 흡족해했다. 이 기사가 내 인생을 바꾸어 놓았다. 이 순간부터 나는 편집장이 가장 아끼는 직원이 되었다. 나는 대개 수준 낮은 미인계를 써서 많은 흥미로운 인터뷰를 성사시켰으며, 이 중에는 난봉꾼 램튼 경과(나는 그가 부츠 안에 살아있는 잉꼬를 넣는 것을 즐겼다고 썼다) 동유럽 전문가이며 상당히 많은 와인을 소유했던 호색가이자 학자인 노먼 스톤Norman Stone, 유명한 광고 전문가 존 헤가티John Hegarty가 있었다. 이들 중 누구도 내게 수작을 부리지 않았다. 아마도 내가 입은 정장 때문이었으리라. 폴 사이먼이 나를 데이트에 초대한 것이 그나마 이런 행동에 가장 근접한 것이었다. 〈그레이스랜드Graceland〉 앨범이 발표되었을 때 그가 묵고 있던 사보이 호텔의 방에서 그를 인터뷰했었다. 그는 나를 로열코트 극장 공연에 데려갔지만, 그날 밤 밥을 먹은 것 말고는 아무 일도 일어나지 않았다.

이 시기에 영국에서는 (더 많은 신문과 주말판 천연색 부록, 아침 시간대 TV 쇼, 텔레비전 네트워크인 채널4 등) 대중 매체가 폭발적으로 성장하고 있었다. 미국에서 케이블 방송이 생겨났고, (오프라 윈프리와 바버라 월터스, 티나 브라운 같은) 세상의 이목을 끄는 유명 여성 언론인들이 등장했다. 젊은 여성은 꼭 있어야 하는 직원이 되었다. 다수를 차지하는 남성 고용주들이 이들을 정말로 원해서가 아니라 시대에 발맞춰 이들을 고용하는 것이 옳은 일처럼 여겨졌기 때문이다.

그런 시대에서 나와 같은 대중 매체 세대에 기회의 문이 열렸다. 그리고 우리는 모두 가끔 정장을 입었고, 대부분의 시간 정장을 입는 여성들도 일부 있었다. 재킷은 흔히 단추를 단단히 채웠는데, 이렇게 하면 그 아래에 무엇을 입었는지가 중요하지 않았기 때문이다. 화장실에 갈 때마다 가랑이 부분의 스냅 단추를 계속해서 풀었다 닫았다 해야 하면서 본래의 목적이 퇴색되기는 했지만, 더 효과적이고 능률적으로 움직일 수 있는 용도로 제작된 레오타드 같은 옷을 입기도 했다.

정장은 우리가 몰고 다니는 아주 빠르고 작은 피아트 자동차, 친구와 와인 한두 병을 나누어 마실 수 있는 유행하는 와인바, 매일 24시간 문을 여는 음식점에서 주문한 전채 요리, 마거릿 대처만큼 우리의 삶에서 큰 부분을 차지했다. 교육 수준이 높고, 가사의 의무에서 자유로운 20대 여성이라면 일을 제대로 해낼 때 모든 것을 얻을 수 있다는 생각으로 무장한 채 정장에 불투명한 검은색 타이츠를 신고 이 세계로 거침없이 들어올 수 있었다.

그러나 잘 둘러보면 사무실에는 우리보다 먼저 들어온 나이가 더 많은 여성들이 있었다. 이들은 사무실 책상 아래에 쇼핑백을 보관했다가 퇴근할 때 집으로 들고 가고, 사무실 전화기로 자녀들에게 속삭이며 대화했다. 여전히 무릎 아래까지 내려오는 치마와 꽃무늬 블라우스를 입었다. 우리는 이들과 매우 다른 삶은 산다고 생각했다. 그러나 결과적으로 다르지 않았다.

그 당시의 비즈니스 패션 스타일은 남성의 정장을 따라한 여성의 옷이 성공의 사다리를 올라가는 데 도움을 준다는 생각에 기반했다. 마거릿 대처가 최초의 여성 총리가 되기는 했지만, 현실에서 일하는 여성의 패션 본보기는 많지 않았다. 그 시대의 유명한 여성 리스트를 훑어보면 앙겔라 메르켈이나 유럽 중앙은행 총재 크리스틴 라가르드Christine Lagarde보다 금발로 염색하고 팝스타의 자리에 오르기 시작한 마돈나와 미국 드라마 〈다이너스티Dynasty〉의 배우 조안 콜린스Joan Collins, 다이애나 영국 왕세자빈을 찾아내기가 훨씬 더 쉬웠다. 스타일 측면에서 닮고 싶은 뛰어난 여성 지도자가 많지 않았음에도 패션은 시대를 앞서 나갔다. 맞춤복 바지와 남성적인 셔츠, 어깨선이 각지고 날카롭게 떨어지는 재킷, 그리고 끝도 없는 정장 등 여성들의 스타일은 현실보다 빠르게 회사 중역에 어울리는 복장으로 바뀌었다.

초기에 이 패션 스타일을 일찍 받아들인 사람들은 사실 다른 누구도 아닌 권력자의 아내들이었다. 낸시 레이건과 이바나 트럼프Ivana Trump, 낸 켐프너Nan Kempner, 메르세데스 배스Mercedes Bass. 이들은 톰 울프Tom Wolfe의 작품 『허영의 불꽃』

에 등장하는 부류의 여성들이었다. 이들에게는 칼 라거펠트를 수석 디자이너로 내세우며 트위드 정장과 진주, 플라스틱 수지에 금박을 입힌 길트 버튼, 넓고 당당해 보이는 어깨 등 새로운 디자인으로 활력을 얻은 샤넬을 사 입을 재정적 여유가 있었다. 그 힘은 남편의 은행 잔고에서 나왔다.

흔한 일이지만, 패션은 새로운 생각을 시험해볼 수 있는 시간과 자금력을 가진 부자들이 주도했고, 주류를 이루는 사람들이 그 뒤를 따랐다. 여기서 미니스커트가 부활했다. 전문직에 새롭게 진출한 20대 여성들은 미니스커트를 다른 관점으로 보았다. 종아리에서 펄럭거리는 긴 기장의 치마는 어제의 여성들을 위한 옷이었다. 우리는 다리를 내놓고 거리를 활보할 것이다. 그 다리가 우리를 원하는 장소로 데려다준다.

재킷을 하의와 맞춰 입기 때문에 어떤 면에서 더 능률적이라는 생각은 얼토당토않으나, 당시에는 엄청난 설득력이 있었고, 지금도 일각에서는 그렇게 믿고 있다. 캐주얼한 복장 문화가 금융계로 스며들고 새로운 기술 시대를 지배하면서 정장은 상징적이던 특성을 일부 잃었다. 그리고 원피스와 재킷이 여성을 위한 유니폼의 대안으로 떠오르면서도 마찬가지였다. 그러나 정장이 권한을 상징한다는 생각은 지금도 이어지고 있다. 승무원과 레스토랑 직원, 은행 직원 등은 아직도 개인의 스타일이나 정체성을 조금도 허락하지 않는 다양한 스타일의 투피스 정장을 입는다.

나는 내 첫 번째 정장에 느꼈던 것과 같은 기분을 다른 정장에서는 느끼지 못했다. 내 인생에서 다른 어떤 정장도 그 기분을 살려줄 수 없었다. 콘스턴스 이모와의 정서적 유대가 없으니 멋지고 고급스러우며 똑똑하게 느껴졌던 정장이 딱딱하고 집합적이며 매력 없게 느껴졌다. 내가 정말로 보여주고 싶은 인상과는 거리가 멀었다.

1992년 1월에 쓴 일기에 이렇게 적혀 있다.

1월 23일 목요일 《보그》에서의 첫날이었다.
내가 공식적으로 일자리를 제안 받은 날이다.
나는 여동생 니키와 함께 사우스몰튼 스트리트에
있는 편집매장에서 산 롤리타 램피카의 지퍼가
달린 재킷과 치마 정장을 입었다. 새 신발도 신었고
어울리는 화장도 했다 … 전날 밤에는 원하지 않는
어떤 일이 일어날까 기다리며 두려움에 떨었다.

편집장으로 지명된 이후 며칠 동안 많은 인터뷰가 있었고, 사진마다 나는 검은색 정장을 입고 있다. 내가 가진 옷 중에서 《보그》의 편집장 자리에 가장 잘 어울리는 스타일이라고 생각했던 유일한 옷이었다. 옷감은 신축성이 조금 있었고, 재킷은 어깨에 패드가 살짝 들어가 있으며, 은색 지퍼가 마치 언월도처럼 내 가슴을 사선으로 가로질러 곡선을 그리며 달려 있었다. 소매 끝에도 지퍼가 달렸는데, 손목에서부터 위로 올릴 수 있었다. 전투를 치르기에 좋은 복장이었다.

신문 기사 중 하나에 내가 다녔던 학교의 예전 교장 선생님의 말이 인용되었다. '공부를 특별히 좋아하지는 않았지만, 언제나 끈기가 있었어요. 인내심은 성공에 필요한 가장 중요한 자질이죠.' 이 칭찬과 욕이 뒤섞인 말 뒤에 내가 했던 말이 이어졌다. '저는 정장을 입는 사람이 아니었어요. 그리고 유니폼에 반대합니다.'

이 말에서 몇몇 일치하지 않는 점들이 보였다. 나는 확실히 《보그》 편집장의 자리를 이어받으면서 유니폼을 입을 필요가 있다고 느꼈다. 곧장 달려 나가 정장을 사지 않았던가? 《보그》에서 25년간 근무한 사실로 봐서 내 끈기를 언급했던 교장이 옳았는지도 모른다. 그러나 학창 시절에 끈기와 인내심은 내 학교 생활기록부에서 주목할 만한 특징이 아니었다. 또한 나는 취업 면접을 위해서가 아니라 내가 편집장으로 낙점되었다는 공식적인 답변을 듣는 날에 입으려고 롤리타 램피카 정장을 구매했었다. 당시 나는 방 안에 세 명의 남성 심사위원과 마주보고 있었다. 이들도 정장을 입었다. 이날 아침 나는 아무 옷이나 입을 수 있었다. 이미 결론이 나와 있었기 때문이다. 그러나 한 삶에서 다른 삶으로 이동시켜줄 무언가가 필요했고, 정장을 선택했다.

나는 《보그》에서 근무하는 동안 단 세 벌의 정장을 더 구매했다. 그리고 이후로는 한 벌도 사지 않았다.

6.
모자

그녀는 여러 술집에서 유명했네.

대부분 그녀의 외모로 알려졌지 –

정말로 지적할 것은 없네 –

당신의 분수를 알게 해주지. 확 타올랐네,

갑작스럽게, 그리고 당신이 있네,

자신이 무슨 말을 했는지 궁금해하며. 너무 많이

가져갈 수 있다고 생각하는 남자는 없네,

그러나 나는 말할 수 있다네, 넘치게 있었다고.

그녀는 그들 대부분과 말도 하려고 하지 않지.

모자? 아 물론, 그녀는 모자를 썼다네.

앨런 젠킨스 Alan Jenkins의 〈자신감 Conficence〉 중에서

시인 앨런 젠킨스를 만난 건 1983년의 어느 파티에서였다.

우연히도 그날은 많은 사람이 모자를 쓰고 이 파티에 참석했
다. 여름에 런던 정원에서 열린 점심 파티였다. 80년대에는
테마가 있는 파티와 클럽이 인기였고, 주최자는 인상파 화가
를 기념하는 파티를 열기로 했다. 그는 레이스로 장식한 흰
색 잠옷을 붉은색 끈으로 여몄고, 목에는 딱 달라붙는 검은색
의 가는 초커 목걸이를 했다. 대부분 남성이 그 시대에 그려
진 그림 속의 남자들처럼 옅은 색 재킷과 흰색 셔츠, 밀짚모
자 차림이었다. 우리는 잔디밭에 놓인 예쁜 철제 테이블에 앉
았고, 사회생활을 시작한 젊은 사람들 무리들은 오후의 햇살
아래에서 밤이 될 때까지 값싼 와인을 마셨다. 모자 이야기
가 나올 때마다 나는 반사적으로 둥둥 두드리는 북소리와 함
께 머릿속으로 이 시의 마지막 구절을 떠올렸다. '모자? (둥,
둥) 아 물론, 그녀는 (둥, 둥) 모자를 썼다네.' 그리고 이 구절
을 반복했다.

　이 시구는 모자를 본인의 트레이드 마크로 삼은 내가 알
고 있는 여성들을 요약한 표현이다. 모자는 이들의 성격에 더
해진 양념이자 신체의 일부였다. 날씨에 구애받지 않고 언제
나 모자를 썼으며, 실내외를 가리지 않았다. 먼 거리에서도,
때로는 당혹스럽게, 언제나처럼 눈에 띄는 모습으로 손을 흔
들며 다가오는 이들을 금방 알아볼 수 있다. 모자는 사람들의
시선을 끌기 때문이다. 신체의 맨 위에 자리를 잡고 생기를
부여해준다. 조용한 것과도 거리가 멀다. 물론 모자는 머리를
보호하는 도구다. 그러나 더 중요한 것은 군중 속에서 모자를

쓴 사람을 눈에 띄게 해준다는 것이다. (반대로 결혼식이나 세례식 등 격식을 차려야 하는 장소에서 또는 유니폼의 일부로서는 완전히 역효과를 가져올 수도 있다. 그리고 당신을 특정 집단의 일원으로 확인시켜준다)

나는 모자를 잘 쓰지 않는다. 모자는 얼굴로 사람들의 시선을 끌게 만들면서 마치 내가 뽐내는 것처럼 느껴지게 만든다. 그렇기는 하지만 포토벨로 로드의 가판대에서 구매한 울로 만든 큰 파콜pakol*을 추운 날 머리에 푹 눌러쓴다. 그리고 1년 전에 내 형제들과 친할머니의 뿌리를 찾기 위해 키이우를 방문했을 때 우크라이나 출신의 모자 디자이너 루슬란 바긴스키Ruslan Baginskiy가 만든 연갈색 모자를 받았다. 이 모자가 마음에 들어서 어떤 날은 우산 대신에 쓰기도 한다.

내가 모자를 쓰는 것에 대한 모순된 감정을 가지고 있기는 하지만, 사실 모자는 우리 가족 역사의 일부다. 나의 할머니는 1891년에 키이우에서 서쪽으로 87마일(140킬로미터) 떨어진 지토미르에서 태어났다. 지금은 우크라이나에 속하지만, 당시에는 러시아의 일부였다. 할머니의 가족은 반유대주의가 확산하면서 위협을 받은 다른 많은 유대인 가족들처럼 고향을 떠나 흑해에서부터 토론토까지 4,692마일(7,550킬로미터)에 달하는 여행길에 올랐다. 이때 할아버지를 만나 결혼했다. 할아버지도 정확히 어디서부터인지는 모르지만,

---

* 아프가니스탄 남성들의 전통 모자다.

가족이 비슷한 여행을 떠났던 러시아계 유대인 이민자였다.

둘은 결혼하고 얼마 안 가 아들 둘을 낳았다. 나의 아버지 밀턴과 남동생 알렉스였다. 젊은 나이에 할아버지는 여성 모자 제작 사업을 시작했고, 얼마 가지 않아 앞에서는 남성복을 판매하고 뒷방에서는 모자를 만드는 상점을 세 개 소유하게 되었다. 이들은 극락조의 깃털로 장식한 화려한 모자를 제작했다. 그러다 1918년에 우리 아버지가 고작 5살일 때 할아버지가 스페인 독감으로 사망했다. 두 아이의 어머니이며 유대인이 사용하는 이디시어만 할 줄 알았던 할머니의 손에 사업의 운명이 맡겨졌다.

새로 이주한 국가에서 안전이 절실했던 할머니는 곧 재혼했다. 이번에는 머리 고틀리프라는 이름의 남자였다. 그는 영어로 말하고 쓸 수 있었고, 할머니는 그가 모자 사업과 두 아들 양육에 도움을 줄 수 있기를 바랐다. 그러나 누가 봐도 그는 완전히 얼간이었고, 결국 할아버지가 만든 신생 모자 사업체는 망하고 말았다. 그리고 할머니는 자신보다 지능이 훨씬 낮은 남자와 남은 평생을 살았다.

할머니가 젊었을 때 할아버지와 함께 찍은 사진이 있다. 진지한 모습에 잘 생겼으며 놀라울 정도로 어려 보인다. 작은 무테안경을 쓰고, 상의에 꽃을 달고 있다. 아마도 이들의 결혼사진일 것이다. 사진 속 할머니는 나와 많이 닮았다. 둥근 얼굴에 반쯤 감긴 눈을 가졌고, 윤기가 흐르는 검은 머리를 뒤쪽으로 돌돌 말아 올려 고정했다. 가는 주름이 있는 보디스

위로 하이넥 스타일의 레이스가 달린 옷을 입고 있다. 두 사람의 시선은 카메라를 향하고 있지 않은데, 당시의 격식을 차린 사진에서 흔히 볼 수 있는 모습은 아니다. 이들은 나란히 서 있다. 사색에 잠긴 표정은 사진을 찍는 행위보다 자기 생각에 몰두하고 있는 사람처럼 보인다. 이 부부는 이전 세계의 편견과 가난, 폭력에서 벗어날 수 있기를 바라며 완전히 새로운 세계로 넘어왔다. 몇 년 후에 찍은 또 다른 사진에는 할머니만 보이는데, 화려한 모자를 쓴 자랑스러운 모자 제작자의 모습이다.

1948년에 발급된 할머니의 외국인 거주자 신분증에는 주소가 로스앤젤레스, 7916 로메인 거리라고 적혀 있고, 갈색 잉크로 한 서명이 있다. 에설 고틀리프. 이때 그의 나이는 57세였고, 여권용 크기의 사진 속에서 하얀 머리에 뿔테 안경을 쓰고 있다. 나와 비교해보면 나이를 먹으며 생긴 아래턱의 처진 살과 입꼬리가 닮았다. 남아 있는 할머니의 사진은 몇 장 없지만, 사진 속에서 상당히 다부진 모습을 하고 있다. 이 신분증에 따르면 나와 키가 같지만 15파운드(약 7킬로그램)나 가벼웠다!

우리의 삶은 너무나 달랐다. 나는 내가 태어난 도시에서 거의 60년 동안 살았고, 좋은 교육을 받는 호사를 누렸으며, 어렸을 때부터 알고 지낸 친구들이 있다. 행복한 가정을 꾸리고, 직업적으로도 성공했다. 할머니는 상상도 할 수 없을 만큼 안전한 특권층의 삶을 누리며 살아왔다. 종교 박해를 받아

본 적도 없고, 가족이 뿔뿔이 흩어지지도 않았으며, 내가 알았던 것과 다른 사회에서 살아가는 모습을 상상해보지 않아도 되었다. 내 뿌리에 매달릴지, 결연히 다른 곳으로 시선을 돌릴지 결정하지 않아도 되었다. 수많은 이민자가 새로운 사회에 적응하기 위해 향수에 젖는 감정을 의식적으로 떨쳐버리려고 노력한다. 할머니의 삶은 나처럼 확실하지 못했고, 결정은 대개 생존을 위한 것이었으며, 인생에서 선택이 아닌 현실에 따라 한 걸음씩 앞으로 나아갔다.

내가 모자를 쓰고 참석한 유일한 공적 행사가 어디인지 알았다면 할머니는 놀라면서도 자랑스러워했을 것이다. 정확히는 모자라기보다 머리에 쓰는 장식물 같은 것이었으나 경의를 표하는 목적은 같았다. 그것은 케이트 하프페니Kate Halfpenny가 윌리엄 왕자와 캐서린 미들턴의 결혼식에 참석하는 나를 위해 만든 것이었다. 고풍스러운 모조 다이아몬드 장식이 달렸으며 짙은 파란색 시폰이 혼합된 이 장식물은 내가 입은 푸른색 옷과 잘 어울렸다. 미래의 영국 왕의 결혼식에서는 나조차도 머리를 덮는 무언가를 써야만 할 것처럼 느껴졌다.

나는 이 행사에 아주 작게나마 일조했기 때문에 초대받았었다. 약혼을 발표했을 때 왕가의 웨딩드레스를 누가 디자인할 것인가에 즉각 관심이 집중되었다. 왕실에서 《보그》의 편집장인 내게 조언을 구했다. 당연히 나는 크게 기뻐하며 적절하다고 생각하는 디자이너를 추려내고, 이들의 작품 사진을 첨부한 목록을 만든 다음에 캐서린 공작부인을 만났다.

나는 그가 크고 아름다운 방으로 들어왔던 순간을 기억한다. 내가 생각했던 것보다 더 키가 크고 날씬했다. 이제 막 왕실의 일원이 된 젊은 여성이라고 하기에는 놀라울 정도로 침착했다. 그는 내 말에 귀를 기울였고, 후보 디자이너들을 살펴보면서 질문을 했다. 영국인 디자이너를 선택해야 한다는 점은 분명했지만, 패션 디자이너를 선택할지, 신부복 전문 디자이너를 선택할지는 딱히 정해진 바가 없었다.

우리는 소파에 앉아 다양한 선택 사항들을 논의했고, 바닥에는 사진들이 여기저기 널려 있었다. 대화를 나누면서 내가 알렉산더 맥퀸을 제일 좋아한다는 사실을 깨달았다. 맥퀸이 끔찍하게 요절한 후 세라 버튼Sarah Burton이 그의 뒤를 이어 새롭게 이끌고 있던 브랜드였다. 나는 이 브랜드의 수준 높은 장인정신과 상징성을 부여하는 전통이 이번 결혼식에 딱 어울리고, 두 여성인 세라와 캐서린이 손발이 잘 맞을 것이며, 비교적 전통에서 벗어난 패션 브랜드에게 이런 특권을 주는 것이 아주 멋진 일이라고 생각했다.

비비안 웨스트우드에게 맡겨도 멋진 웨딩드레스가 탄생할 것이다. 그러나 그가 왕실과 의견을 조율하는 복잡한 과정을 어떻게 생각할지 확실하지 않았다. 당시 국제 패션계에서 비교적 신인에 속했던 에르뎀 모랄리오글루Erdem Moralioglu도 아름다운 드레스를 디자인할 수 있겠다고 생각했다. 그러나 신생 회사가 모든 점에서 엄청난 보안이 요구되는 작업을 감당할 수 있을지는 미지수였다. 그런 이야기를 나누고 우리는 헤어졌다. 나는 누구에게도 이 만남에 대해 말하지 않았고, 이후 어떠한 연락도 받지 않았다.

　수개월이 흐른 뒤에 웨스트민스터 사원의 하객석에 앉아 신부가 도착하기를 기다리는 동안 그가 최종적으로 어떤 드레스를 선택했을지 궁금했다. 이곳에 온 다른 모든 하객처럼 장시간 기다리면서 누가 초대받았는지를 구경하며 혼자 즐겁게 시간을 보냈다. 다양한 분야의 사람들이 모여 있었다. 맞은편에 정치인들과 만삭의 빅토리아 베컴과 남편 데이비드, 로열 마스덴 병원의 CEO인 캘리 팔머Cally Palmer가 보였다. 캐서린 미들턴이 입장하기 몇 분 전에 동료에게서 문자 메시지가 도착했다. '맥퀸이에요!' 그는 이것이 내게 특별한 의미가 있음을 알지 못했을 것이다. 물론 이 결정에 도움을 준 많은 사람 중 한 명이라는 사실 외에 다른 권리를 주장할 생각이 없다. 그러나 이 역사적인 특별한 순간에 작은 점을 찍었다는 생각에 기분이 짜릿했다.

　우리 아버지는 이 시기에 이미 돌아가셨고, 이날 정확히 무슨 일이 있었는지 이야기하며 그를 즐겁게 해줄 수 없다는 사실이 슬펐다. 내가 이런 행사에 참여했다는 것을 알면 기뻐했을 것이다. 아버지는 제2차 세계대전 당시에 캐나다 군대에 입대해 고국과 가족을 떠나 영국으로 건너왔고, 다시는 돌아가지 않았다. 자신의 유년 시절이나 어머니에 대해 좀처럼 이야기하지 않았고, 우리는 아버지가 성장했던 유대인 정착지에서의 삶에 대해 거의 듣지 못했다. 그러나 언제나 페도라나 트릴비*, 보르살리노Borsalino 회사의 모자를 썼다. 런던《이브닝 스탠더드Evening Standard》의 연극 비평가 자격으로 참석했던 연극 개막 공연에 갈 때도 모자를 썼다. 그때 아버지는 수첩을 꺼내 볼펜으로 빠르게 속기하거나 때때로 좌석에 앉아 잠깐 졸기도 했다. 재빨리 극장을 빠져나와 밤새 평론을 작성할 수 있게 모든 비평가석이 관람석 맨 끝에 있었다. 그리고 매주 주말이면 테니스를 치기 위해 흰색 테니스 모자를 썼다.

우리가 살던 아파트 현관에는 아버지가 현관문을 열고 밖으로 나갈 때 언제든지 쓸 수 있게 모자가 항상 선반 꼭대기에 놓여 있었다. 돌아가신 후에 남동생은 아버지가 아꼈던 트릴비 하나를 가져가서 청동을 입혔다. 이 모자는 여전히 현관의 선반을 장식하고 있다.

---

*   챙이 좁은 중절모.

7.

인디고

나와 여동생 니키, 남동생 제이슨이 어렸을 때 우리는 아버지와 함께 매주 토요일 아침에 만화책을 사고 코카콜라를 마시는 원정을 떠났다. 그 주의 특별한 즐거움이었고, 친구들은 우리를 부러워했다. 원하는 만화책을 마음대로 샀던 슬론 스퀘어의 신문 판매대와 집 사이에 쭉 뻗은 길이 있었다. 길거리와 집들의 앞마당을 나누는 기어올라갈 수 있는 낮은 담이 있었고, 우리는 이 길을 따라 걸었다. 담의 높이는 1미터 정도였는데, 담 위에 너비가 높이의 약 절반인 갓돌이 놓여 있었다. 당시에는 위험과 위태로움으로 전율을 느끼기에 충분한 높이였다(최소한 내 경우에 그랬다는 얘긴데, 신체적인 활동에서는 그것이 무엇이든 완전히 겁쟁이였기 때문이다).

담이나 포장도로를 따라 뛰면서(가끔 아버지의 손을 잡고 뛸 때도 있었다) 노래를 불렀고, 우리가 자주 부른 노래는 〈난 무지개를 노래할 수 있어요I Can Sing a Rainbow〉였다. 어느 기준

65

으로 보아도 위대한 노래는 아니었지만, 아버지가 우리에게 토요일 아침 산책에서 무지개의 색깔을 가르쳐주는 핑계가 되었다. '빨주노초파남보' 아버지는 무지개를 언급할 때마다 이렇게 말했다. "무지개 색깔을 기억하는 방법이란다." 캐나 다식 발음이 독특하게 들렸다(우리 중에서 캐나다 억양을 설명할 수 있는 사람이 몇이나 될까?). 빨간색, 주황색, 노란색, 초록색, 파란색, 남색(인디고), 보라색.

인디고? 인디고는 뭐지? 인디고는 빨강이나 노랑, 초록처럼 간단한 색처럼 보이지 않았다. 흔하지 않고 이국적인 느낌이었다.

6살의 내 생각이 옳았다. 인디고는 전혀 단순하지 않다. 일각에서 '파란 금blue gold'이라고 부를 만큼 인디고는 희귀한 염료다.

인디고가 가진 힘은 이 색이 여전히 존재한다는 것에서 알 수 있다. 아이작 뉴턴이 구분한 색의 영역에서 인디고가 위치한 자리를 보면 파란색과 보라색 사이다. 그냥 건너뛰고 파란색이라고 부르기 쉬운 자리다. 그리고 초창기 애플 로고와 오늘날 성 소수자를 상징하는 무지개 깃발 등 최근에 보이는 무지개 색깔에서 정말 이런 일이 벌어졌다. 인디고가 사라졌고, 오직 여섯 색깔만 남았다.

그러나 인디고는 색깔 그 이상이다. 빛이 완전히 사라지기 전 맑게 갠 밤, 짧은 시간 동안 이 깊고 선명한 파란색의 흔적이 남아 있는 해 질 녘의 어스름을 경험해보라. 또는 해

가 떠오르기 시작할 무렵에 달이 아직 모습을 감추지 않은 하
늘을 보고 있자면 인디고색이 색보다는 어떤 느낌에 가깝다
는 사실을 깨닫게 된다. 이 색깔은 복잡하고 분류가 거의 불
가능하다. 듀크 엘링턴Duke Ellington의 〈무드 인디고Mood Indigo〉
를 찰스 밍거스Charles Mingus가 연주한 곡이 청각적으로 이를
가장 잘 표현했다고 할 수 있다. 끈질기게 이어지는 드럼과
곡을 이끌어가는 열정적이고 깊은 베이스, 현란한 피아노 화
음 등 악기들은 자신만의 리듬을 타며 행진한다. 멋진 곡으로
삶에 깊이 파고들고, 엘링턴의 노랫말 '무드 인디고를 가져야
만 우울하다고 할 수 있다'에도 불구하고(밍거스의 연주곡에
는 없다) 우울감에 젖어 들기에는 소리가 너무나 풍부하다.

　물론 나의 인디고 사랑은 이 중 어느 것과도 연관이 없다.
내가 인식한 첫 번째 인디고 옷은 이중문이 달린 어머니의 흰
색 빌트인 옷장에 걸려 있었다. 어머니는 출근을 위해 매일
아침 옷장 문을 열고 옷을 꺼내 입었다. 70년대 중반에《브
라이즈Brides》잡지의 편집장이었고, 특히 이세이 미야케Issey
Miyake의 인디고 치마와 셔츠, 바지를 좋아했다. 이때는 패션
계의 일본인 3인방 미야케와 레이 카와쿠보Rei Kawakubo, 요지
야마모토Yohji Yamamoto가 아방가르드 패션을 이끌기 몇 년 전
이었다.

　어머니가 즐겨 입는 치마는 종아리 중간까지 내려오는 풍
성하고 허리를 졸라매는 스타일이었다. 셔츠는 마오 칼라Mao

collar*에 허리나 가슴선을 드러내지 않는 직선 스타일이었고, 바지는 통이 넓고 헐렁했다. 아버지는 이 옷들을 싫어했다. 이 옷을 입은 어머니가 청소부처럼 보인다고 했다. 나도 그 옷들이 칙칙하고 왠지 모르게 마음에 들지 않았다. 마치 아름답게 보일 필요가 없다고 느끼는 것 같았다. 헐렁한 바지와 중국식 칼라가 달린 셔츠를 입고 활보하는 어머니는 신경 쓸 필요가 없었다. 그런데 무엇을 말인가? 엄마들의 옷차림이 주는 그런 포근하고 여성스러운 느낌을 신경 쓰지 않는다는 건가? 머리 손질을 말하는 것일까? 어머니는 인디고 옷을 입으면서 머리에 두건을 두르기 시작했다. 아버지가 자신의 모습을 좋아할지 아닐지에 신경 쓰지 않는다는 말일까? 어머니가 신경 쓰지 않았던 것들에 끝이 있었을까? 궁극적으로 우리일 수도 있지는 않았을까?

그리고 몇 년 후에 어머니가 입던 실용적인 스타일의 옷은 그가 속했던 언론계와 예술계에서 설 자리를 잃었다. 80년대에 부를 향한 야망과 출세, 재산권, 동독과 서독 사이의, 문자 그대로, 장벽을 허무는 것을 장려하는 분위기가 팽배하면서 내가 아는 누구도 이런 민족적 색채를 드러내는 옷을 입지 않았다. 그렇다. 우리는 정장과 레깅스를 훨씬 더 자주 입었다. 굽이 윗부분은 넓고 아래로 내려오면서 점점 좁아지는 콘힐cone heel 구두를 신고, 파마머리를 했다.

* 앞 중심이 벌어지게 목 위로 세워 만든 스탠드칼라의 일종으로 마오쩌둥이 즐겨 입어서 붙여진 이름이다.

80년대에는 의도적으로 현실주의적이고 기업적인 스타일을 주로 추구하기는 했지만, 두 성 사이에 공정한 경쟁의 장을 만들겠다는 포부로 성 고정관념에서 탈피하고자 했던 열망은 어머니의 인디고 옷과 다르지 않았다. 그러나 곳곳에서 열리고 있는 (또는 그렇게 보이는) 직업 선택의 기회를 이용하고 싶었던 그 시대의 젊은 여성은 헐렁한 인디고 상의나 펑퍼짐한 바지를 걸치려고 하지 않았다. 우리는 멀리 떨어진 공산 정권의 현장 노동자처럼 보이고 싶지 않았다. 어쨌든 우리는 신조어인 '유리 천장'을 부숴야 했다.

'아주 오래전 일 같네요, 낸시Seems So Long Ago, Nancy'는 레너드 코헨 노래의 제목이었고, 1989년 낸시 레이건과의 인터뷰 기사를 사진작가 브루스 웨버Bruce Weber가 찍은 사진과 함께 《보그》에 실었을 때 내가 붙인 제목이기도 했다. 그는 인디고와는 거리가 먼 전형적인 옅은 색 정장을 입고 있었다. 이 모든 것이 아주 오래전 일 같다. 30년이 지난 지금 내 옷장 안은 내가 구할 수 있는 온갖 종류의 인디고 옷들로 채워져 있다 (인디고 염료는 여전히 비싸다). 내게는 여러 조각을 이어 붙인 헐렁한 인디고 원피스가 있는데, 나는 이 옷을 아주 좋아한다. 얼핏 보면 형태가 없어 보이지만, 몸에 걸쳤을 때 실제로 내 어깨와 등이 가늘어 보이게 한다. 어딘가 예술가적인 옷이고, 엄청나게 편하다. 유행하는 스타일이라고는 할 수 없지만, 한때 패션이 중심인 세상에 속했던 나란 사람에게 완벽하게 어울린다. 나는 패션계 주변을 도는 위성과 같은 또 다른 세상으로 이동했다.

일전에 어머니를 방문했을 때 예전부터 가지고 있던 인디고 옷들에 관해 물었다. 어머니는 여전히 이들을 같은 옷장에 걸어놓고 있었다. 우리는 이 옷들을 꺼내 침대에 놓았다. 셔츠는 파란빛이 바래어 내가 기억하는 것보다 살짝 회색빛이 돌았다. 그러나 이것 외에는 그대로였다. 세월이 흘러도 변하지 않는 모습으로.

8.

샤넬 재킷

나는 《보그》편집장에 취임하자마자 샤넬의 런던 홍보실로
부터 이 브랜드 재킷 두 벌을 선물 받았다. 그 당시에 샤넬 홍
보실의 담당자는 버나데트라는 이름의 여성으로 멋진 샤넬
스타일의 완벽한 본보기였다. 날씬하고 키가 컸으며, 햇볕에
살짝 태운 피부와 절대로 눌리거나 헝클어진 적 없는, 언제나
산뜻하고 매력적인 짧게 자른 금발 머리를 가지고 있었다. 당
연한 말이겠지만 언제나 샤넬 옷을 입었고, 잘 소화했다. 다
른 옷을 입은 그의 모습은 상상하기 힘들었다.

　선물 받은 재킷 중 하나는 연보라색으로 더블버튼에 기장
이 길고, 옷깃이 넓으며, 금색 단추가 달려 있었다. 다른 하나
는 검은색 싱글버튼 재킷이었다. 이들의 매장 가격은 1992년
당시에 약 1,000파운드였다. 성공한 잡지사 임원이라는 지위
에 걸맞은 옷이었다.

　저널리스트로서 샤넬을 입는다는 것은 십중팔구 이 브랜

드가 당신을 샤넬의 옷을 받을 자격이 충분하다고 여기고 있음을 나타냈다. 대부분의 영국 국민은 이런 옷을 월급만으로는 구매할 수 없었기 때문이다. 나는 경험해보지 못했지만, 편집자들이 패션쇼 관람을 위해 파리를 방문했을 때 호텔 객실 옷장에 샤넬 쇼핑백이 가득 채워져 있었다는 이야기를 들은 기억이 있다.

《보그》의 편집장에 임명되었을 때 당시 이 잡지사의 회장이었던 조너선 뉴하우스Jonathan Newhouse가 내게 1년에 옷을 사는 데 얼마나 많은 돈을 쓰는지 물어보았다. 나도 몰랐다. 계산해볼 생각을 한 적도 없었다. 그러나 분명한 점은 내가 얼마를 말하든 그에게는 그다지 큰 액수로 들리지 않을 것이었다. 여기는 개인의 외적인 모습과 관련한 절약이 인정을 받는 그런 회사가 아니었다. 그래서 나는 그에게 약 4,000파운드(한화 약 640만 원)라고 생각한다고 말했다. 아마도 내가 사용한 금액의 3배 정도 되는 액수였다.

나중에 가서야 내 직속상관인 니컬러스 콜리지Nicholas Coleridge를 통해 이 말을 들은 조너선이 영국의 유명한 패션 잡지 편집장을 제대로 뽑은 것인지 의심했다는 사실을 알게 되었다. 이런 의심은 틀림없이 이번이 마지막이 아니었을 것이다. 그의 관점에서 나는 쥐꼬리만큼 돈을 쓰는 사람이었다. 이는 그가 편집자들이 얼마를 버는지 모르거나 혹은 이들에게 옷값을 지불하는 다른 수단이 있다고 생각하고 있음을 보여주었다.

그리고 나는 (이후로 몇 번은 더) 패션 잡지사 직원의 경제 현실과 우리가 소유한 것처럼 보이는 값비싼 스타일의 겉모습 사이에 존재하는 깊고 껄끄러운 차이를 깨달았다. 내가 실제보다 더 부유해 보여야 한다는 압박감을 느껴야 할까? 내 현실과 나라고 여겨지는 사람의 모습이 일치하지 않았나?

《보그》초장기에 받았던 월급에는 옷값 비용이 포함되어 있었다. 4,000파운드였다. 내가 말했던 금액과 같은 것은 우연의 일치였다. 큰돈처럼 보였고, 실제로도 그랬다. 그러나 그 당시의 영향력 있는 다른 《보그》편집장들이 매일 입는 샤넬 옷을 계속 입을 수 있는 정도는 아니었다. 영화〈101마리의 달마시안 개〉의 크루엘라를 닮은 독일《보그》편집장 안젤리카 블레슈미트Angelica Blechschmidt는 언제나 검은색 샤넬을 입고 긴 모피를 둘렀다. 칼 라거펠트의 친구이자 패기 넘치는 프리랜서 패션 편집자 카를린 세르프 드 뒤젤Carlyne Cerf de Dudzeele은 샤넬 쇼핑백을 크리스마스 트리 장식처럼 몸에 달고 다녔다. 심지어 내가 입사했을 때《보그》의 패션 디렉터였던 사라제인 호어Sarajane Hoare조차 거의 언제나 샤넬의 보이시한 모습을 보여주었다.

일을 시작하고 몇 주 지나서 나는 샤넬의 열렬한 팬인 애나 윈터Anna Wintour와 점심을 먹었다. 내 선임이었던 리즈 틸베리스Liz Tilberis가 경쟁 잡지인《하퍼스 바자Harper's BAZAAR》를 새롭게 선보이기 위해 거액을 제안 받고 뉴욕으로 이주했고,《보그》의 잘 나가는 사진작가 패트릭 드마슐리에Patrick

Demarchelier와 피터 린드버그Peter Lindbergh와 계약을 맺었다는 사실은 전쟁 선포를 의미했다. 모든 사진작가는 어느 쪽에 설지 결정해야 했고, 《하퍼스 바자》와 함께 하기로 한 사진작가는 우리와 작업할 수 없었다. 애나는 나를 만나 내가 이 계획에 동참하도록 설득했다. 몇몇 소중한 사진작가들을 잃으면서 내 《보그》에서의 첫 해를 극도로 힘들게 만들었던 계획이었다.

애나는 선명한 오렌지색 샤넬 미니스커트 정장에 반짝이는 검은 타이츠를 신고, 언제나처럼 진하고 광이 나는 검은색 선글라스를 낀 화려한 모습으로 레스토랑에 도착했다. 내게 《보그》를 위한 일에 필요한 모든 자금을 반드시 받아야 한다고 힘주어 말했던 것을 기억한다. 성공할 수 있을지 확신하기 힘든 조언이었다. 그리고 내가 취임하자마자 직원이 떠나고 비용을 삭감해야 한다고 들었던 이야기와 맞지 않았다.

샤넬을 입은 애나는 정말로 근사해 보였고, 잡지 편집자 중 핵심 간부들은 이런 자신만의 스타일을 입어야 한다는 확신이 들게 해주었다. 하지만 나는 이 경쟁에 참여할 마음이 없었다. 샤넬 재킷이 부와 성공을 보여주며 옷장을 채우고 있는 그림이 조금도 '나' 같이 느껴지지 않았다. 그러나 많은 점에서 내 생각이 틀렸다.

샤넬은 어느 정도의 단호함이 요구되지만, 여성이 원하는 일을 할 수 있고, 그를 위한 옷을 입어야 한다는 창립자의 철학을 기반으로 세워졌다. 옷이 방해가 되는 것이 아니라 무엇이든 가능하다고 느낄 수 있게 해주어야 한다. 카디건 같이 부드럽고 몸에 맞는 스타일의 초창기 코코 샤넬 트위드 재킷과 여기에 달린 주머니는 여성들이 가방을 들지 않고도 필요한 물건을 지니고 다닐 수 있게 해주었다. 사슬 끈이 달린 끝단은 옷이 깔끔하게 떨어지게 해주었고, 모든 샤넬의 디자인이 그렇듯이 뒷모습도 앞모습만큼 신경을 써서 만들었다.

내가 《보그》에 입사했을 때는 칼 라거펠트가 샤넬의 크리에이티브 디렉터이던 시절이었다. 코코 샤넬이 사망하고 10년 뒤였다. 80년대가 끝나갈 무렵에 라거펠트는 디자인의 주요 요소들로 네이비색과 흰색, 금박, 트위드, 패션 주얼리, 퀼팅, 그리고 다다익선을 지향하는 태도로 샤넬에 활력을 불어넣었다. 고작 20년 전인 60년대와 70년대 기준으로 보았을 때 이 브랜드의 옷을 열망했던 젊은 여성들은 샤넬이 유행에 뒤떨어지고 나이가 들어 보인다고 여겨졌다. 그랬던 샤넬이 생기있고 새로운 매력을 발산하며 다시 돌아왔다. 유명한 슈퍼 모델인 린다 에반젤리스타와 신디 크로포드, 나오미 캠벨이 인조 진주와 보석으로 겹겹이 장식한 샤넬 재킷을 화보뿐만 아니라 실생활에서도 입은 모습을 지금도 볼 수 있다.

다른 많은 패션 브랜드와는 다르게 샤넬의 기성복은 여전히 인기를 끌고 있고, 재킷은 매 시즌 컬렉션의 중심이 되고 있다. 때로는 길고, 어떨 때는 볼레로처럼 짧기도 하다. 보석으로 뒤덮일 때도 있고, 단순한 카디건처럼 가벼울 때도 있다.

처음 선물 받았던 샤넬 재킷들은 이제 내 옷장에서 사라졌다. 어떻게 했는지 기억나지 않는다. 그러나 여전히 몇 개가 옷장에 걸려 있다. 이들은 모두 짧다. 옷깃과 소매에 크림색 새틴 프린지(수술)가 달린 재킷과 진회색과 흰색의 체크무늬 재킷, 어깨선이 내려오며 청동 단추로 장식된, 네이비색 부클레로 만든 재킷이다. 나는 이들을 보험처럼 생각한다. 미래의 어느 고용주에게 좋은 인상을 심어줄 필요가 있을 때 입을 수 있도록 내 옷장에 존재한다는 사실은 마음을 안정시킨다. 수십 년 된 옷이지만 여전히 빠른 효과를 가져온다. 샤넬 재킷에 하이힐을 신으면 더 넓은 세상에서 나는 어느 순간 즉시 《보그》의 편집장으로 보일 수 있다.

9.

미용실 가운

다음 장면을 상상해보자. 어느 공간, 많은 거울이 있고 그 앞 일렬로 늘어선 의자에 사람들이 앉아 있다. 자신의 옷과 몸의 형태를 숨기는 단조로운 천에 휘감겨 오직 머리만 내놓은 채 창고에 쌓여 있는 마네킹처럼 때를 기다리고 있다. 자, 미용실에 온 것을 환영한다.

외모가 더 멋지게 변화하기를 바라는 마음으로 미용실을 방문하지만, 여기에는 엄청난 모순이 들어 있다. 손질을 받는 과정 내내 매력이나 아름다움이라고는 눈곱만큼도 없고, 우리의 신체 중 어느 한 부분에도 전혀 득이 안 되는 무언가를 입는다. 나는 미용실 가운이 손질을 마치고 난 후 어떤 결과가 나왔든 더 좋아졌다고 느끼게 만들려고 의도적으로 칙칙하게 디자인된 것은 아닐까 궁금했다.

어머니가 다니던 미용실에 나를 데려갔을 때 처음 미용실을 경험해보았다. 어머니가 수년 동안 매주 방문해 샴푸를

하고 머리를 말았던 곳이었다. 큰 헤어롤로 머리를 말고, 그 위에 모자 같은 것을 썼다. 미용실 이름은 앨런 스피어스Alan Spiers였고, 웨스트엔드 오브 런던의 버클리 스퀘어 북쪽 끝에 있었다. 우아한 타운하우스 건물의 1층에 자리했으며, 거대한 창문을 통해 스퀘어의 정원 너머 피카딜리에 있는 리츠 호텔이 보였다. 가끔 어머니가 우리 형제를 데려가는 날은 내 생각에 우리를 돌봐줄 사람이 없었기 때문이다. 어머니가 머리를 하는 동안 옆의 의자에 걸터앉아 기다리기도 했지만, 이보다는 한두 시간 정도 안내 데스크 근처의 어둑하고 신비스러운 벽장 안에 숨어 있는 시간이 더 많았다. 이곳에는 미용실 가운과 이보다 더 흥미로운 네일 미용사의 손수레가 보관되어 있었다. 손수레에는 분홍색과 다홍색, 진홍색 매니큐어가 들어 있는 근사한 병이 놓여 있었다.

어린 나이에도 나는 미용실이 변신을 위한 장소임을 눈치챘다. 이들은 피부 아래의 모낭을 따라 이동하며 두피에서 나온 죽은 물질인 머리카락이 자라게 해주는, 아미노산으로 결합된 탄소와 질소, 산소, 황, 수소의 혼합물을 조작한다. 그렇다. 죽은 물질. 그러나 미용사는 자신이 외모에서 가장 즉각적이고 강력한 요소를 다루고 있다는 사실을 안다. 머리카락은 엄청난 효과를 불러온다. 우리는 이것에 힘과 생기, 젊음, 건강의 의미를 부여하고, 이 모든 것과 더불어 더 많은 것을 얻기를 바라며 미용실에 간다. 가운을 입는 것이 과정의 첫 단계다. 가위질과 고데기로 말기, 염색, 빗질, 파마는 이 죽은 물질의 모양을 확 바꾸어 놓을 수 있다. 우리는 이것이 삶을 바꿀 것이라고 생각한다(또는 최소한 상당히 자주 이런 생각을 품는다).

11살 때 어머니는 내가 머리를 자를 때가 되었다고 생각했다. 그 이유는 어머니만 안다. 모델 트위기와 디자이너 메리 퀀트Mary Quant, 내가 좋아했던 배우 에이드리엔 포스타Adrienne Posta 모두 비달 사순이 창조한 기하학적 모양의 짧은 머리였다. 그러나 교복으로 모자를 써야 했던 동그란 얼굴의 11살 소녀에게는 어울리지 않았다.

싹둑, 싹둑. 어깨까지 내려오던 내 갈색 머리카락이 바닥에 떨어져 내렸다. 그리고 뭉텅뭉텅 잘려져 나간 머리카락이 의자 주변에 모여 있는 모습을 지켜보고, 극적으로 변화된 모습이 드러났을 때 느꼈던 충격은 내가 《보그》에 합류하기 전까지 25년 동안 미용실에 가는 것을 꺼리게 만들기에 충분했다. 지금까지도 머리에 무언가를 했을 때보다 아무것도 하지 않은 모습에 훨씬 더 편안함을 느낀다.

내 머리카락은 그냥 자라고 또 자랐다. 나는 머리카락을 만지작거리고, 갈라진 끝을 뜯어냈다(내가 한때 집착했던, 그러나 수십 년 동안 곰곰이 생각해보지 않았던 행동이다). 일자로 뻗은 생머리였기 때문에 가끔 화장실에서 살짝 잘라낼 수 있었다. 13살 무렵까지 헤어 컨디셔너라는 단어가 성관계를 가지는 것과 관계가 있는 신비한 무언가라고 의심하고 있었는데 잡지에 적힌 질문을 본 이후로 아니라는 것을 알게 되었다. 질문은 이랬다. '얼마나 자주 컨디셔너를 사용합니까? a) 일주일에 한 번, b) 한 달에 한 번, c) 사용 안 한다.' 나는 내 머리에 컨디셔너를 듬뿍 쏟아 붓기 시작했다. 또 웨이브가 생기도록 젖은 머리를 땋은 상태로 잠을 잤고, 머리 염색을 위해 역한 냄새가 나는 헤나를 잔뜩 발랐으며, 심지어 머리에 감아 웨이브를 만드는 도구도 샀다. 미용실에 가지 않는다는 원칙이 깨진 적이 있었는데, 대학교를 졸업할 무렵 미켈란젤로 안토니오니Michelangelo Antonioni의 영화 〈여행자The Passenger〉에 출연한 마리아 슈나이더Maria Schneider처럼 보이기를 바라며 파마를 했을 때였다. 그러나 이후로 다시 긴 생머리로 돌아갔다.

대다수 여성과 많은 남성에게 미용실은 잠시 쉬는 장소다. 어떤 사람들에게는 교회와 같은 곳이기도 하다. 다른 사람들의 요구에서 벗어나게 해주고, 이들만의 방식으로 일종의 해방감을 선사하고, 궁극적으로는 더 나은 모습으로 변신시켜주는 피난처다. 미용실 가운을 걸치는 순간 당신은 신뢰와 희망을 품고 이들에게 자신을 맡긴다. 한 사람으로 들어가 계획했던 대로 새로운 사람이 되어 나온다. 상당히 설득력 있는 말이다.

그렇지 않고서야 나를 포함한 그 누가 우스꽝스러운 가운을 입고 몇 시간을 보내려고 하겠는가? 그리고 이것이 우리가 태블릿 PC를 들여다보고, 잡지를 읽고, (당신이 유난히 눈치 없는 사람이라면) 휴대폰으로 큰 소리로 수다를 떨고, 때로는 끝없이 이어지는 거울을 통해 수많은 낯선 사람들이 머리에 은박지나 수건을 두르거나, 염색약을 바르거나, 샴푸대에 누워 검은색 티셔츠를 입은 보조 미용사가 머리를 감기고 문지르고, 마사지하고 물기를 꽉 짜내는 모습을 힐끗거리는 이유다. 그리고 때때로 우리는 거울 속 저 멀리 어딘가에 같은 색과 길이의 머리를 가졌지만, 턱선이 뚜렷하지 않고 입가가 암울하게 축 처진, 자신처럼 보이는 누군가를 발견한다. 그리고 손을 움직이거나 의자를 조정하다가 깨닫게 된다. 맙소사, 나잖아. 내가 정말 저렇게 보인다고? 그리고는 즉각 자신이 아직 미용실에 있고, 무언가 손써볼 수 있다는 사실에 안도한다.

유능한 미용사는 당신의 머리를 가지고 요란을 떨기만 하는 사람이 아니다. 이들은 고백과 열망의 창고다. 뛰어난 미용사는 소문과 추측, 확신, 권위를 혼합할 줄 아는 대화 기술의 대가다. 나는 내 미용사가 이 기술에 능하다고 인정한다. 그리고 우리는 이 더 높은 권위를 믿고 싶어 한다.

개인적으로 내 미용사의 입에서 나오는 말 중 가장 듣고 싶지 않은 말은 이렇다. 어떻게 생각해요? 볼륨을 좀 더 넣을까요? 완전히 새로운 모습을 할 건가요? 조금 더 층을 넣는 건 어때요? 앞머리를 내리는 등 무언가 새로운 시도를 해볼까요? 조금 더 밝게 해도 괜찮을 것 같나요? 나는 답을 듣기를 원한다. 이들이 나를 대신해 생각하고, 정답을 찾아주면 좋겠다. 나는 이들이 자신이 무엇을 해야 하는지 안다고 믿고 싶다. 모든 과정을 마치고 마침내 가운을 벗었을 때, 그리고 옷을 입고 내 모습이 더는 사악한 숭배 집단의 일원으로 보이지 않을 때 나는 이제 멋진 머리 스타일을 하고 있다는 이유로 세상이 더 나은 곳이라고 느끼며 미용실을 나선다.

IO.

브로치와 배지, 핀

휘장은 그 사람이 어느 집단에 속해 있는지 보여준다. 내가 처음 배지를 달았던 경험은 그다지 좋지 않았다. 동네 교회 지하실에서 매주 열리는 소녀들의 단체인 브라우니 모임에서 받은 것이었다. 지금도 때때로 오후 5시에 종소리가 울리면 그때의 괴로운 기억이 떠오르곤 한다.

당시에 브라우니들은 몇몇 집단으로 나뉘었다. 내가 속한 집단은 '엘프(요정)'였고, 나는 극도로 낙담했다. 우리의 좌우명은 나와 정말 맞지 않았다. '나는 행복한 작은 엘프, 나보다 먼저 타인을 돕는다.'

파란색 엘프 배지가 갈색 유니폼에 박음질되어 있었는데, 이것은 우리가 받게 될 많은 배지 중에서 첫 번째였다. 몇 주가 지나면서 다른 아이들의 옷에는 라이스 푸딩을 만들고, 까다로운 매듭을 묶고, 모닥불을 피우는 능력이 있음을 보여주는 배지로 뒤덮이기 시작했다. 그러나 나는 예외였다. 당시를 떠올려보면 (지금도 여전히 매듭 묶기나 바느질을 잘하지 못하지만) 내가 정말로 주어진 과제 중 어느 하나도 완수할 수 없었다는 것은 말도 안 되었다. 그러나 나는 성취를 강요당하는 기분이 싫었고, 인정받기 위해 특정한 방식으로 행동해야 한다는 생각에 분개했다. 그래서 브라우니 활동에서 큰 부분을 차지하는 배지를 획득하지 못해 내 유니폼은 사막처럼 휑했고, 내 옆에 앉은 모두에게 내가 형편없는 브라우니임을 보여주었다.

배지는 장식용 브로치와 형제이며 더 실용적이다. 미국에서는 이 둘을 핀이라고 한다. 이들은 흔히 충성심을 보여주고, 이런저런 업적을 거두었음을 의미한다. 사람들은 핀을 달면서 자신의 태도를 확실하게 밝힌다. 이들은 영광의 배지다. 모두가 볼 수 있는 배지를 다는 행위는 생각을 숨김없이 드러내는 것과 같다. 그러나 어떤 단체의 일원임을 공공연하게 드러내는 배지는 편견과 공포의 상징이 되기도 한다. 나치가 유대인들에게 달게 한 노란색 별이나 짐 크로Jim Crow* 집회에서 KKK가 단원들에게 나눠준, 복면 모양의 핀을 예로 들 수 있다.

브로치는 배지처럼 분명한 메시지를 전달하지 않지만, 누구도 이유 없이 달지 않는다는 점은 똑같다. 브로치를 다는 행위는 매우 신중하게 이루어진다. 어디에다 달지 위치를 선

---

* 짐 크로 법은 1876년부터 1965년까지 시행된 미국의 법으로 공공장소에서 흑인과 백인의 분리와 차별을 규정했다.

정해야 하고, 손으로 직접 달아야 하며, 물론 나중에 떼어내야 한다. 고리가 성가신 경우가 흔하고, 브로치를 단 사람은 옷에 핀을 찌르고 뻣뻣한 옷감을 통과하도록 힘겹게 움직여야 한다. 아무런 노력 없이 그냥 쉽게 달 수 있는 물건이 아니다.

브로치는 가족 중에서 제일 세련된 언니다. 이들은 원래 가시와 단단한 돌로 만들어진 잠금장치였지만, 진화를 거듭하면서 금속과 보석으로 제작되었고, 부와 지위를 보여주는 도구가 되었다. 목걸이와 팔찌와는 다르게 조용하고 움직임이 없으며, 길게 늘어져 대롱대는 장신구처럼 귀에 거슬리는 달그락거리는 소리를 내지 않는다. 그러나 이들에게도 착용한 사람의 뜻을 드러내는 능력이 있고, 다른 어떤 장식보다 강력한 목소리를 낸다.

일전에 나는 이 책에 필요한 조사를 한다는 핑계로 아침내내 좋아하는 영화를 보았다. 니콜라스 로에그Nicolas Roeg 감독의 〈배드 타이밍Bad Timing〉이었다. 80년대에 개봉했던 이 영화는 성적 집착에 관한 이야기였고, 당시 로에그의 아내였던 테레사 러셀Theresa Russell이 자유분방한 밀레나 역을, 아트 가펑클Art Garfunkel이 밀레나에게 마음을 빼앗긴 정신분석가 알렉스 역을 맡았다. 영화의 의상은 한때 《보그》의 패션 편집자로 성공했던 마리트 앨런Marit Allen이 디자인했는데, 매력적이면서 동시에 애정에 굶주린 술에 취한 희생양, 예측 불가능하고 카리스마 있으며 불안정한 여성에 대한 관객의 이해를 높이는 의상이었다.

그는 밀레나의 의상에 언제나 암적색과 오렌지색, 노란색, 코발트색, 선홍색을 사용했다. 그리고 브로치를 빼놓지 않았다. 라벤더 색깔의 새 모양 브로치와 인조 플라스틱으로 만든 과감한 스타일의 브로치, 밀레나의 밍크 재킷에 달린 큐빅이 박힌 원형 브로치 등 화려하고 요란하며 안 보고는 지나칠 수 없는 브로치였다. 이들 모두는 클로즈업 장면에서 카메라에 오랫동안 담긴다.

영화 속 밀레나의 옷은 철의 장막을 가로지르는 다채롭고 반짝이는 세상의 일부다. 밀레나는 체코슬로바키아와 오스트리아 사이의 검문소에서 연상의 체코인 남편을 떠나는 장면에서 처음 등장한다. 밀레나는 검은색 코트를 입고 있다. 왼쪽 가슴에 구릿빛의 손 모양의 브로치가 달려 있고, 길고 우아한 그 손가락 끝에는 다홍색이 칠해져 있다. 손목에는 두꺼운 사슬 팔찌를 두르고 있고, 네 번째 손가락에는 진한 녹색 인조 에메랄드 반지를 끼고 있다. 브로치의 핀이 풀어졌고, 남편은 그를 자유롭게 놓아주며 풀린 핀을 다시 코트에 밀어 넣어 브로치를 제자리에 고정한다. 나중에 알게 된 것을 그때 알았다면 우리는 이 브로치가 이들의 관계만큼이나 견고했음을 눈치챌 수 있었을 것이다. 이 브로치가 모든 이야기를 대변해준다.

80년대 초반은 한물갔던 패션 주얼리가 다시 유행하기 시작한 시대였다. 그 당시 내 남자친구는 녹색 눈에 솜사탕 분홍색 굴레, 투명한 유리 발가락 등 색색의 유리로 장식된 인도코끼리 모양의 묵직한 은 브로치를 선물했다. 다른 많은 장신구처럼 어느 순간 유행이 지났다고 느껴지기 전까지 수 년간 거의 매일 이 브로치를 달았다. 나는 시간이 흘러 이제 는 인도코끼리나 모조품, 어렴풋이 향수를 불러일으키는 브 로치를 더는 착용하지 않는다는 사실을 전혀 모르는 사람 같 았다.

미국의 외교 전문가 매들린 올브라이트는 브로치를 지능 적으로 활용한 대가였다. 보유하고 있는 브로치의 양이 엄청 나게 많고 멋져서 뉴욕 메트로폴리탄 미술관에서 전시를 기 획하기도 했다. UN 미국 대사로 재직했고, 후에 국무장관이 된 그는 브로치 수집에 큰 공을 들였다. 〈내 브로치를 읽어봐: 한 외교관의 보석 상자 이야기Read my pins: Stories from a Diplomat's Jewel Box〉라는 제목이 붙은 전시회 카탈로그에서 그는 학창 시 절에 남자친구와의 관계를 자랑하기 위해 착용했던 남학생 클럽 핀에서부터 국무장관으로 임명되었을 때 자신에게 주 는 선물로 구매한 다이아몬드 독수리 브로치까지 이들과의 일생에 걸친 관계를 이야기했다.

대부분 브로치를 평범한 옷에 생기를 주는 장식용으로 사 용하지만, 올브라이트는 외교 도구로 활용했다. 푸틴이 부정 한 체첸 공화국에서의 인권 침해 문제를 논의하기 위해 그를 만났을 때는 '현명한 세 원숭이(악은 보지도, 듣지도, 말하지 도 말라)' 브로치를 착용했다. 또 사담 후세인 정권의 언론이 그를 '뱀'이라고 칭한 후 이라크 관료들을 만날 때는 금과 다이아몬드로 제작된 뱀 브로치를 달았다. 그의 브로치는 말로 표현하고 싶지 않은 생각을 전달해줄 수 있었다. 소프트 파워soft power*의 극치였다.

나는 유년 시절에 브라우니 활동 경험을 통해 얻은 혐오감이 성공과 성취를 공개적으로 드러내는 행위에 대한 내 반응에 얼마나 큰 영향을 주었는지 궁금할 때가 많다. 내가 받지 못했던 배지에는 자랑스럽게 보여주라는 의도가 내포되어 있었다. 사람들은 이런 배지를 받고 침실의 서랍 안에 아무렇게나 처박아두지 않았다. 자신의 능력을 다른 사람들에게 보여주는 것이 목적이었다.

그러나 나는 정확히 반대되는 행동을 했고, 두 개의 정말로 멋진 핀을 받은 날부터 계속 숨겨두었다. 하나는 대영제국 4등 훈장Order of the British Empire으로 잡지 업계에 이바지한 공로로 받았고, 짙은 연어색의 그로그랭 리본에 십자 모양의 메달이 달려 있다. 2007년 6월에 버킹엄 궁전에서 여왕이 내 재킷에 달아주었다. 다른 하나는 앞의 훈장보다 등급이 더 높은 대영제국 훈작사Commander of the Order of the British Empire로 패션 저널리즘에 이바지한 점이 인정되어 받았다. 이 훈장은 살짝 더 길고 넓은 리본에 달려 있고, 십자가 색깔은 푸른 빛을

---

* 군사력이나 경제제재 등 물리적으로 표현되는 힘인 하드 파워(hard power)에 대응하는 개념으로 정보과학이나 문화·예술 등이 간접적이고 무형의 영향력을 행사하는 힘을 말한다.

띠고 있다. 내가《보그》를 떠난 다음 해에 케임브리지 공작이 내 코트에 달아주었다. 무슨 이유에선지 이 훈장을 사람들 앞에서 달고 싶다면 이 큰 메달이 아니라 축소된 모형을 달아야 한다. 그리고 나는 한 번도 단 적이 없다. 대신 아주 가끔 꺼내 본다. 거의 안 보는 수준이라고 할 수 있다. 옷장 서랍에 넣어둔 가죽 상자를 들여다볼 일이 얼마나 자주 있겠는가?

이것은 드러내놓고 자랑하는 행동을 매우 조심스러워하는 영국인의 성향에서 비롯되었다. 자격증을 은색 액자에 끼워 벽난로 선반 위에 전시하는 대신에 일반 액자에 넣어 아래층 화장실 벽에 걸어놓는 것과 같다. 뽐내는 것처럼 보이고 싶어 하지 않은 기질은 영국의 훈장과 유사한 프랑스의 레지옹 도뇌르 훈장이나 이탈리아의 기사 훈장을 받은 유럽인들과는 다른 모습이다. 수상자들은 일상복의 깃에 라펠 핀으로 된 이 훈장을 단다.

그러나 사람마다 성취를 얼마나 과시하고 싶은가에 대한 견해가 매우 다르다. 어쩌면 나도 나이를 더 먹으면 제1차 세계 대전 휴전 기념일에 메달을 달고 행진하는 참전용사들처럼 이런 훈장을 꺼내 달고 돌아다니게 될지도 모른다. 스스로 세운 규칙을 차버리고 이들을 받았다는 영예에 탐닉하며 지금처럼 조금은 수줍어하는 태도를 보이는 대신에, 쇼핑하러 가면서 왼쪽 가슴에 자랑스럽게 다는 날이 오게 될지도 모른다. 내가 착용할 수 있는 최고의 것이자 가장 눈부신 핀을 말이다.

II.

리틀 블랙 드레스

검은색 원피스. 리틀 블랙 드레스Little Black Dress. LBD. 어느 순간부터 어떤 스타일 하나가 서양에서 인기를 끌기 시작했다. 이 세 글자에는 우리가 상상하는 교양 있고, 세련되며, 매력 있는 세계가 담겨 있다.

이 단어가 언제부터 사용되었는지는 분명하지 않지만, 1977년 5월《시드니 모닝 헤럴드The Sydney Morning Herald》의 '인 마이 패션In My Fashion' 칼럼에 일찍이 인용된 사례가 있다. '옷장을 살펴보다 l.b.d로 손을 뻗어서 패션 참사를 면할 수 있었던 횟수를 세어보려는 시도는 의미가 없다.' 검은색 원피스는 단순하고 실용적이면서도 세련된 옷이다. 세계에서 가장 유명한 패션 잡지의 편집장이라면 당연히 기본적으로 가지고 있어야 하는 옷이었다. 그러나 나는 예외였다.

《보그》에서 일한 지 9개월이 안 되었을 때 지금은 너무나 유명한 디자이너가 된 마크 제이콥스가 당시 페리 엘리스 신상품을 선보이면서 그 시대의 유행 스타일에 폭발적인 변화를 가져왔다. 뉴욕 패션 위크에서 보여준 15분짜리 쇼 한 번으로 제이콥스는 앞선 시대의 대담한 파워 드레싱을 완전히 무너뜨렸다. 줄무늬 스카프와 비니 모자, 격자무늬 셔츠, 끈이 달린 긴 슬립 원피스, 컨버스 운동화를 신은 모델들의 행진은 패션의 개념을 재설정하는 보기 드문 순간을 선사했다. 80년대 후반에는 모델들이 매끄럽고, 요염하며, 다리를 훤히 드러낸 모습을 보여주었다면, 이 쇼에서는 매우 젊은 여성처럼 보이는(이들은 실제로도 아주 어리다) 슈퍼 모델들이 거의 메이크업을 하지 않은 얼굴로 몸을 꼿꼿이 세운 기존의 전통적인 모델 워킹이 아닌 구부정한 자세로 런웨이를 따라 걸었다. 그런지 룩grunge look* 특유의 '알 게 뭐야'라고 말하는 듯한 무관심한 태도에서 이들은 20년 전 런던의 여학생이었던 나와 내 친구들과 묘하게 닮은 모습을 하고 있었다.

안타깝게도 이런 스타일은 대부분이 내 사적인 영역을 벗어나지 못했다. 《보그》의 편집장으로서 이런 스타일을 하고 출근할 수는 없었다. 그런지 룩은 패션계에 큰 변화의 바람을 불러왔지만, 이 세계에 존재하는 또 다른 스타일일 뿐이었다. 패션 잡지에서, 패션 사진작가의 작품에서, 젊은 모델을 캐스팅할 때 이 스타일이 새로운 기준이 되었지만, 일상에서 패션계의 중역 자리에 앉아 시간 대부분을 보내는 나로서는 진지

---

* 1990년대 초에 등장한 패션으로 보통은 단정하지 않고 낡아 보이는 의상을 착용하는 스타일을 말한다.

하게 보이기 위해 입어서는 안 되는 옷이었다. 그렇다. 나는 좀 더 단정하고 세련되었으며 고급스럽게 보여야 했다. 현실적으로도 35세에 그런지 룩을 갑자기 소화하기에는 조금 부담스러운 감이 있었다.

그런지 혁명이 앞선 패션 스타일의 주요 요소였던 어깨 패드와 미니스커트, 레깅스를 잔해더미로 만들기는 했지만, 직업 세계에서만 그런지 룩이 주류가 되지 못한 것이 아니었다. 이 스타일은 상업적인 성공은 거두지 못했다. 1년도 지나지 않아 이 잔해더미는 쓸려나갔고, 새롭고 더 화려하며 출세 지향적인 스타일이 다시 고개를 들었다. 그리고 이번에도 리틀 블랙 드레스는 이 부활을 이끈 기둥 중 하나였다.

몸 안에 단 하나의 그런지 세포도 가지고 있지 않은, 런던에서 활동하는 디자이너 캐서린 워커 Catherine Walker는 이 당시에 격식을 차린 드레스가 필요할 때 찾는 디자이너였다. 그는 내 선임 편집장이 좋아하는 디자이너였다. 그 선임 편집장은 편집장 자리에 앉은 순간부터 그때까지 입었던 흰색 셔츠와 치노 바지를 내다 버리고 샤넬과 캐서린 워커의 옷을 유니폼처럼 입었다. 또한 워커는 지금은 세상을 떠난 내 부편집장 애나 하비 Anna Harvey가 좋아하는 디자이너이기도 했다. 젊은 웨일스 공주 다이애나에게 비공식적으로 스타일 조언을 해주면서 애나는 워커의 옷을 소개했고, 그는 곧 다이애나가 선호하는 디자이너가 되었다. 내가 《보그》에 새로운 편집자로 부임하고 몇 달 뒤에 캐서린이 내게 옷을 선물하겠다고 제안했다.

나는 이 고마운 제안에 갈팡질팡했는데, 마음은 고마웠으나(캐서린 워커의 옷은 세련되고 비싸며 고급스러웠다) 그가 디자인한 옷을 입은 나를 상상할 수 없었기 때문이다. 워커의 옷은 내게 어울리지 않았다. 우스꽝스러운 만화 캐릭터처럼 보이지 않으면서 모직과 트위드 옷을 소화할 수 있는 팔다리가 긴 상류층 영국인들을 위한 옷이었다. 나처럼 길고 자주 헝클어지는 머리보다 단정한 단발머리나 틀어 올린 머리에 잘 어울렸다. 그의 긴 파티 드레스는 민트나 베이지, 크림색 같은 연한 색깔일 때 가장 아름다웠다. 내게 어울리는 색깔이 아니었다. 또 구슬 장식이 많아서 편하게 입기보다는 귀하게 모셔야 할 것 같았다.

그래서 그의 끈질긴 제안에 결국 옷을 입어보기 위해 런던의 풀럼 거리에서 조금 벗어난 작은 쇼룸에 도착했을 때 조금 떨렸던 정도가 아니라 그를 실망시킬까 봐 겁을 잔뜩 집어먹었다. 솔직히 말해 침착하고, 우아하며, 하얀 얼굴의 프랑스 여성인 캐서린도 나와 똑같이 이 과제를 어떻게 잘 완수할 수 있을지에 대해 걱정하고 있다고 생각했다.

그는 내게 비교적 작은 작업실을 구경시켜주었다. 거리를 향하고 있는 방에는 가벼운 부클레 트위드 정장과 경마장이나 리츠 호텔의 고급 레스토랑에 갈 때 입을 만한 원피스들이 걸려 있었다. 런던의 켄싱턴과 벨그레이비어 또는 부유한 파리의 포슈가, 맨해튼의 어퍼이스트사이드의 테라스에서 모

임을 가질 때, 여러 가닥으로 된 진주 초커와 매끄러운 검은
색 타이츠와 함께 입을 칵테일 드레스도 있었다. 그리고 더
뒤쪽으로 들어가자 투명 포장재에 싸여 있는, 고상한 상류 사
회의 축하 행사나 파티에 입을 만한 화려한 파티 드레스로 가
득 찬 방이 나왔다. 이 당시에는 이런 자리가 지금보다 훨씬
적었고(레드카펫 행사용 옷이 지금처럼 대중의 관심을 받기 전
이었다),《보그》의 편집장에게조차 이런 멋진 드레스를 입을
기회는 아주 드물게 찾아왔다.

캐서린은 내 예상보다 훨씬 더 친절했고, 나를 안심시켜
주었다. 우리는 여기 걸린 드레스 중 내게 어울리는 옷이 없
음을 재빠르게 인지했다. 캐서린은 나를 위해 옷을 만든다면
내가 자주 입을 수 있는 옷을 원했다. 절대 오지 않을 순간을
무의미하게 기다리며 쇼핑백에 담겨 옷장 가장 구석에 처박
혀 있을 옷이 아니었다.

그리고 여기서 나는 정말로 아름다운 LBD를 소유하게 되
었다. 캐서린은 필요하면 사무실에 입고 갔다가 술을 한잔하
러 갈 수도 있는, 짧은 코트와 한 벌로 디자인된 검은색 드레
스를 제안했다. 소매가 없어서 따뜻한 날씨에 또는 난방이 잘
되는 레스토랑과 파티장에서 입기 좋았다. 또 코트가 있어서
추운 날씨에도 끄떡없었다. 이 옷은 내게 안전장치와 같았다.
완벽하게 어울린다는 사실을 알기 때문에 내가 마주해야 하
는 사람이나 상황을 언제든지 마주할 수 있는 자신감이 생겼
다. 내 몸에 맞게 디자인된 단 한 벌의 옷이었기 때문이다. 진

동은 내 체형에 꼭 맞았고, 목선은 쇄골 부위에 완벽하게 들어맞게 조정되었으며, 허리로 갈수록 가늘어지는 디자인은 더욱 날씬해 보이게 해주면서 최대한 매력적인 모습으로 만들어주었다. 상체가 너무 짧지도, 엉덩이가 너무 크지도 않았다.

그런지가 만들어낸 잿더미 속에서 LBD를 불사조처럼 다시 비상하게 해준 요소는 누가 보아도 알 수 있는 단순함이다. 장식을 배제한 절제된 디자인이 80년대의 진취적이고 멋지게 꾸민 스타일의 잔해와 눈에 띄기를 거부하는 그런지 스타일 사이에 다리를 놓으면서 90년대 중반의 세련된 미니멀리즘 패션이 탄생했다. 그러나 이렇게 보기 드물게 부활하기는 했지만, 이 스타일은 우리가 아는 가장 유명한 LBD와는 크게 달랐다. 우리의 집단의식에 자리를 잡고 최고의 LBD로 끊임없이 언급되었던 것은 〈티파니에서 아침을〉의 첫 장면에서 오드리 헵번이 입고 등장했던 지방시 드레스다.

리틀 블랙 드레스는 모든 자리에 멋지게 어울리는 옷으로 인정받았다. 그러나 헵번의 검은색 원피스는 이런 옷과 거리가 멀었다. 화려한 목걸이와 함께 입은 긴 새틴 원피스는 치마에 옆트임이 있으며, 목 주변의 여러 개의 진주로 만들어진 아름다운 장식이 없더라도 클럽이나 파티에 갈 때를 제외하고 절대로 입을 수 없는 옷이었다.

고전적인 리틀 블랙 드레스를 누가 먼저 만들었는가는 아직도 논쟁 중이다. 일각에서는 영국 디자이너 몰리뉴였다고 말한다. 1928년에《타임스The Times》가 그의 컬렉션을 소개하며 '오후에 입을 만한, 치마 부분에 프릴이 달리고 주름이 잡힌 작은 검은색 드레스가 있다'라고 했다. 어떤 사람들은 1926년 미국판《보그》에 등장했던 코코 샤넬 드레스라고 말한다. 맞을 수도 틀릴 수도 있다. 어쨌든 이 시대에 검은색 원피스가 하녀복이나 상복으로 여겨지기보다는 유행하는 옷이 되었다는 점만은 확실해 보인다.

1920년대 중반의 시대정신은 질문과 창조성이었다. 제1차 세계 대전이 끝난 후 영국과 유럽은 전쟁의 잔해들에서 일상생활을 재건하려고 노력했다. 전쟁이 끝나기는 했지만, 생필품은 구하기 어려웠고, 세상은 전쟁 전과 많이 달라져 있었다. 사회가 생존을 위한 활동에 전념할 때는 우리가 누구이며 무엇이 되고 싶은가에 대한 질문을 깊이 고민할 시간이 거의 없다. 이것은 평화의 시대에서만 누릴 수 있는 사치였다.

그러나 1920년대에 들어와 사회 질서가 회복되었고, 예술가와 지식인들 사이에서 사회와 다른 많은 것들에 의문을 제기하고자 하는 열망이 커졌다. 버지니아 울프와 래드클리프 홀 같은 작가들은 성을 탐구했고, 초현실주의 운동은 놀라운 상상력을 보여주었으며, (항공 여행과 자동차 보유 수가 증가하면서) 속도는 세상을 바라보는 관점에 변화를 가져왔다. 가사 도우미를 고용할 여력이 안 되는 중산층은 기계와 직조 기술을 받아들였다. 특히 여성은 새로운 세상에서 살아가야 했는데, 한 세대의 남성들을 잃으면서 많은 여성이 홀로 남겨지고 일자리가 필요해졌다. 이런 환경에서 검은색 원피스가 (적든 아니든) 인기를 끌게 되었다. 이 옷은 모두가 어디서든 매일 입을 수 있었다.

수년 동안 내 LBD 개수는 계속 늘어났고, 대개 (장례식과 파티 같은) 특별한 사회적 행사에 입을 뿐 어디서든 매일 입지는 않았다. 어느 노년의 남성이 한 프랑스 남성과 했던 대화를 내게 들려주었다. 영국 남성들은 아내들에게 연한 파란색 옷을 입히지만, 어깨너머로는 검은색 옷을 입은 여성을 돌아본다는 얘기였다.

I2.

흰색 셔츠

《보그》에서 편집일을 시작한 지 10년이 된 날 직원들이 기념으로 스크랩북을 선물해주었다. 양각으로 글자가 새겨진 파란색 가죽 표지 안쪽에는 직원들과 알렉산더 맥퀸과 도나 카란, 마이클 코어스, 도나텔라 베르사체, 피비 필로, 캘빈 클라인 등 내가 그때까지 함께 작업했던 많은 디자이너의 (추억, 칭찬, 농담 등의) 글과 사진이 들어 있었다.

그중에는 내가 《보그》에 입사한 첫 여름에 찍은 오래된 슬라이드도 있었다. 이탈리아 사진작가 오베르토 길리Oberto Gili가 찍은 사진들이었는데 직원 한 명이 찾아서 스크랩북에 넣었다. 책임 있는 자리에 앉은 사람처럼 보이는 홍보용 사진이었다. 얼굴을 살짝 기울인 채 갈기처럼 짙고 숱이 많은 머리를 반은 뒤로 올려 핀으로 고정하고, 나머지는 길게 내려뜨렸다. 그리고 흰색 셔츠를 입고 있었다. 스크랩북의 사진 밑에는 이렇게 적혀 있었다. '흰색 셔츠. 우리는 편집장님이 흰

색 셔츠를 입은 모습을 한 번도 본 적 없다···.'

이 말은 사실이었다. 그러나 이전에, 즉《보그》에 들어가기 전에는 흰색 셔츠를 입었던 때가 있었다.

사진작가 로버트 메이플소프Robert Mapplethorpe가 찍은 패티 스미스Patti Smith의 첫 앨범 〈호시스Horses〉 표지 사진은 내 십 대 시절에 큰 영향을 주었다. 사진 속에서 그는 이상적인 여성스러운 모습인 긴 머리를 거부하고 중성적인 모습에 무심한 표정으로 서 있다. 흰색 셔츠를 입고, 목 부분의 단추를 풀었으며, 소매를 접어 올리고, 셔츠 밑단을 검은색 바지에 찔러 넣었다. 검은색 재킷을 어깨에 걸쳤고, 체격에 비해 바지가 너무 헐렁해서 검은색 멜빵으로 흘러내리지 않게 잡아주었다. 이 도시적인 여성 로커 스타일을 받아들이라며 반항적인 시선으로 정면을 응시하고 있다.

그의 앨범이 발매된 가을에 나는 18살이었고, 당시 열렸던 공연을 보았다. 공연이 끝나고 지하철을 타고 집으로 돌아온 나는 앞으로는 넉넉한 스타일의 흰색 셔츠를 입겠다고 결심했다. 이것이 내가 정말로 입고 싶은 유일한 옷이라고 생각했다. 패티 스미스가 나와는 다르게 바짝 마른 몸에 흰색 셔츠를 입고 있다는 사실은 눈에 보이지 않았다. 부스스한 검은 고수머리와 하얀 피부, 모딜리아니의 그림 속 여성을 연상시키는 긴 목이 내 둥근 얼굴과 긴 머리와는 거리가 멀었고 귀족적인 거만한 분위기를 주었지만 상관없었다. 그는 내가 닮고 싶은 사람이었다. 더 정확히는 내가 되고 싶은 사람이었다. 나는 런던의 사립학교에 다니며 고등 과정을 이수해야 하는 여학생이 아닌 성별을 쉽게 구별하기 힘든 뉴욕 거리의 부랑아 같은 모습을 원했다.

내 기억으로 당시에 나는 흰색 셔츠가 없었다. 그래서 가능한 한 빠르게 중고 남성 셔츠를 구하기 위해 가장 가까운 교회의 자선 바자회를 찾았다. 당장 그와 같은 모습을 하고 싶은 마음이 간절해서 임시 조치로 아버지의 옷장에서 셔츠를 빌려 입을 수도 있었다. 하지만 솔직히 말해서 내가 진짜로 그렇게 했는지는 기억나지 않는다. 물론 패티 스미스의 흰색 셔츠는 교회 바자회에 쌓여 있는 낡은 옷 무더기에서 찾은 옷과는 비교가 되지 않았다. 이곳의 흰색 셔츠는 매일 회색 정장과 함께 입고 출근했을 남성의 아내가 가방에 대충 쑤셔 넣어서 가져온 것으로, 멋지거나 섹시하거나 남녀 구분 없는 옷과는 거리가 멀었다.

하지만 이후로 흰색 셔츠는 메이플소프가 찍은 앨범 사진의 이상적인 모습과 반대되는 것들을 대표하게 되었다니 기이할 따름이다. 이들은 이제 질서와 단정함, 전문성, 권위를 의미한다. 내가 오베르토 길리의 사진을 위해 흰색 셔츠를 선택했을 때 나 역시 다수의 여성 간부 사진 대열에 합류했다. 우리는 이런 여성들의 사진을 많이 보아 잘 알고 있다. 잡지나 신문, 웹사이트, 보도 자료의 사진 속에서 쏘아보듯이 빤히 쳐다보는 시선, 깔끔한 단발 또는 최소한 드라이어로 매끄럽게 매만진 머리, '저를 믿으세요'하는 표정. 심지어 가만히 바라보거나 때때로 따뜻한 미소를 짓고, 보통 (아무런 도움이 되지 않지만 부드러운 턱선을 감추는 데는 언제나 도움이 되는) 매니큐어를 칠한 손으로 볼을 감싼 모습을 하고 있다. 흰색 셔츠는 눈에 띄지 않게 권한을 상징하고, 지나치게 화려하거나 반대로 초라해 보이지 않으면서 독설을 피해간다. 흰색 셔츠를 입은 여성에게 주가나 담보 대출을 맡기기 안전해 보인다. 이런 여성들은 책임자로 적합해 보이고, 대부분 사람들이 일할 때는 요란하기보다 꾸밈없는 모습을 선호한다.

전문적으로 보이는 옷차림은 지금도 여전히 까다로운 문제다. 미셸 오바마가 영부인의 스타일에 다채롭고 소매가 없는 옷을 더하고, 배우 조지 클루니의 아내이자 인권 변호사인 아말 클루니Amal Clooney가 날렵하고 누가 보아도 매력적인 모습으로 세계 지도자들과 인권 문제를 논한 후에도 달라지지 않았다. 자신감이 넘쳐 보이고, 편안해 보이고, 모든 종류의 즐거움을 유지하기란 쉬운 일이 아니다. 매일 매일 해야 하는 것을 차치하더라도 그렇다. 전문적인 옷차림은 큐브를 맞추는 것과 같다. 모든 조각이 동시에 제자리를 찾아야 한다. 명백한 성적 특성을 드러내지 않으면서 적절한 매력을 발산하고, 겉치장에 시간을 낭비하지 않으면서 외모에 대한 적당한 관심을 가지며, 자신이 속한 특정한 환경에서 신분의 상징에 사로잡히지 않으면서 이에 대한 합의를 이룰 필요가 있다. 흰색 셔츠가 하얀 도화지처럼 원하는 대로 스타일링이 가능하므로 다양한 방식으로 우리를 구제해줄 수 있다는 사실은 놀랍지 않다. 중역 회의나 스카이프와 페이스타임을 통해 회의를 진행할 때 테이블 위 옷차림으로 흰색 셔츠를 선택하면 (앞서 마신 커피가 셔츠 앞면에 흘렀다는 사실을 눈치채지 못한 경우가 아닌 이상) 절대 실패할 리가 없다.

또 다른 흰색 셔츠를 찾기 위해 몇 시간이고 아낌없이 투자하는 여성들이 있다. 마음에 드는 무언가를 얻기 위해서는 발품을 팔아야 한다. 흰색 셔츠 마니아에게 끝이란 없는데, 이들이 열망하는 대상이 쉽게 낡도록 타고났기 때문이다. 산뜻함과 순백색, 화사함은 영원히 지속되지 않는다. 이런 요소들은 빨래나 드라이클리닝을 몇 번만 하면 사라진다. 흰 셔츠는 매우 단순하고 꾸밈없어 보이지만, 사실은 옷장에서 가장 세심한 관리가 필요한 옷이다. 끝이 없는 다림질은 말할 것도 없고, 새하얀 색을 유지하기란…….

유명인들이 공식적으로 공표하는 자리에서 자주 입는 옷 또한 아무 장식 없는 흰색 셔츠다. 메건 마클은 해리 왕자와 함께 처음 대중에게 모습을 드러냈을 때 찢어진 청바지에 큰 흰색 셔츠를 입었고, 빅토리아 베컴은 《보그》 표지에서 흰색 셔츠를 입고 야심 있는 디자이너보다는 정숙한 어머니 같은 모습으로 자녀들에 둘러싸여 나무 아래에 앉아서 등장했다. 디자이너 알렉사 청Alexa Chung은 첫 패션쇼 마지막에 자신이 디자인한 흰색 셔츠를 입고 무대 위에 오르면서 앞줄에 앉아 쇼를 관람하는 유명인이 아닌 '나는 무대 뒤의 일꾼입니다'라는 메시지를 전달했다. 이로써 그는 흰색 셔츠를 유니폼처럼 활용하는 여성 디자이너 대열에 합류했다. 흰색 셔츠는 진짜 나를 보여주는 간단한 방법이자 시간이 흘러도 변하지 않는 패션 아이템이다.

이는 기억에 남을 패션 사진이나 유명인의 멋진 인물 사진을 창조하는 패션 스타일리스트가 흔히 자신들은 흰색 셔츠를 입는 것과 비슷하면서도 다르다. 정작 자신은 화장을 잘하지 않는 메이크업 아티스트나 작업할 때는 주로 특징 없는 유니폼 같은 옷을 입는 패션 편집자도 마찬가지다. 현장에서는 보통 청바지나 검은색 바지에 흰색 셔츠를 입는다. 무늬나 장식이 없는 옷은 여백 같은 역할을 해서 사진의 주체인 모델과 유명인, 그들의 옷에 영향을 주지 않는다. 그래서 주인공들은 사진 속 이미지의 일부가 아닌 이를 조합하는 존재인 패션 스타일리스트로부터 어떠한 방해도 받지 않고 검은색 벨벳 위에 놓인 보석처럼 밝게 빛날 수 있다.

우리가 어린아이였을 때 (초콜릿 바나 풍선껌 대신에 부모님이 항상 먹으라고 종용했던) 사과를 싫어했던 내 여동생은 투덜거리며 노란빛이 도는 사과가 담긴 접시를 퉁명스럽게 노려보았다. 그는 '사과를 좋아하는 행운아'를 부러워 했을 것이다. 언제든 의지할 수 있는 옷인 흰색 셔츠를 엄청나게 많이 소장하고 있는 스타일리시하고 성공한 여성들의 이야기를 읽을 때면(나는 이들의 이야기를 자주 읽는다) 언제나 '흰색 셔츠를 좋아하는 행운아'를 떠올린다. 셔츠들이 옷장 안에 걸려 있는 모습이 얼마나 사랑스러운가. 출동할 준비가 끝난 정갈하고 생기 넘치는 군대와 같다.

내게도 준비를 마치고 기다리고 있는 칼 라거펠트의 흰색 셔츠가 있었다. 나는 90년대에 파리의 쿠틔르 패션쇼 주간에 그의 저택에서 저녁을 먹을 때 이 셔츠를 입었다. 저택은 예술가들이 많이 거주하는 레프트 뱅크의 좁은 인도의 거대한 문 뒤에 숨겨진, 이 도시의 비밀스러운 성이었다. 문을 열면 자갈이 깔린 장엄한 안뜰이 눈에 들어왔다. 버킹엄 궁전의 접견실을 무색하게 만드는 무도회장 크기의 방들로 모델과 쿠틔르 구매자, 몇몇 잡지 편집자, 파리에 있던 다양한 유명인사들이 속속 들어왔다.

놀랍게도 내 옆자리에 배우 리처드 기어가 앉았는데, 〈사관과 신사〉를 본 이후로 나는 이 배우의 열렬한 팬이었다. 주변을 돌아다니던 다수의 홍보 담당자 중 한 명으로부터 듣게 된 사실에 따르면 그는 원래 내 옆자리가 아닌 당시 그의 아내이자 패션쇼의 모델이었던 신디 크로퍼드와 같은 테이블에 앉을 예정이었다. 그러나 하필이면 그 테이블에 그와 오랫동안 껄끄러운 관계에 있었던 뉴욕의 레스토랑 경영자가 있었고, 모든 불쾌한 상황을 방지하고자 자리가 급하게 바뀌었다. 이날 밤에 내가 쓴 일기를 보면 나는 불쌍하게도 그와 인사 한마디를 나누는 것 외에 아무 말도 하지 못했다. 슬프지만 사실이었다. 리처드 기어는 물론이고 유명한 사람과 있을 때면 언제나 말문이 완전히 막혀버리는 내 성격 때문이다. 상당히 우울한 일이 아닐 수 없다.

내 다른 쪽에는 할리우드의 중개인이 앉아 있었다. 그는 기어와 크로퍼드가 떨어져 앉는 이유를 이해할 수 없다고 말했고, 나는 사람들이 외식하러 나가서 여러 사람을 만나기 좋아한다고 답하면서 동행한 사람 옆에 앉는 것은 조금 뻔하다고 말했다. 가능하다면 새롭고 재미있는 사람을 만나고 싶지 않겠어요? 그는 충격을 받은 얼굴로 답했다. "저들이 이곳에 그냥 '얼굴을 비추기 위해' 왔다는 점을 알아야 해요. 우리 업계에서는 삶을 가능한 한 즐거워 보이게 만들기 위해 무엇이든, 정말로 무엇이든 다 해요." 그의 이 말에서 내 옆자리에 앉으면 리처드 기어가 이 목적을 달성할 수 없다고 그가 생각한다는 사실을 추론하기 어렵지 않았다.

내 인생에서 흰색 셔츠와 관련된 또 다른 짤막한 일화가 있다. 나는 몸에 딱 맞고 레이스 칼라가 달린, 크림색이 도는 흰색 리넨 셔츠를 입고 여름을 보낸 적이 있다. 이 옷을 천 조각들을 꿰매어 붙인, 종아리 밑까지 내려오는 검은색 면 치마와 은색 버클이 달린 검은색 가죽 벨트와 함께 입었다. 유명한 사진작가 알프레드 스티글리츠Alfred Stieglitz가 찍은 그의 아내이자 화가인 조지아 오키프Georgia O'Keeffe의 사진에서 영감을 받았음을 한눈에 알 수 있는 스타일이었다. 평년과 다르게 더운 여름이었고, 친구로부터 빌려서 묵었던 런던 서쪽 래드브룩 그로브에 있는 아파트의 창문을 통해 매일 밤 레게 음악이 흘러나왔다. 그리고 나는 괴로운 사랑에 깊이 빠져 있었다.

이 당시에 나는 20대였다. 그리고 이후로 직업이 내 정체성의 더 큰 부분을 차지했고, 그 사실은 길리의 사진에서 입었던 흰색 셔츠와 마찬가지로 근사한 옷을 입은 듯이 느껴졌다. 흠잡을 데 없는 전문직 종사자라는 심지어 내가 원하지도 않았던 사람처럼 보이게 만들어주었다.

나는 이제 흰색 셔츠를 입지 않는다. 아마도 예전에 그것을 입으면 나도 될 수 있을지 모른다고 생각했던, 사람의 마음을 휘어잡는 가수나 아름다운 사막 미술가의 삶을 살 수 없음을 깨닫고 안타깝지만 인정했기 때문이 아닐까?

13.

앞치마

1928년 19살의 리 크래스너Lee Krasner는 자화상을 그렸다. 훗날 미국의 대표적인 추상표현주의 화가가 된 그는 나무를 배경으로 서서 붓과 걸레를 들고 파란색 반소매 셔츠 위로 앞치마를 걸친 채 그림을 그리고 있는 자신의 모습을 그렸다. 우리가 그를 바라보듯 그 역시 강렬한 시선으로 우리를 응시한다. 1928년에 앞치마는 뉴욕 디자인 아카데미National Academy of Design 회원이 되겠다는 바람을 가진 야망 있는 유대인 소녀보다는 여성이 집안일을 할 때 주로 입었던 옷이지만, 미술가가 되겠다는 그의 굳은 결심을 분명히 읽을 수 있다.

그의 앞치마는 우리 집 부엌에 걸려 있던 것과 매우 유사하다. 내가 가진 회갈색의 두꺼운 리넨 앞치마는 무릎까지 길게 내려오고, 긴 줄을 허리에 빙 두른 다음에 중앙의 큰 주머니 위쪽에서 묶는 디자인이다. 만족스럽게 단단히 동여매면 마치 상황을 통제하고 있는 듯한 기분이 든다. 나는 이 앞치마를 고가의 프랑스 조리용품을 판매하는 상점에서 구매했다. 보자마자 반했고, 비싸기는 하지만 그만한 가치가 있다고 여겼다. 그리고 지금까지 그 가치를 충분히 증명해왔다. 나는 저녁밥을 만들 때면 수년째 부엌에 걸려 있는 이 앞치마를 둘렀다. 사람들을 식사에 초대할 때도 마찬가지다. 손님들은 이 앞치마를 두르고 자신을 맞이하는 내 모습에 익숙하다. 경제성을 따진다면 이 집에서 가장 효율적인 의복일 것이다.

내 첫 번째 요리책은 『플라우리 핑거스*Floury Fingers*』였는데, 다음과 같은 시로 시작했다.

밀가루로 뒤덮인 손가락,
버터가 묻은 코.
요리란,
바로 이런 거다.

서문에는 흑백으로 그린 작은 소녀의 삽화가 들어 있다. 소녀의 땋은 머리는 리본으로 묶여 있고, 등 뒤로 묶은 앞치마를 두른 채 큰 믹싱볼이 놓여 있는 부엌 조리대 앞에 서 있다. 그리고 이런 글이 적혀 있다.

이것은 여러분의 책입니다.
가능한 한 쉽게 따라 할 수 있도록
만들었지요.

하지만 한두 가지 정도는
조금 어려울 수 있는데,
예를 들면 '치대기'와 '뿌리기'랍니다.
이 엄마가 어떻게 하는지 방법을 보여줄게요.
달걀을 포크로 푸는 작업은
조금 어려울 수 있어요.
이 엄마가 이것도 어떻게 하는지 보여줄게요.

나에게 스콘과 안에 잼을 채운 빵, 건포도 비스킷을 만드는 법을 가르쳐준 사람은 '이 엄마'가 아닌 자넷이었다. 내가 정말로 좋아했던 유모다. 1962년에 내게 크리스마스 선물로 준 이 책의 제일 앞 페이지에 그의 이름이 적혀 있다. 자넷은 앞치마를 두르고 유니폼을 입은 전통적인 스타일의 유모로 매주 24시간 6일을 일했다. 오늘날에는 도저히 믿을 수 없는 노동 시간이다. 우리는 오후에 가끔 책에 소개된 조리법을 함께 따라했다. 나는 삽화 속 소녀가 입은 앞치마와 비슷한 작은 면 앞치마를 둘렀다. 구운 빵의 결과물은 거의 항상 엉망이었다. 건포도가 타버리고 바위처럼 단단한 스콘이 금속 쟁반 위에 놓여 있던 모습이 기억난다. 우리가 만든 (크림치즈와 잼을 바른) 샌드위치는 그보다는 맛있었다. 내가 이런 경험을 하고 있는 동안 우리 '엄마'는 사무실에 있었다. 나와 함께 차를 마셔본 적이 없었다. 그리고 엄마가 된 후에 나 역시 내 아들에게 그랬다.

그러나 앞치마를 두르고 요리를 시작하면서 얻는 만족감은 이후로도 줄곧 내게 남아 있었다. 나는 유모의 지도를 받으면서 내 생애 첫 요리 경험을 했지만, 나와 내 형제들이 좋은 음식을 먹을 수 있었던 이유는 우리 어머니의 헌신 덕분이었다. 분명히 해두겠다. 어머니는 정기적으로 요리했지만, 앞치마를 입거나(그는 이것이 너무 '주부다운' 모습이라고 생각했다) 스펀지케이크를 구운 적은 없었다. 어머니는 요리책 작가 엘리자베스 데이비드Elizabeth David의 글을 통해 좋은 음식이 무엇인지 알게 된 세대에 속했고, 이 사실은 지금도 변하지 않았다. 엘리자베스는 전후 식량 배급제로 암울해진 식탁에 완전히 새로운 기쁨과 감각적인 지중해풍의 미학을 가미했다. 그래서 우리는 천천히 익혀 만드는 냄비 요리와 쑥을 채운 통닭구이, 크림소스에 고기를 넣은 스트로가노프, 집에서 만든 민트 소스, 그리고 언제나 신선한 채소를 먹었다. 지금도 어렸을 때 완두콩과 잠두콩의 껍질을 벗겼던 기억이 난다. 반복적인 움직임은 명상하듯이 마음을 고요하게 해주었고, 내게는 여름이 오고 있음을 알려주는 신호였다.

앞치마는 요리를 의미하고, 요리는 내 책에서 집을 의미한다. 이는 분명히 어머니 덕분이다. 내가 요리를 하는 이유는 이를 즐기기 때문이 아니다. 많은 사람이 그렇듯 썰고 젓는 과정이 내게는 마음의 평안을 가져다주지 않는다. 요리는 내게 긴장을 풀어주는 방법이 아니다. 나는 한 번도 요리를 즐거운 마음으로 고대해본 적 없다. 그러나 사람들에게 음식을 먹이는 아주 기본적인 행위에는 무언가가 있다는 생각은 내 안에 뿌리내리고 있다. 앞치마처럼 보호벽을 제공하면서 이 시간 동안은 다른 곳에서 벌어지는 모든 일을 중요하지 않게 만든다. 업무가 주는 압박과 정신적 스트레스는 일시적으로 이 뒤로 물러난다.

이런 요리에서 음식이 얼마나 모험적이거나 완벽하거나 아름다운가는 관심의 대상이 아니다. 내가 올바른 요리사라고 부르는 사람들은 최고의 재료를 선택하고, 맛뿐만이 아니라 장식에도 심혈을 기울인다. 그리고 요리를 침대를 정리하는 것보다 그림을 그리는 것으로 여긴다. 내 요리는 최소한의 요소들을 갖춘 수준에 가깝지만, 그렇다고 해도 어느 정도의 창작과 준비가 필요하다. 포장 음식을 주문하거나 냉동식품을 오븐 안에 넣는 일과는 다르다.

앞치마는 줄곧 가정과 사회적 지위의 상징이었다. 오늘날 캐스 키드슨Cath Kidston 같은 회사들은 전 세계의 중산층에 경쾌하고 다채로운 앞치마를 판매하고, 고급 가정용품 상점들은 두툼한 리넨 앞치마에 코트값과 맞먹는 가격을 매긴다. 그러나 앞치마가 가진 의미가 이보다 더 컸던 시기가 있었다. 18세기에 패션 리더였던 보 내쉬Beau Nash는 1720년대에 퀸즈베리 공작부인과 하얀 앞치마를 놓고 맞붙었다. 공작부인이 그가 의전관으로 있던 온천 도시 바스를 방문했을 때의 일이다. 그는 공작부인에게 '애비게일을 제외하고 누구도 하얀 앞치마를 입지 않습니다'라고 말하며 앞치마를 벗어야 한다고 주장했다. 애비게일은 시녀를 뜻했다. 이 당시에는 사회 계급을 유지하기 위해 계급마다 다른 옷을 입어야 한다는 생각이 지배적이었다. 공작부인이 시녀처럼 차려입고 대중 앞에 나타나는 모습이 용인된다면 어떤 대혼란을 초래하겠는가? 앞치마는 부유한 여성들이 격식을 차린 파티 드레스보다는 불그스레한 뺨을 한 우유 짜는 여자나 여자 목동으로 분장하는 가장무도회에 어울렸다. 앞치마는 당시 미술과 문학에서 자주 배경이 되었던 시골 생활을 묘사하는 또 다른 요소가 되었다.

앞치마가 (계급이든 성별이든) 억압의 지표라는 오명을 벗기까지 300년이 넘는 세월이 걸렸다. 집 꾸미기가 대유행을 하면서 앞치마가 인기를 얻은 가운데, 가슴 부분 장식과 끈은 이제 패션의 요소로 자리를 잡았다. 실용적인 집 청소 비법들을 소개하는 인스타그램 이용자들은 수백만 팔로워를 보유하고 있고, 쉴 새 없이 쏟아져 나오는 요리책이 인기도서 목록을 점령하고 있다.

집을 가꾸는 일은 너무나 많은 상황이 통제권을 벗어나는 더 큰 세상과 대조되며 흥미로워 보일 수 있다. 정리 정돈의 대가들이 인스타그램에 올린, 티셔츠를 접고 청바지를 옷장에 포개어 넣는 방법, 저장 용기 판매를 도와주기 위해 가정용품점의 게스트로 출연하는 동영상을 살펴보면 몇 시간이 훌쩍 지나가기도 한다. 반짝반짝 광이 나는 싱크대에서 구원을 얻고, 수건이나 행주가 찬장에 깔끔하게 정리된 모습에서 만족을 느끼며, 나무 선반 위 일렬로 늘어선 유리병들에서 성취감을 맛볼 수 있다.

　그러나 나는 이 사람들이 욕조를 박박 문질러 닦고, 계단을 진공청소기로 미는 일을 즐긴다고 진심으로 말할 수 있을지 의심스럽다. 하수구의 머리카락과 찌꺼기들을 치우거나 쓰레기통을 물청소하는 일은 어떤가? 우리는 자신을 멋있어 보이게 만들어주는 작은 일부만 좋아한다. 라벤더 향이 나는 스팀 다림질을 하고, 서랍에 정리하지만, 정말로 궂은 일은 형편이 된다면 다른 누군가를 시켜 해결한다.

　집을 예쁘게 꾸밀 수 있는 물건들이 열망의 대상이 되었지만, 힘든 일은 여전히 일반적으로 최대한 피하려고 한다. 다시 말해 뒤에 남아 누가 치우는가의 문제는 멋진 앞치마가 얼마나 많이 있든 지금까지처럼 사회 계급이 존재함을 보여준다. 말이 나온 김에 하는 말이지만 나는 매일 밤《보그》사무실에 나타나 사용한 커피 컵을 설거지하고, 쓰레기통을 비우고, 화장실을 청소하는 청소부 부대에서 단 한 명이라도 앞치마 비슷한 무언가를 입은 모습을 한 번도 본 적이 없다.

14.

슬립 원피스

슬립 원피스는 몸을 매끄럽게 감싼다. 의도적이지 않으면서 위태위태하며 관능적이고 많은 부분이 생략되었다. 그리고 내 결혼 이야기를 떠올리게 한다.

슬립은 원래 속옷이었다. 다른 어떠한 장식도 없이 가는 끈으로만 유지되는, 옷감과 피부 사이의 가벼운 장벽 역할을 하면서 속이 비치는 상황을 방지해주는 용도로 입었다. 이들은 90년대 초에 그런지 스타일에서 중요한 자리를 차지하며 소리소문 없이 등장했지만, 원래는 1930년대 초반에 할리우드 여배우들이 주로 입었다. 헤이스 규약Hays Code(할리우드 영화에서 무엇을 보여주거나 보여주면 안 되는지를 명시한 규정) 이전 시대에 몸에 달라붙고 사선으로 재단된 신체를 노출하는 슬립 원피스는 웨이브를 넣은 머리와 모피로 만든 긴 숄, 그리고 '나한테 들이대지 마 … 내가 원하는 경우가 아니라면'이라고 말하는 듯한 태도와 짝을 이루어 여성의 매력을 정의해주는 옷이었다. 새틴과 실크로 만들어진 슬립 원피스는 얌전한 사람들을 위한 옷이 아니었다.

대공황 이후 슬립 원피스는 당시 제작된 영화와 함께 분위기를 가볍게 해주는 장치였다. 더 좋아진 날들을 의미했고 온전히 성적 매력을 발산시켰다. 이 옷이 1993년에 다시 패션계로 돌아왔을 때 슬립 원피스는 결점 없이 세심하게 계획된 매력을 거부하며, 이와 완전히 반대되는 역할을 했다.

슬립 원피스는 당시에 명성을 날리며 새롭게 떠오른 핵심적인 패션 리더들을 떠올리게 한다. 에마 밸푸어Emma Balfour와 로즈메리 퍼거슨Rosemary Ferguson, 그리고 당연히 케이트 모스 같은 '빼빼 마른' 영국 모델들이 패션 사진 속에서만이 아니라 실생활에서도 슬립 원피스를 입었다. 소피아 코폴라와 위노나 라이더, 기네스 펠트로 등 할리우드의 새로운 유형의 여성들이 과감하게 생략된 반짝이는 천 조각을 입고 레드 카펫 위를 걸었다. 캐롤린 베셋Carolyn Bessette은 아무 장식 없는 흰색 슬립 웨딩드레스를 입고 미국의 왕자라고 할 수 있었던 존 F. 케네디 주니어와 결혼했다. 가공되지 않은 미의식을 가진 사진작가들이 주류로 편입되었다. 소규모 독립 잡지사에서 일했던 마리오 소렌티Mario Sorrenti와 나이젤 샤프란Nigel Shafran, 코린 데이Corinne Day, 유르겐 텔러Juergen Teller 같은 작가들이 《보그》나 《하퍼스 바자》 같은 유명 잡지와 작업했다.

이들은 패션 사진에 새로운 현실감을 불어넣었다. 현실은 언제나 궁금증을 불러일으킨다. 누구의 현실인가? 그 현실은 젊고 도시적이며, 거친 나무 바닥에 깔린 매트리스와 허름한 공동 주택의 창문, 벗겨진 회반죽 장식이 특징이었다. 이런 특징들은 모두 전통적인 호화로움과 파크 애비뉴의 고급 복층 아파트, 메이페어의 무도회장과 차별된다. 또 길거리로 활기차게 걸어 나와 바쁘게 손을 흔들어 택시를 잡아타고 어딘가로 향하는 대담하고 전문적인 여성의 이미지와도 매우 다르다. 이는 앞선 여피족yuppie*의 고정된 이미지였다.

물론 사진에 찍힌 옷들은 앞서 유행했던 옷들 못지않게 비쌌다. 그러나 사회적 지위가 주는 부담이 없어 보였고, 그래서 더 젊어 보였다. 사진 촬영을 뚝딱 해치운 듯이 보일 수는 있지만, 장소 섭외와 필름 값, 보정, 머리 손질과 화장, 항공권, 식음료 제공 등 다른 촬영에 들어간 비용과 맞먹는 비용이 들어갔다. 슬립 원피스처럼 이들의 태도는 편안했지만, 가장 기본적인 요소만 갖춘 단순함에서 오는 다른 종류의 완벽함을 요구했다.

슬립 원피스는 쉽게 입을 수 있는 옷이 아니다. 가슴을 지지해주는 장치가 없고, 볼록한 배가 두드러지게 보이도록 만들며, 아무리 비싸도 팬티 선이 드러나는 모양을 감추기 어렵다. 그러나 아주 편리하게 문자 그대로 미끄러지듯이 입을 수 있는데, 지퍼와 후크, 단추가 없어서 그냥 머리 위로 뒤집어쓰면 된다. 또 느낌이 아주 근사할 수 있다. 거의 아무것도

---

* 도시에 사는 젊고 세련된 고소득 전문직 종사자를 말한다.

입지 않은 것 같다. 나는 내가 가진 많은 슬립 원피스를 고스트Ghost에서 구매했다. 이 브랜드의 창립자이자 디자이너인 타냐 샤른Tanya Sarne은 수년간 신축성이 있는 비스코스 원단으로 다양한 슬립 원피스를 만들었다. 내게는 네이비색과 암녹색, 겨자색, 그리고 긴 것과 짧은 것이 있다.

패션은 언제나 젊음과 새로움에 어느 정도 연관이 있다. 앞으로 나아가기 위해서는 기존의 것에 도전해야 하기 때문이다. 그러나 슬립 원피스가 유행했던 이 짧은 기간(1993-1994)에 패션계는 젊음을 압도적으로 강조했다. 모두가 여전히 학생처럼 입고 싶어 했다. 지금은 유명해졌지만, 당시만 해도 악명이 높았던 코린 데이가 찍은, 팬티와 민소매 티셔츠만 입은 케이트 모스의 사진이 1993년에 《보그》 6월호에 실렸을 때 사람들은 격노했다. 잡지는 호화롭고 화려한 스타일을 선도하고 지지한다고 여겨졌기 때문에 이 사진들은 허무주의 생활 방식이 가진 무서운 위반 사항으로 보였다. 전통적으로 용인되었던 열망을 거부하는 모습으로 비쳤다.

세계 전역의 평론가들이 격렬한 논쟁을 벌이고, 잡지에 실린 사진들이 전 세계적인 뉴스거리가 되었다. 나로서는 이해가 안 가는 일이었다. 『비만은 페미니즘의 주제다Fat is a Feminist Issue』의 저자 수지 오바크Susie Orbach는 이 사진들을 '그저 이쪽의 포르노일 뿐이다'라고 묘사했다. 일각에서는 소아성애를 부추긴다고 주장했고, 빌 클린턴 미 대통령이 '헤로인 시크heroin chic'* 라고 부른 스타일의 사례로 이용되기도 했다.

《뉴욕 타임스The New York Times》는 이들이 무엇을 의미하는지를 논한 사설을 실었다. 이 사진들은 이제 박물관 소장품으로 남아 있다.

처음 사진들을 보았을 때 나는 아름답고 가벼우면서도 강렬하다고 생각했다. 그리고 젊은 여성들이 이 안에서 자신의 모습을 보게 될 것이라고 여겼다. 뼈가 드러나는 쇄골과 살짝 안짱다리를 한 케이트 모스는 남성의 판타지 속에 등장하는 볼륨을 넣은 원더브라의 모델처럼 보이지 않았고, 관습적인 성적 대상이 되려는 어떠한 시도도 없이 셰어 아파트의 침실에서 놀이를 하는 모습으로 보였다. 한 사진에서 그는 노출이 심한 네이비색 브래지어와(사실 라펠라La Perla 제품이었다) 발목까지 오는 회색 양말을 착용한 채 꾀죄죄한 이불을 두르고 있다. 또 다른 사진에서는 값싼 꼬마전구가 달린 긴 전선에 둘러싸여 있고, 설명에는 '레이스 팬티, 워너스Warner's 10파운드'와 아그네스 BAgnès B의 민소매 티셔츠라고 적혀 있다.

그 달의 잡지에서 나는 다음과 같은 사설로 시작했다.

… 패션은 작은 가슴과 헝클어진 머리, 멍한 시선의 어린 소녀들을 위해 세련된 파티광들을 버린 것처럼 보인다. 또 당신의 옷장을 새롭게 채워줄 단 하나의 옷이 70년대보다는 30년대에 더 가까운 아주 얇은

---

* 창백한 피부와 눈 밑의 다크서클, 초점이 흐릿한 눈, 깡마른 체형 등 퇴폐적인 분위기를 풍기는 스타일.

원피스라고 말해주고 있다.

이 해에 나는 35살이었고, 모두가 내가 정말 어린 나이에 《보그》의 편집장이 되었다고 말했지만, 나는 전혀 젊게 느껴지지 않았다. 나는 영국에서 가장 영향력 있는 패션 잡지의 편집장이었고, 이 회사에 수익을 올려주어야 하는 책임이 있었다. 광고주들은 《보그》에 광고를 실으려고 거액의 돈을 지급했다. 내 전임자들이 있던 당시에 잡지의 매출액은 사야 할 사람들이, 즉 옷을 구매할 가능성이 있는 사람들이 잡지를 사기만 한다면 어느 정도까지는 신경을 쓸 필요가 없는 문제였다. 그러나 나와 내 사업상 동료인 스티븐 퀸Stephen Quinn이 《보그》에 들어갔을 때는 시대가 변하고 있었다.

내 임무는 명백했다. 더 많은 부수를 판매하고, 구독자 수를 늘리기. 느긋하게 앉아서 우리의 명성에만 의지하던 시간은 끝났다. 《마리끌레르Marie Claire》 같은 새로운 잡지들이 판매대에 등장했고, 전국 신문들이 패션 관련 부록을 발간했다. 특히 영국 경제가 침체하고 있는 시기에 《보그》를 운영하고 판매량을 올리는 일은 여학생이 할 수 있는 일이 아니었다. 이들처럼 옷을 입는 것이 최근의 패션 트렌드라고 해도 그랬다.

나는 이 시기에 미국 작가 폴 스파이크Paul Spike와 데이트하고 있었다. 《보그》가 맨발을 하고 민낯처럼 보이는 모습으로 짧은 쇼트커트에 발목까지 오는 슬립을 입고 사진을 찍은 슈퍼 모델들로 채워진 해에 우리 관계는 위태로웠다. 헤어지고 재결합하기를 반복하며 몇 년을 함께 해왔다. 만나고 헤어지기를 너무 자주 하다 보니 우리 둘 다 무엇을 원하는지를 잊어버린 것 같았다. 서로 떨어져 있을 때는 슬프고 불안했지만, 함께 한다고 (우리가 그래야 한다고 생각하는 방식으로) 행복하지도 않았다. 서로 사랑했지만, 이것이 서로 잘 맞는다는 뜻은 아니었다. 나는 내가 아이를 원한다는 사실을 깨닫지 못하고 있었다. 그리고 폴은 아이를 더 낳고 싶은 마음이 없음이 분명했다. 그는 이미 사랑하는 자녀가 둘 있었다.

주말이면 나는 슬립 원피스를 입었고, 그의 아이들인 매슈와 엠마를 데리고 런던에 있는 공원으로 피크닉을 가거나 중국 식당에서 저녁을 먹었다. 나는《보그》의 업무를 잠시 잊고 그의 여자친구 역할에 충실하기 위해 노력했고, 보통은 성공적이었다.

나는 지금까지 살아오면서 나를 여성 중역이라고 정의한 적이 한 번도 없었다. 또 타인이 그렇게 봐주기를 원하지도 않았다. 이것이 내가 많은 시간 편안한 복장을 선택하는 이유였음은 분명했다. 그러나 내가 왜 의도적으로 이런 모습으로 보이길 피하려고 했는지를 분석하기란 훨씬 더 복잡했다. 어쨌든 예나 지금이나 많은 여성이 집과 가족이라는 틀 밖에서 성공하고 싶어 하기 때문이다.《보그》의 편집장은 나를 드러내는 매우 공개적인 위치였고, 내 안의 많은 부분이 이런 점 때문에 괴로워했다.

내 일을 사랑하고 편집장 자리에 앉을 기회가 주어진 점에 감사했지만, 주변의 친구들이 결혼하고 아이를 가지면서 불안감이 점점 커졌다. 매주 다른 직원이 내 사무실로 들어와 문을 닫고 할 말이 있다며 임신 소식을 전했다. 매번 이 소식을 접할 때마다 시끄럽고 무시무시한 시곗바늘이 돌아가는 소리가 들렸다. 똑딱, 똑딱. 직업적 성공으로는 조용히 시킬 수 없는 소리였다.

사실 나는 사회적 성공이 남자와의 관계에서 불리하게 작용할까 봐 걱정했다. 성공적인 커리어우먼이라는 내 일부는 나와 함께 하고 싶어 하는 누군가에게 저해 요소가 될 수 있었다. 이 모든 것, 공적인 역할을 가졌다는 점으로 인해 나를 알지 못하는 누군가는 나를 거만하고 통제하려고 들며 지나치게 세간의 이목을 끄는 사람으로 생각하지 않을까?

그래서 이 당시에는 《보그》의 편집장으로 보이지 않는 것이 나와 폴 사이의 관계에서 중요하다고 생각했다. 슬립 원피스를 입고 느긋하게 돌아다닐 수 있었던 것도 이런 이유에서였다. 그는 프리랜서 작가였고, 돈벌이가 좋았던 때도 있었고 아니었던 때도 있었다. 내 일을 지지해주었지만, 자신의 노력이 받아야 할 관심을 받지 못한다고 느껴지면 화를 냈다. 《보그》 편집장의 옆에 서 있는 사람으로 취급받기를 원하지 않았다.

내 일에는 업무와 관련된 어느 정도의 유흥이 따라왔다. 영국판 아카데미 시상식인 BAFTA의 만찬에 초대받거나 잔니 베르사체가 런던을 방문했을 때 그와 함께 식사하는 등의 인상적인 행사인 경우도 있었다. 이런 밤에 나는 슬립 원피스가 아닌 앤서니 프라이스Antony Price나 토마시 스타제브스키 Tomasz Starzewski 등 영국 디자이너의 벨벳 칵테일 드레스를 입었고, 폴은 정장에 에르메스 넥타이를 맸다. 나는 내가 (그날 밤의 신이 누구든) 신과 더 가까운 자리에 앉고 동시에 그의 자리가 문에서 떨어진 테이블에 배정되기를 기도했다.

1994년 4월에 우리는 또다시 결별했고, 폴은 함께 살던 아파트에서 나갔다. 나는 폴과 문제를 잘 해결하지 못하면 다른 누군가를 만나 아이를 낳기에 너무 늦어버릴지도 모른다는 생각에 초조했다. 그는 내가 오직 아이 때문에 그와 함께한다고 여기는 듯한 이런 생각을 싫어했다. 게다가 그에게는 이미 키워야 하는 악마들이 있었다. 이번에도 역시 우리는 헤어짐에 괴로워했고, 몇 주가 흐른 뒤 어느 날 밤에 그는 자신이 짐을 싸서 나갔던 아파트로 나를 찾아왔다. 손에는 다이아몬드 반지가 들려 있었고, 첼시의 등기소에 예약한 상태였다. 날짜는 3일 뒤였다. 그는 나와 결혼해서 아이를 가지기를 원한다는 사실을 깨달았다고 말했다. 결정을 내려야 할 시간이었다. 그리고 나는 위험을 감수하며 그와 결혼하는 데 조금도 망설이지 않았다.

우리는 입회인이 되어달라고 부탁했던 내 여동생 니키와 그 남편인 콘 이외에는 누구에게도 이 사실을 알리지 않았다. 나는 결혼식을 위해 슬립 원피스가 아닌 고스트 브랜드의 흰색 원피스를 구매했다. 긴 팔에 기장이 종아리까지 내려오는 자수가 놓인 V넥 스타일이었다. 그리고 여기에 함께 걸칠 드리스 반 노튼Dries Van Noten의 하얗고 묵직하며 자수가 놓인 숄도 샀다. 결혼식 당일에 미용실에 갔다. 내 머리를 감겨주던 소년이 특별한 날인지를 물었다. '그래요.' 내가 답했다. '결혼식에 가요.' 그 소년은 주말에 자기 어머니의 결혼식에 참석하기 위해 브로드스테어스에 간다고 했다. 신랑이 그의 가장 친한 친구라고 했다. '브로드스테어스는 재미있는 동네예요. 서로 아주 가깝게 지내죠.' 그가 내게 말했다. 아직 비밀을 유지하고 있었기 때문에 나는 그에게 결혼하는 당사자가 나라는 사실을 알리지 않았다.

원피스는 살짝 비쳐서 결혼식에 입기에는 적합하지 않았다. 그래서 결혼식 전에 아침 시간 대부분을 보낼 계획인(결혼을 비밀로 했으니 내가 할 일이 뭐가 있었겠는가) 등기소로 가는 길에 원피스 안에 입을 슬립을 사기 위해 등기소 인근의 백화점에 들렀다. 그러나 모두가 모양이나 색깔이 맞지 않거나 원피스 아래로 끈이 보였다. 그래서 슬립 대신에 불편하고 사자마자 후회하게 된 흰색 스팽스Spanx를 구매했다. 이 옷은 지금도 입는데, 적어도 품위를 유지할 수 있게 해주기 때문이다.

니키는 남자들을 위해서는 재킷에 꽂는 작은 은방울꽃을, 나를 위해서는 부케를 준비했다. 등기소에 도착했을 때 큰 방과 작은 방 중 어떤 곳을 원하냐는 질문을 받았다. 우리의 답변은 작은 방(인원이 4명밖에 되지 않았다)이었다. 식이 진행되는 동안 다른 누군가에게 일어나는 일을 지켜보는 것이 아니라 정말로 내게 이 일이 일어나고 있음을 깨달으면서 계속 이상한 기분이 들었다. 식이 끝나고 샌로렌조에서 점심을 먹었고, 이곳에서 샴페인의 기운을 빌려 화장실 밖의 복도에 설치된 전화기로 부모님에게 소식을 알렸다. '미친 거냐?' 이것이 아버지의 반응이었다.

한 달 뒤에 부모님은 우리를 위해 결혼 축하 연회를 열어주었다. 이날은 옷을 고를 시간이 충분했다. 얇은 끈과 밑단에 술 장식이 달린 발렌티노의 네이비색 시폰 슬립 원피스를 선택했다. 그런 다음에 신혼여행을 가는 대신에 매슈와 엠마를 데리고 스페인 마요르카의 데이아로 여름 휴가를 떠났다. 돌아오는 길에 기쁘게도 내가 임신했음을 알게 되었다.

15.

임부복

《보그》편집장이던 시절에 다른 매체와 인터뷰할 때면 으레 내 사이즈가 언급되었다. 기사 내용이 어떻든 《보그》편집장을 만나다. 사이즈 14, 그러나 행복하다' 같은 요란스러운 제목이 붙었다. 이상한 점은 나를 인터뷰한 여성들이(이런 기사를 작성하는 사람들은 거의 언제나 여성이었다) 마른 몸에 대한 집착이 잘못되었다는 관점을 가지고 있었다는 것이다. 그런데도 이들은 내 옷 사이즈를 들먹이는 것을 의미있다고 여겼다.

나는 크게 신경 쓰지 않았다. 남자 후임인 에드워드 에닌풀Edward Enninful에 대해 쓴 글에는 그의 외모는 물론 체중에 대한 평이 없다는 사실에 당혹스럽기는 했지만, 나는 언제나 대외활동을 하는 사람은 자신의 외모에 대한 평을 감수해야 한다고 생각했다. 그런데 이것이 임신한 사실을 정말로 기쁘게 받아들이게 해준 많은 이유 중 하나이긴 했다. 만세! 마음놓고 살이 쪄도 된다. 외모에 대한 지적에서 최소한 부분적으로나마 벗어날 수 있는 기간이었다.

돌이켜보면 결혼 후 얼마 뒤에 데이아로 떠난 가족 여행에서 평소와 다르게 지치고 가볍게 메스꺼운 증상이 나타났을 때 이는 명백한 임신의 징후였다. 그러나 이런 가능성을 생각지도 못했던 나는 아무 생각 없이 엄청난 양의 와인을 들이켰고, 옆집에 묵고 있는 디자이너 에디나 로나이Edina Ronay와 그의 남편이자 사업 파트너, 사진작가인 딕 폴락Dick Polak과 밤늦게까지 시간을 함께 보냈다. 이들도 우리처럼 테라스가 딸린 작은 벽돌집을 빌렸고, 이 휴가 이후로 우리는 절친한 친구가 되었다.

이들에게는 두 명의 십 대 자녀가 있었고, 나는 양육과 멋진 히피의 삶을 병행하는 에디나의 능력에 감탄하며 부러워했다. 그는 늦잠을 자고, 라임색 슬립 원피스를 입고 어깨와 엉덩이를 흔들며 춤을 추고, 해가 저물기 시작하면 해변으로 나갔다. 반대로 나는 몸이 무겁고 둔하게 느껴졌는데, 일사천리로 진행된 결혼과 과다한 업무로 지쳤기 때문이라고 생각했다. 나는 유부녀가 되어서 보내는 첫 번째 휴가에서 더 매력이 넘치고 편안한 좋은 모습을 남기기를 바랐다.

하지만 이 여행에서 찍은 사진들 속에서 나는 주로 헐렁한 셔츠를 입고 있었다. 내 이웃의 근사한 모습과는 거리가 멀었다. 최근에 결혼한 새어머니로서 나는 아이들을 어떻게 돌보아야 하는지 여전히 전혀 감을 잡지 못했고, 반항이 시작되는 십 대에 접어든 매슈와 엠마와 관련해서는 폴의 말을 따랐다. 나는 이 아이들을 정말로 좋아했고, 이들은 내 삶에 긍정적인 점을 더해주었다. 그러나 아무리 그렇다고 해도 좋은 날과 나쁜 날이 존재했고, 내가 낳은 아이도 휴가에 함께 하는 날이 오기를 간절히 바랐다.

집으로 돌아오는 길에 임신 테스트기에 나타난 푸른 점을 본 순간부터 나는 체중의 증가 같은 임신으로 인한 신체적 변화를 받아들였다. 첫 번째 검사를 받을 때는 이미 상당히 살이 찐 상태였다. '뱃속 아기는 어디에 숨긴 거예요?' 같은 말은 내게 해당하지 않았다. 나를 보는 사람마다 부어오른 가슴과 팔다리, 어렴풋이 차분해진 표정을 알아차렸다. 아기는 아직 패션프루트 크기밖에 되지 않았지만, 나는 이미 큰 덩치로 느릿느릿 조심스럽게 움직였다. 어디에 부딪히거나 찧기만 해도 내 소중한 보물이 훼손될까봐 걱정했다.

무엇을 입느냐가 업무의 일환인 직장에서 어떻게 옷을 입어야 좋을지 고민했다. 나는 임신한 8개월 동안 주저 없이 스목smock*을 입었던 그런 편집자였다. 하지만 이것은 임신하고도 자신이 입던 옷 스타일을 바꾸지 않고 멋진 모습을 유지하는 많은 여성에 둘러싸인 환경에 어울리는 태도가 아닌 것처럼 보였다. 몇몇 패션 편집자들은 패션 사진 촬영을 위해 전 세계를 돌아다니면서도 두세 명의 자녀를 낳았다. 하마처럼

---

*　품이 넉넉한 긴 셔츠나 헐렁한 원피스로, 원래는 의복을 더럽히지 않기 위해 평상복 위에 덧입는 사무복이나 작업복이었다.

보이지도 않았다. 직업상 임신 중의 스타일 문제를 해결해야 함을 알았지만, 나는 전혀 그렇지 못했다.

그러는 사이 유행하는 패션이 바뀌고 있었다. 의도적으로 허름하고 편하게 입었던 그런지 스타일이 지나가고 더 강렬하고 날렵한 스타일이 등장하고 있었다. 휴가를 마치고 복귀한 후에 발간된 1994년 《보그》 9월호 표지는 닉 나이트Nick Knight가 화사하게 찍은 나디아 아우어만Nadja Auermann의 얼굴 사진이 장식했다. 차가운 아름다움을 발산하는 밝은 금발의 여신 같은 모습이었다. 기 부르댕Guy Bourdin과 헬무트 뉴턴Helmut Newton 같은 70년대 사진작가들의 작업을 참고한 표지 사진은 강렬했고, 모델의 밝은 금발은 짙은 검은색 선글라스와 반짝이는 분홍색 립스틱, 진한 붉은 벨벳 원피스와 대비되었다. 《보그》가 최신 패션을 차가운 세련미라고 받아들이고 있음을 보여주는 동의서였다. 네온컬러, 매끈한 가죽, 타이츠, 몸에 딱 맞는 미니 원피스. 모든 것이 당시 내가 입고 싶었던 스타일과 완전히 대조적이었다. 나는 충돌보다는 부드러운 직물과 온화한 빛깔, 타협을 권장하고, 전문직 여성의 그럴싸한 갑옷과는 완전히 다른 방식으로 나와 뱃속의 아기를 보호하기를 원했다.

사무실 인근에 임부복 상점이 있었다. 이곳에서는 두꺼운 허리밴드가 있는 치마를 판매했는데, 이 밴드가 불룩 튀어나온 배를 덮고, 나머지 부분은 기존의 펜슬 스커트 모양이었다. 《보그》의 패션 담당자들은 이 치마를 심각하게 볼품없다고 생각했지만, 나는 개의치 않고 몇 개를 구매했다.《메일 온 선데이 The Mail on Sunday》신문에서 발간하는 잡지《유 You》에 실린 사진에서 나는 검은색 레이스 칵테일 드레스를 입었다. 기사 내용은 '《보그》편집장은 임신 중에 어떻게 옷을 입는가'였다. 이 드레스는 런던의 디자이너 벤 드 리시 Ben de Lisi의 옷이었다. 나는 그해 겨울 거의 모든 파티에 이 옷을 입고 참석했다. 또 다른 사진에서 그가 디자인한 다른 옷을 입었다. 진홍색의 벨벳 스목으로 임부복 상점에서 산 치마에 두꺼운 타이츠와 같이 입었다.

나는 임신한 내 몸을 감추려고 하지 않았다. 내 자궁 속에서 자라고 있는 아기에게 기쁜 마음으로 내어준 몸이었다. 그러나 신체 변화에는 놀라지 않을 수 없었다. '불룩한 배'는 그렇다고 치고, 허리가 사라지면서 가슴이 배와 하나가 된 것 같았고, 다리와 발목이 굵어지며, 배뿐만이 아니라 등까지도 커지는 현상은 예상하지 못한 일이었다. 그리고 그때까지 생각하지 못했던 옷이 필요해졌다. 부어오른 발은 (다양한 방식으로) 조금 더 날씬해 보이기 위해 의지했던 하이힐을 불편하게 만들었고, 발을 헛디뎌서 넘어질까 봐 불안했다.

임신한 모습을 받아들이는 태도는 사람마다 매우 다르다. 나처럼 원피스를 입으며 아이를 품고 있다는 사실을 거침없이 드러내는 여성들이 있다면, 가능한 한 오랫동안 임신하기 전과 같은 모습으로 보이고 싶어 하는 여성들도 있다. 그러나 이런 선택은 상당히 최근에 누릴 수 있게 된 사치다. 임신했다는 이유로 직장에서 해고할 수 없게 법으로 정한 임신차별 금지법 Pregnancy Discrimination Act이 시행된 지 50년밖에 되지 않았다. 그리고 심지어 지금도 임신과 고용 문제는 여전히 해결되지 않고 남아 있다.

바로 얼마 전에 어떤 여성이 임신을 바라며 시험관 시술을 받고 있다는 사실을 장래의 고용주에게 말해야 하는지 내게 물었다. 나는 그에게 조용히 있으라고 말했다. 이것은 사적인 일이며, 취업 면접이 아니더라도 충분히 감정적인 문제였다. 그리고 현실적으로 말해서 인사부에서 어떤 결정을 내렸든 얼마 안 가서 출산휴가를 낼 사람을 기꺼이 고용하고 싶어 하는 고용주는 많지 않다. 세상에는 엄마가 필요하지만, 일터에서 임신은 불편을 초래한다.

그래서 아주 오랫동안 여성은 임신한 모습으로 보이지 않으려고 최선을 다했다. 임신 기간에 입을 수 있는 특수한 옷이 없었음은 물론이다. 1800년대 중반에서야 임신 사실을 숨기는 용도로 디자인된 임부용 코르셋이 등장했다. 이는 기이한 현상이었다. 이 시대에 빅토리아 여왕이 많은 자녀를 두었기 때문이다. 그래서 그가 임신한 모습을 드러내는 데 호의적이라고 예상할 수도 있었으나 아니었다. 상황은 반대로 흘러갔다.

임신부를 위한 옷은 한 세기가 넘도록 실제로 임신 사실을 숨기기 위한 옷이었다. 1930년대와 40년대에 임신부는 상태가 눈에 덜 띄도록 물방울무늬나 꽃무늬 옷, 또는 앞에 커다란 리본이나 주름 장식이 있는 옷을 입으라는 권고를 받았다. 단정한 치마나 통이 좁은 바지와 함께 입었던 임부용 스목이 인기였다. 마치 임신이 알몸이나 성관계와 아무 관련이 없다고 최대한 분명하게 보여주려는 듯이 부풀린 소매와 목을 완전히 감싸는 단정한 칼라가 달린 유난히 흉측한 옷이다.

1956년에 우리 어머니는 『여성의 행실*Lady Behave: A Guide to Modern Manners*』이라는 제목의 책을 공동 집필했다. '임신 중일 때'라는 장에서 작가는 '현대의 일하는 예비 엄마들은 우리가 기억하는, 신문사에서 일했던 소녀보다 더 수월한 길을 걷고 있다 … 그는 자신이 "소화 불능"이라고 묘사했던 커다란 새틴 리본이 달린 상의를 입고 나타났다'라고 썼다. 여기서는 실제로 어떤 옷을 입으라고 충고하지 않고 '… 소녀들의 사회생활이 훨씬 더 많아지면서 임신 사실을 티 내지 않는 옷을 입는다. 심지어 바지나 청바지를 입더라도 … 그리고 젊은 현대 남성들은 기쁜 마음으로 이들을 데리고 돌아다니는 것 같다'라고 말하는 것으로 끝낸다. 다른 장들과 비교해보면 앞에서는 '2주간의 지중해 크루즈 여행을 떠날 때' 입는 옷을 소개한다. 여기에는 수영복 위에 걸치는 비치 코트와 (갑판에서 춤출 때 입을 원피스에 걸칠) 긴 숄, 속치마, 일광욕 옷(반바지와 브래지어, 재킷), 그리고 이 외에도 아주 긴 목록에 다양한 옷이 포함되어 있다.

'임신 사실을 티 내지 않는'이라는 문장이 핵심이다. 하지만 지금은 임신을 숨겨야 했던 때와는 시대가 달라졌다. 소셜 미디어를 통해 삶을 공유하는 유명인들이 이 변화에 한몫했다. 킴 카다시안Kim Kardashian은 대중 앞에서 신축성이 좋은 다양한 튜브톱을 입고 멋지고 당당하게 임신 사실을 드러냈다. 비욘세는 인스타그램에 제프 쿤스Jeff Koons의 작품에 등장하는 성모마리아처럼 자신의 사진을 올리면서 쌍둥이 임신 소식을 알렸는데, 화려한 꽃장식을 배경으로 갈색 브래지어와 긴 흰색 면사포만을 걸쳤다. 부풀어 오른 맨살의 배가 무대의 중심을 차지했다. 메건 마클은 임신 소식을 공표한 후로 대중 앞에 나설 때면 거의 매번 배를 보호하듯이 배에 손을 올린 모습이었다. 그 자세는 그의 상태에 이목을 집중시켰다.

그러나 우리는 임신 사실을 드러내지 않고 잘 관리하는 여성도 마찬가지로 존경한다. 작고 '깔끔하게' 불룩한 배를 가지거나 태아가 신체의 어떤 공간에 숨어 있다가 3개월이 다 차서야 모습을 드러내는 여성을 부러워한다. 이들은 임신 기간 내내 아이를 밴 신체에 일어나는 변화에 영향을 받지 않는 사람 같다. 입덧이나 장내 가스, 호르몬 변화로 인한 감정 기복, 부종, 예민함 같은 굴욕적인 상태와는 거리가 멀어 보인다.

바라지는 않지만, 오늘날 임신이 또 다른 패션을 만들어 낼 기회라고 해도 놀랍지 않다. 이것은 통제력을 유지하는 방법이다. 소유 당하기보다는 소유하는 방법이다.

16.

구슬 장식 치마

1998년에 영국 패션은 떠들썩한 순간을 맞이하고 있었다. 90년대 초반의 경기 침체 이후 토니 블레어와 새롭게 탄생한 노동당 정부의 '멋진 영국Cool Britannia'*과 낙관주의에 올라탄 다채롭고 창의적인 디자이너들이 등장했다. 알렉산더 맥퀸과 안토니오 베라르디Antonio Berardi, 매튜 윌리엄Matthew William, 클레멘츠 리베이로Clements Ribeiro, 후세인 샬라얀Hussein Chalayan, 스텔라 매카트니Stella McCartney 등이 점점 더 많은 세계의 패션 언론 매체와 바이어들을 런던으로 끌어들였다.

부부이자 사업 파트너인 수전 클레멘츠Suzanne Clements와 이나시오 리베이로Inacio Ribeiro가 내게 자신들이 알렉스라고 불렀던 치마를 디자인해 주었다. 부드러운 자홍색 실을 코바늘로 뜬, 반짝이는 어두운 불꽃 같은 구슬이 장식된 치마였다.

---

*   1997년에 영국 보수당의 장기 집권에 종지부를 찍고 집권한 토니 블레어 총리가 영국의 변화를 꾀하며 강조한 구호다.

패션쇼에서 이 옷은 속이 다 비쳐 보였지만, 내 것은 안쪽에 더 점잖게 흰색 속치마가 덧대어 있었다.

같은 해에 《보그》는 '영국 최고의 인물'을 주제로 6월호를 발간했다. 표지에는 닉 나이트가 찍은 케이트·모스의 얼굴 사진이 실렸다. 아름다운 얼굴에 도전과 순종이 혼합된 표정으로 독자를 향하고 있었다. 당시 영국 최고의 인물은 누구였을까? 최고의 커플이었던 갤러리 소유주인 제이 조플링Jay Jopling과 그의 아내이자 예술가 샘 테일러-우드Sam Taylor-Wood(현재는 테일러-존슨), 월드컵 대표팀 선수 토니 애덤스Tony Adams, 테디 셰링엄Teddy Sheringham, (협찬사와의 이해충돌을 피하려고 아무 무늬가 없는 흰색 티셔츠를 입고 사진을 찍은) 앨런 시어러Alan Shearer, 당시 영국 오락 프로그램 TFI 프라이데이TFI Friday의 진행자였던 크리스 에번스Chris Evans, 글램록 복장을 하고 출연했던 〈벨벳 골드마인Velvet Goldmine〉의 이완 맥그리거, 그레이트 딕스터 정원을 조성한 정원사 크리스토퍼 로이드Christopher Lloyd였다.

우리는 카렌 엘슨Karen Elson과 에린 오코너Erin O'Connor 같은 모델과 베티 잭슨Berry Jackson과 니콜 파히Nicole Farhi, 마놀로 블라닉Manolo Blahnik 같은 저명한 디자이너, 헤어 스타일리스트 샘 맥나이트Sam McKnight와 메이크업 아티스트 팻 맥그래스Pat McGrath 같은 패션 업계 종사자 등 런던 패션 위크에 참석한 사람들의 사진을 찍기 위해 자연사박물관 밖에 텐트를 치고 사진작가 데이비드 베일리David Bailey를 파견했다. 그리고 이번

호에는 하틀리풀의 하원의원 피터 맨덜슨Peter Mandelson의 사진도 어울리지는 않았지만 꽤 멋지게 포함되어 있었다. 그는 자택 의자에 느긋하게 앉아 있고, 그의 위로는 크롬웰의 인물 사진이 걸려 있으며, 옆에는 정부 서류가 담긴 빨간 상자가 놓여 있었다.

세상이 또는 런던의 세상이 대체로 올바른 방향으로 나아가는 듯이 보이던 시기였다. 성금요일 협정Good Friday Agreement*이 체결되었고, 국민투표에서 엄청난 득표로 승인을 얻었다. 그리고 월드컵에서 데이비드 베컴이 비신사적인 행동으로 퇴장 당해 결국 고배를 들게 될 줄 아직 몰랐다.

《보그》는 '영국 최고의 인물' 발간을 축하하기 위해 에지웨어 로드에서 조금 떨어진 리슨 갤러리의 마당과 창고에서 파티를 열었다. 이 시기에 잡지사들은 비용을 부담하는 브랜드를 홍보하거나 광고하는 대신 특별한 이유 없이 자축 파티를 주최했다. 영국적인 주제였음에도 우리는 현실적인 도시의 장소를 전통적인 모로코 저택의 정원 스타일로 꾸미기로 결정했다. 콘크리트 바닥과 포장된 길을 눈부신 제라늄과 푸른 수국, 촛불을 밝힌 등불, 낮은 벤치, 시클라멘이 그려진 쿠션으로 채웠다.

그리고 나는 클레멘츠 리베이로의 치마를 입었다. 지금도

---

* 1998년 4월에 영국과 아일랜드 공화국 사이에 체결된 평화 협정으로, 협정 체결 후 아일랜드 공화국은 국민투표를 통해 북아일랜드에 있는 6개 주에 대한 영유권을 포기했다. 벨파스트 협정이라고도 한다.

이날 밤의 기분을 떠올리게 해주는 이 치마를 아주 좋아한다. 내가 《보그》를 위해 파티를 주최했던 많은 밤들과 다르게 이 날 밤은 나를 위해 존재하는 것처럼 느껴졌다. 내가 원하는 《보그》의 모습이었다. 여유롭고, 영국적이며, 문화적이고, 호사스럽지 않지만, 특별했다.

작고한 작가 안젤라 카터Angela Carter가 몇 년 전에 《보그》에 기고한 글에서 매우 흥미롭고 정확한 이론을 제시했다. 스타일은 10년의 중간 시점에 왔을 때 방향을 튼다. 다시 말해 어떤 지배적인 스타일이 존재하는 상태에서 10년이 시작되고, 중간의 어느 지점에서 다른 스타일을 향해 회전한다. 새로운 10년이 시작되는, 옷에 힘을 준 파워 드레싱이 유행한 80년대의 끝자락에서부터 그런지 룩과 절제된 미니멀리즘을 지나 1998년에 우리는 더 호화롭고 사치스러운 시대로 들어갔다.

파티장에서는 가수 리암 갤러거Liam Gallagher가 당시의 필수적인 스타일이었던 흰색 슬립 원피스를 입은 팻시 켄싯Patsy Kensit과 함께 표류하고 있었다. 케이트 모스는 모로코 스타일 벨벳 스목이라고 할 수 있는 옷을 입고 무리와 어울렸다. 마사 스튜어트(그가 어떻게 여기에 오게 되었지?)는 연한 파란색 새틴 재킷을 입고 사진 포즈를 취했다. 캐스 키드슨과 소설가 헬렌 필딩Helen Fielding은 모두 분홍색 카디건을 입고 도착했다. 5월이기는 했으나 날씨는 유난히 훈훈했고, 기온이 그맘때의 황홀한 밤의 불빛과 어울렸던 보기 드문 행사였다.

이날 내가 입은 치마는 현재 우리 집의 남는 방 벽장에 고전적인 에메랄드색 새틴 오페라 코트와 붉은색 벨벳 재킷 사이에 걸려 있다. 다시 한 번 입게 될 날이 오기를 희망하며 가끔은 내가 실제로 입는 옷을 보관하는 옷장으로 옮겨놓기도 한다. 수년간 입지 않았지만, 밝고 젊은 흥겨움으로 옷걸이에 걸려 찰랑거리는 그 모습을 자주 바라본다. 그리고 그날 저녁의 분위기와 내가 얼마나 행복했는지를 기억한다.

나는 그날, 바로 며칠 전에 알게 된 남성과 르 카프리스에서 저녁을 먹기 위해 파티장을 나왔다. 우리는 해이워드 갤러리에서 열린 아니쉬 카푸어Anish Kapoor의 조각 전시회 오픈날에 만났다. 당시 2달 전에 남편이 집에서 나갔고, 우리 결혼생활은 아주 위태롭게 삐걱거리고 있었다. 결과적으로 르 카프리스에 함께 간 남자가 해결책이 되어주지는 못했다. 그러나 걸음을 옮길 때마다 부드러운 바람처럼 내 몸을 스치는 클레멘츠 리베이로의 치마를 입은 이날 밤에는 마치 그라면 그럴 수 있을 것만 같았다.

17.

트렌치코트

《보그》에서 근무하는 동안 내가 정말 즐겨 입었던 코트는 두 말할 필요 없이 트렌치코트였다. 전형적인 카키색 방수복이 아닌 잿빛 캐시미어 소재의 랑방 트렌치코트다. 매끄럽고 따뜻하며, 허리에 착 감기게 묶을 수 있는 벨트가 달렸다. 게다가 랑방이 아닌가. 새천년이 시작되는 그 시기에 랑방은 '나는 정통한 사람이다'라고 소리 없는 비명을 지르는, 드러내지 않는 스타일의 브랜드였다(그리고 패션계에는 이와는 반대되는 브랜드도 얼마든지 존재했다). 고가품을 살 수 있는 부를 자랑할 필요 없다고 말하며 과시를 지양했다. 그러나 패션을 아는 사람이라면 편안한 실루엣을 강조하고, 검은색 그로그랭 장식과 어마어마하게 비싼 소재를 사용하는 랑방을 알아보았다.

나는 수년간 이 트렌치코트를 입고 패션쇼에 참석했다. 화려한 쇼보다는 스칸디나비아의 범죄 영화에 더 잘 어울릴 법한 파리 외곽의 어느 추운 창고에 앉아 쇼를 관람할 때 몸을 따뜻하게 해주었다. 또 밀라노에서 비행기를 타고 런던으로 돌아오는 길에 (기자와 스타일리스트, 메이크업 아티스트, 바이어들을 가득 태우고) 밀라노 리나테 국제공항에서 이륙한 비행기가 알프스산맥을 넘으면서 기체가 흔들리기 시작할 때 포근함으로 마음을 진정시켜 주었고, 조금은 더 안전하게 느끼게 해주었다. 수많은 여행에서 이어폰을 귀에 꽂고, 비행기가 안전하게 착륙하게만 해달라고 행운의 신에게 온갖 종류의 거래를 제안하면서 나는 옷을 더 단단히 동여맸다. 얼마나 자주 같은 코트를 입고 같은 두려움을 느끼며 집에 도착했던가. 코트가 마음에 안정을 가져다준다는 사실은 물질이 정신을 지배함을 보여준다.

특색이 없는 트렌치코트는 실용적인 옷이라고 할 수 있다. 30대 후반이 되기 전까지 나는 이 옷에 매력을 느끼지 못했다. 그랬던 기억은 없지만, 내가 트렌치코트에 대해 생각해본 적이 있다면 아마 나와는 다른, 어떤 '사업'을 하는 사람들이 입는 코트로 여겼을 것이다. 10대와 20대, 30대에 '사업'은 내게 또 다른 세상으로 보였다. 내가 하는 일도 명백한 사업임을 인정하게 된 시기 이전이었다.

아니다. 사업은 대학을 졸업하자마자 곧장 (은행업, 법률, 보험, 기업 금융 같은) 전문성을 확립하고, 자신의 집과 자동차를 소유하며, 나보다 훨씬 빠르게 더 많은 수입을 올렸던 내 동기들의 마음을 끈 무언가였다. 트렌치코트는 이런 사람들이 입는 옷이었다.

그러다가 90년대에 모든 트렌치코트의 위상이 변했고, 그 어떠한 매력도 찾지 못했던 베이지색 코트에도 변화가 찾아왔다. 버버리는 시간에 쫓기는 중역들이 싱가포르 항공편이 취소되었을 때나 들르는 면세점 브랜드로 사업이 부진을 면하지 못했던 회사였다. 그런 버버리가 영리하게 새 단장을 했다. 이 패션 회사를 구원해준 옷은 예상 밖으로 트렌치코트였고, 이 회사의 대표 상품이 되었다. 본질적으로 실용성과 역사를 모두 가진 이 옷을 근사하게 손보면서 버버리의 영리한 경영진은 회사만이 아니라 20세기 초반에 군복으로 개발했던 이 코트를 부활시켰다. 이들의 선택이 큰 성공을 거두면서 이 옷은 과거의 모든 역경을 극복하고 엄청난 인기를 끌었다.

초기 (코트라기보다는 재킷에 가까웠던) 트렌치코트는 원래 장교들이 입던 옷이었으나 상류층의 야외 활동에 적합한 특유의 매력과 전쟁을 위한 기능적인 요소들이 혼합해 새로운 스타일의 옷으로 탄생했다. 기존의 무겁고 튼튼한 군용 코트와 비교해 더 실용적이고 가벼웠으며, 어깨 견장과 허리를 졸라맬 수 있는 버클이 달린 벨트, 비가 흘러 들어가지 못하게 방지하는 소매끈, 지도와 다른 필수품들을 넣을 수 있는 덮개가 달린 주머니가 있었다.

어떤 물건의 미래를 예측할 수 있다고 해도 제1차 세계대전의 트렌치코트가 도살장에서 살아남아 한 세기 뒤에 리한나Rihanna 같은 유명인이 입은 미니 코트 스타일로 등장하리라고는 예상하기 어려웠다. 전쟁터의 피와 흙, 배설물에 견디도록 특별히 디자인된 이 옷이 이제는 카트린 드뇌브에서 올리비아 팔레르모까지 패션 리더들이 즐겨 입는 옷이 될 줄 누가 상상이나 했을까?

트렌치코트 성공의 비밀은 스핑크스의 수수께끼만큼 풀기 어렵다. 이 옷은 성별이나 성적 특성을 드러내지 않는다. 불가사의한 매력을 가지며, 조용하게 강하다. 그래서 과거에 할리우드의 의상 디자이너들이 이 옷을 독립적이고 적극적인 여성의 이미지를 나타내는 데 활용했다. 캐서린 헵번이나 잉그리드 버그먼, 마를렌 디트리히가 맡았던 역할이 그랬다. 남성의 경우에는 순식간에 탐정이나 첩보원이 입는 기본 의상이 되었는데, 험프리 보가트를 떠올려보자.

이 옷이 가진 특정 지을 수 없는 요소는 패션 사진에서 유용한 도구가 된다. 나이와 무관하게 누구나 트렌치코트를 입을 수 있다. 또한 중립적이다. 어떠한 환경에서도 살아남는 사라지지 않는 스타일을 가졌다. 50살이 되어서도 언제든 네이비색 옷과 흰색 셔츠, 트렌치코트를 입을 수 있다는 사실을 통해 알 수 있다. 또 사진 촬영에서 모델의 사이즈가 14 이상일 때 실패가 없는 옷으로 자주 선택되기도 했다. 그러나 내 《보그》 시대에서 가장 유명한 트렌치코트 사진은 이런 사례와 거리가 멀었다. 영국판 《보그》의 창간 100주년을 기념하기 위해 조시 올린스Josh Olins가 찍은 케임브리지 공작부인의 표지 사진이었다.

사진 촬영을 논의하기 위해 그와 대화를 시작했을 때부터 캐서린 공작부인은 일상에서 입을 수 있는 옷을 입고 싶어 했다. 파티 드레스와 다이아몬드는 제외되었다. 정장보다 편안한 복장을 원했다. 그래서 촬영팀은 패션 디렉터 루신다 챔버스Lucinda Chambers가 골라준 진과 평범한 셔츠, 그리고 트렌치코트를 챙겨서 왕실의 사설 관저가 있는 샌드링엄의 시골집으로 갔다. 1월의 살을 에는 추운 날이었다. 서리로 뒤덮인 들판 위로 해가 낮게 떴고, 우리의 왕족 모델은 이른 오후부터 기온이 잔혹할 정도로 뚝 떨어질 때까지 가로줄 무늬의 얇은 줄무늬 상의와 면 셔츠를 입고 투지를 불태우며 포즈를 취했다.

우리는 모두 최대한 많은 사진을 찍기를 바랐고, 촬영은 순조롭게 진행되었다. 그래서 기온이 떨어지고 있음을 알았지만, 잡지 안에 실을 사진을 한 번 더 찍는 데 동의했다. 어깨가 딱 맞는 갈색 스웨이드 버버리 트렌치코트를 입고 자전거에 탄 사진이었다. 이 촬영은《보그》의 100주년을 기념하기 위한 것이었고, 잡지는 5월에 발간될 예정이었다. 그래서 나는 그 계절에 어두운색 코트를 입고 찍은 사진을 표지에 실을 가능성이 거의 없다고 생각했다. 공작부인이 옷을 갈아입고 등장했을 때 루신다는 내가 그다지 좋아하지 않는 모자를 머리에 씌웠다. 그러나 표지에 사용할 사진을 이미 건졌다고 생각했기 때문에 나는 크게 걱정하지 않았다. 캐서린만 만족한다면야.

나는 그가 통이 넓은 하이웨이스트 진에 금색 단추가 달린 체크 셔츠를 입은 사진이 표지에 어울린다고 생각했다. 머리는 길게 늘어뜨리고, 태양을 마주 보며 긴 들판을 걸으면서 눈을 살짝 가늘게 뜨고 있었다. 금빛 기운이 감도는 사진이었다. 그가 누군지 모르는 사람이라면 대초원에서 찍은 사진이라고 생각할 수 있었다. 풍족한 시대의 건강하고 소박한 주인공이었다.

패션 잡지와 영국 국립초상화미술관, 사진작가, 왕실의 일원이 협력하며 논의하는 과정에서 처음에는 상당히 간단해 보였던 결정이 더 복잡하게 꼬였다. 각자 다른 견해를 가지고 있었고, 사진들을 보고 또 보면서 어떤 사진을 표지에 실을지 합의하는 데 어려움을 겪었다.

공작부인은 내가 처음에 마음에 두었던 사진을 좋아하지 않았고, 사진작가 조시는 다른 사진을 좋아하지 않았다. 이런 상황에서 흔하게 취하는 방식인 협상과 타협이라는 과정을 통해 결국에는 외부인이 승리했다. 촬영 6개월 뒤에 그의 모습이 표지에 등장했다. 자전거 손잡이에 몸을 기댄 채 미소를 짓고 있었다. 산뜻한 흰색 셔츠 위에 갈색 스웨이드 트렌치코트를 입었고, 꾸밈없고 자연스러우며, 커다란 사파이어 약혼반지를 낀 시골 소녀 같은 모습이었다. 트렌치코트를 입은 미래 국왕의 아내였다.

18.

지리 교사 원피스

2000년대로 접어들 때쯤에 밑위가 짧은 로라이즈 스키니 진과 발레리나 플랫슈즈, 큼지막한 가방이 도시의 길거리에 등장했을 때 나는 V넥에 허리는 달라붙고, 무릎 근처에서 살랑거리는, 치마폭이 넓고 부드럽게 펼쳐지는 예쁜 원피스에 더 관심이 있었다.

나는 이 옷을 지리 교사 원피스라고 불렀다. 이런 이름을 붙이는 데 영감을 준 장본인이 실제로는 지리 교사가 아니라 학교 영어 교사였기 때문에 이상한 일이었다. 그 선생님은 중간 길이의 화려한 노란색이나 빨간색 꽃무늬 원피스를 자주 입었다. 목선이 파여 있어서 햇볕에 그을리고 잔주름이 진 피부가 보였다(이제 생각해보니 그는 40살도 되지 않았었다). 내 진로 상담을 위해 기다린 부모님에게 유치원 교사를 고려해보라고 제안한 사람이 그였다. 유치원에서 아이들을 가르치는 일은 문제가 되지 않았지만, 우리 부모나 내가 다녔던 매

우 학구적인 학교와 이 교사를 아는 사람이라면 그가 좋은 의
미로 이런 추천을 하지 않았다는 사실을 알 수 있었다.

이는 내가 지리 교사 원피스를 입기 수십 년 전에 일어난
일이었다. 또 런던 북서쪽의 테라스가 딸린 집에서 의붓딸과
어린 아들, 유모와 함께 사는 싱글맘이 될 줄 몰랐던 때였다.
그리고《보그》의 편집장이 된다고 예측할 수도 없었고, 당연
히 예측하지도 못했다. 대형 트럭이 달려오는 방향으로 돌진
하는 어린아이를 뒤쫓기 위해 거리를 내달리려면 이 원피스
가 편하다는 사실을 깨닫고 가치를 부여하기 수년 전이었다.
몸을 구부려서 아이의 까진 무릎에 뽀뽀해주기도 쉬웠고, 팬
티가 보일 걱정을 하지 않고 주스 통과 물티슈를 들고 공원의
잔디 위에 편안하게 앉아 있을 수도 있었다.

아들 샘이 내 외모에 대해 처음 언급했을 때 나는 이런 원
피스를 입고 있었다. 어느 날 아침에 작은 흰색 꽃이 그려진
연분홍색의 부드러운 원피스를 입고 있을 때 아들이 나를 바
라보며 아무렇지 않게 내가 근사해 보인다고 말했다. 이때 샘
의 나이는 5살 정도였다. 사무실에 도착했을 때는 남자 동료
들도 원피스를 입은 내 모습을 칭찬했다. 누가 보아도 이들이
이런 예쁘고, 얌전하며, 강해 보이지 않는 옷을 마음에 들어
한다는 사실을 알 수 있었다.

'예쁘다'는 흥미로운 단어다. 『옥스퍼드 영어사전 축소
판*Shorter Oxford English Dictionary*』의 설명을 보면 이 단어는 다양한
뜻을 포함하고 있다. '가냘프거나 앙증맞거나 작게 아름다운

… 눈이나 귀, 미적 감각을 만족시켜준다.' 그러나 초창기에
는 '교활하고, 간교하며, 변덕스럽고, 교묘하다'라는 조금은
경멸적인 의미도 담고 있었다. 다시 말해 전적으로 신뢰하기
어려우며 심지가 약하다는 뜻이다. '예쁘다'와는 조금 동떨어
져 있다. 예술과 패션 분야에서 '예쁘다'는 의미가 어떻게 해
석되는지는 어렵지 않게 논할 수 있다.

내가 《보그》에 재직하던 시절에 (원피스나 모델, 사진 등에
대해) '예쁘다'는 표현 뒤에는 멸시가 깔려 있었다. 이 단어는
지나치게 즉흥적이고, 군중의 입맛에 맞추며, 도전적이지 않
았다. 사람들을 고무하고 어떤 방향으로 인도하려는 고급 패
션의 의도를 충족하지 못한다는 의미였다.

패션업계에 비교적 늦게 뛰어든 사람으로서 나는 이런 예
쁨에 대한 불신이 존재하는 이유를 이해할 수는 있었지만, 전
적으로 동의하지는 못했다. 패션 사진은 대다수 사람이 관습
적으로 예쁘다고 여기는 옷을 담아야 한다. 그러나 패션 편집
장은 보기에 좋은 어떤 것을 독자의 더 진지한 반응을 끌어내
는 다른 무언가로 바꾸어 놓기 위해 예상치 못한 행동을 하는
경우가 많다. '저게 왜 저기에 있지? 왜 저런 일이 일어나는
거지?' 이는 파란색 아프로 헤어 스타일 가발이나 화분 모양
의 모자, 서커스 메이크업이나 때때로 예쁜 옷과 조금도 어울
리지 않는 것, 그래서 다시 한 번 바라보게 만드는 한 켤레의
신발 같은 아주 단순한 무언가일 수 있다.

패션계에서 가장 존경받는 디자이너를 일반적으로 관습

을 뒤엎는 사람이라고 여기는 생각과 유사하다. 기존의 틀을 부순 비비안 웨스트우드나 존 갈리아노, 알렉산더 맥퀸이나 옷의 구조를 해체하고 재구성한 일본 디자이너들, 앤 드뮐미스터Ann Demeulemeester와 라프 시몬스Raf Simons 같은 어둡고 강렬한 중성적 스타일의 옷을 디자인한 벨기에 디자이너들을 예로 들 수 있다.

영국판《보그》를 편집하는 작업은 패션에서 이런 종류의 독창성과 비상함에 가치를 두는 독자와 실제로 입을 수 있는 스타일과 옷을 잡지에서 찾고 싶어 하는 독자 사이에서 끝없이 줄타기하는 것과 같았다. 다른 국가의《보그》는 전자에 초점을 맞추고, 과감한 이미지의 사진들로 찬사를 받았다. 그러나 영국판《보그》는 내가 최대한 대다수 사람이 포함된 후자 집단을 위한 선택을 하면서 이런 특별한 명성을 얻지 못했다.

《보그》편집장은 잡지를 자신이 원하는 대로 만들 수 있는 권한을 가지고 있다. 그리고 이것이 이 자리가 가진 가장 근사한 요소 중 하나다. 나는 내가 만드는 잡지가 아름답고 다가가기 쉬우며 현실적이기를 바랐다. 그래서 결정을 내릴 때는 런던 외곽 지역에서 매일 출퇴근하거나, 많은 돈을 벌지는 않지만, 월급날이 되면 주말에 읽을 오락거리로 역 가판대에서《보그》를 사는 여성들을 항상 염두에 두었다. 이들은 물론 이 업계의 많은 구독자가 그렇듯이《보그》를 사지 않고 그 돈을 커피값으로 쓸 수 있다. 또 어느 금요일에 마음을 바꾸어《엘르》나《글래머》,《태틀러》등의 다른 잡지를 집어들 수도 있다. 나는 이들이 지갑을 열게 만들어야 했고, 내 재임 기간에 발행 부수가 증가하고, 궁극적으로 콘데 나스트에 2억 파운드 이상의 수익을 올려주면서 내 생각이 성공했음을 알게 되었을 때 만족감을 느꼈다. 내 선택에 불만인 사람들을 그다지 신경 쓰지 않았다. 또 예쁘기는 하지만 재미도, 인기도 없는 지리 교사 원피스를 입고 하루를 시작했던 내가《보그》편집장이라는 사실을 이상하게 생각한 사람들도 마찬가지다.

19.

트레이닝복

21세기로 막 접어들었을 때 벨루어로 만든 쥬시꾸띠르의 트레이닝복이 인기를 끌었다. 쥬시꾸띠르는 인형이 입을 법한 옷 사이즈에 긴 머리를 가진 캘리포니아 출신의 두 여성 겔라 네시Gela Nash(훗날 듀란듀란의 존 테일러John Taylor와 결혼했다)와 파멜라 스카이스트-레비Pamela Skaist-Levy가 1995년에 창업한 여성복 전문 브랜드다.

이들은 영리하게도 당시에는 거의 운동할 때만 걸쳤던, 70년대의 옷을 부활시키는 생각을 해냈다. 이렇게 해서 다양한 사탕 색상의 벨루어로 제작한 운동복이 탄생했다(여기서 가장 중요한 요소는 관리가 까다롭지만, 최고급 소재는 아닌 벨루어라는 점이다). 도안집에서 따온 듯한 글자체의 로고를 넣었으며, 그 시대에 완벽하게 어울리는 브랜드명도 지었다. 겔라와 파멜라는 90년대 초반 비관적인 분위기에서 극도로 화려하고 로고가 잔뜩 그려진 과시적인 정반대의 소비 스타일로 이동하고 있음을 직감했다. 쥬시꾸뛰르. 소비를 부르는 브랜드명으로 딱 어울린다.

　로스앤젤레스에서 탄생한 쥬시는 가벼운 복장을 선호하는 이 도시의 분위기를 그대로 보여준다. 패리스 힐튼과 마돈나, 제니퍼 로페즈, 브리트니 스피어스. 당시에 이들의 사진이 온라인 공간에 도배되었다. 로데오 드라이브와 LA 공항에서 큰 토트백과 얼굴을 다 가릴 듯한 크기의 선글라스, 가닥가닥 염색한 머리, 그리고 트레이닝복 차림으로 걸어가는 모습이 사진에 자주 등장했다. 눈길을 끄는 이 브랜드의 옷은 주목받기 좋아하는 유명인이 자신의 스타일에 더하기에 이상적인 요소였다. 벨루어 트레이닝복이 가진 신경 쓰지 않은 듯한 스타일은 이 시대에 완벽한 포장지가 되었다. 지나치게 많은 로고나 태닝 기계로 지나치게 태운 피부, 지나치게 많은 가방이란 없었다. 결론을 말하자면 지나친 것이란 없다.

　랩과 힙합이 주류로 편입하면서 트레이닝복은 거리 문화를 보여주었지만, 쥬시를 입으면 데스티니스 차일드Destiny's child와 올 세인츠All Saints 같은 걸그룹이 가진 이상적인 섹시한 매력이 더해졌다. 그렇다. 여성의 힘을 보여주지만, 섹시함도 함께 갖추었다. 당시 인기가 치솟은 미국 리얼리티쇼 〈빅 브라더Big Brother〉와 이 프로그램에서 보여준 시끌벅적한 여자들만의 파티를 보면 시내 중심가에 쥬시의 아류가 넘쳐나고, 밤의 필수품이 된 것도 놀랍지 않았다. 그러나 그 놀라운 인기와 이들이 대변하는 소비주의가 9.11테러 전후에 걸쳐서 엄청나게 증가한 점은 예상이 쉽지 않았다.

비행기 두 대가 청명한 하늘을 가로질러 뉴욕의 쌍둥이 빌딩에 충돌하는 장면이 전파를 탄 이후 세상은 돌이킬 수 없게 바뀌었다. 이 대참사가 발생했을 때 자신이 어디에 있었는지 기억하지 못하는 사람은 없을 것이다. 나는 스페인 그라나다의 평원이 바라보이는 웰링턴 공작 소유의 아름다운 저택에서 휴가를 즐기고 있었다. 공작의 딸인 작가 제인 웰즐리Jane Wellesley가 초대했고, '브리짓 존스'시리즈의 작가 헬렌 필딩Helen Fielding과 시인 믹 임라Mick Imlah, 해외 특파원 마리 콜빈Marie Colvin이 포함된 무리였다.

믹 임라가 '뉴욕에서 중대한 뉴스 발표가 있어요!'라고 외치며 내 침실로 뛰어 들어왔을 때 나는 점심을 먹고 낮잠에 빠져 있었다. 우리는 이 저택에서 유일하게 TV가 놓여 있는 지하실로 급히 뛰어 내려갔다. 부엌 옆방에 놓인 작은 흑백 TV였다. 저택의 손님과 직원이 TV 주위로 모여 반복적으로 보여주는 흐릿하고 참혹한 흑백 영상을 지켜보았다. 스페인 앵커가 그 자리에 모인 대다수가 알아듣지 못하는 스페인어로 설명하고 있었다. 중동 정책에 정통한《선데이 타임스》는 즉각 빈 라덴의 소행임을 알아맞혔다. 이 당시에는 대부분에게 생소한 이름이었다. 갑자기 세상이 무서워 보였다. 하늘은 어마어마하게 많은 무기를 품고 있는 지하드 테러리스트를 위한 공간이 되었다. 수영장에서 햇볕을 쬐며 보내던 아침에만 해도 확실했던 것들이 한순간에 산산이 부서지고, 그 자리를 뭐라고 꼬집어 말할 수 없는 공포가 차지했다.

이 휴가에 매우 이례적으로 아들 샘을 유모 커티스에게 맡기고 왔었다. 뉴스로 그 소식을 접하고 나서 나는 샘과 통화하기 위해 필사적이었다. 항상 그랬듯이 목소리를 들으면서 나 자신을 안심시키기보다는 그가 잘 있는지를 확인하고 싶었다. 전화 연결이 되었을 때 샘은 다행히도 무슨 일이 벌어졌는지 모르고 있었고, 새 학급에서 남자아이들이 여자아이들과 짝을 지어 앉게 되어 있었지만, 남자아이들이 너무 많아서 일부는 자기들끼리 앉아야 했다는 이야기를 들려주는 데 집중하고 있었다. 내 아들은 이 사례에 포함되지 않았다. 운이 없게도 알바라는 이름의 여자아이와 짝이 되었다고 했다. 나는 유감스러운 상황에 대해 위로하면서, 알바가 얼마나 괜찮은 아이인지 이야기해주었다. 그런 다음에 커티스에게 샘이 TV 근처에도 가지 못하게 하라고 일러두었다. 사람들이 불타는 고층 건물에서 뛰어나오는 모습이 머릿속에 각인되지 않기를 바랐다.

며칠 뒤에 미국이 주도하는 연합군이 전쟁을 개시했다. 세상을 바꾸어 놓은 혼란 속에서도 고가의 브랜드들은 고공행진했다. 새로운 브랜드와 상점, 디자이너들이 급증했고, 벨루어 트레이닝복도 인기가 치솟았다. 《보그》는 우리가, 그중에서도 특히 임신 후 빠지지 않은 뱃살과 씨름하는 여성들이 (이들은 많이 존재한다) 퇴근 후에 집으로 돌아와 트레이닝복으로 갈아입고 어떻게 빈둥거리며 보냈는지를 이야기했다.

더 놀랍게도 (머라이어 캐리나 캐서린 제타 존스, 에바 롱고리아 같은) 영화나 TV에 나오는 유명인들이 이 옷을 입고 돌아다녔지만, 저렴한 스타일에도 이들의 인기는 끄떡없었다.

몇 년 뒤에 데이비드와 내가 연애를 시작한 날 저녁에 나는 쥬시꾸뛰르 트레이닝복을 입었다. 지금 알고 있는 것을, 즉 그의 눈에 허리가 고무밴드로 되어 있는 펑퍼짐한 바지를 입고 있는 내 모습이 매력 없어 보였을 것이라는 점을 생각해보면 우리가 연애를 시작할 수 있었다는 사실은 놀라운 일이었다. 그는 20년이 넘게 알고 지낸 친구였고, 나는 주말에 친구에게서 빌린 데번의 시골집으로 그를 초대했었다. 아버지는 그해 초에 세상을 떠났고, 어머니는 나와 함께 살고 있었다. 나는 다른 사람들이 어린아이들을 돌보느라 정신이 없을 때 데이비드가 지적인 대화 상대가 되어줄 것으로 생각했다.

다른 종류의 관계를 생각해보지 않았다고 기억하지만, 어쩌면 어느 시점에서 생각해보았는지도 모르겠다. 어느 이른 저녁에 최소한 트레이닝복을 입은 모습이 더 매력적으로 보이도록 선탠을 해야겠다는 생각을 한 기억이 떠오른다.

최근에 그에게 그날 저녁에 내가 트레이닝복을 입었다는 이야기를 쓰고 있다고 말했을 때 놀랍게도 그는 그날을 기억하고 있었다. 그는 '맞아. 흰색, 아니면 크림색 아니었나?'라고 말했다. 내가 흰색 벨루어 트레이닝복을 입은 모습을 상상하기조차 어렵지만, 내 기억 깊은 곳 어딘가에서 나는 아주 희미하지만 어쩌면 그의 말이 맞을지도 모른다는 느낌을 받

았다. 이는 더욱 놀라운 일이었다. 도대체 무엇이 내가 흰색
벨루어 트레이닝복을 입도록 만들었을까?

20.

완벽한 원피스

이 책을 집필하던 중에 나는 완벽한 원피스를 발견했다. 인도계 디자이너 살로니Saloni가 디자인한 옷이며, 종아리 중간까지 오는 기장에 부드럽고 광택이 나는 체크무늬 원피스다. 소매는 팔꿈치까지 내려오고, 셔츠 칼라 스타일에 앞쪽에 작은 금속 단추가 아래까지 줄지어 달려 있다. 색깔은 어렸을 때 색연필 세트를 보며 언제나 느꼈던 것처럼 경쾌하다. 허리 위쪽으로 좁아지면서 어느 정도 몸의 굴곡을 살려주고, 배와 엉덩이를 만족스럽게 가려주며 미끄러지듯이 흘러내린다. 경탄을 자아내는 옷이다.

물론 '내' 완벽한 원피스이지 '모두의' 완벽한 원피스는 아니다. 《보그》에서 근무하는 동안 나는 언제나 사진에 '완벽한' 이것, '완벽한' 저것이라는 문구를 넣었다. 완벽은 성공을 불러오는 단어다. 그러나 정의상으로는 아주 애매하고 조금도 정확하지 못하다. 심지어 거짓이라고까지 말할 수 있을 정도다. 완벽함은 보는 사람이나 가치를 판단하는 사람마다 다르다. 현실에는 분명히 존재하지 않는다. 그러니 완벽한 원피스는, 즉 내 완벽한 원피스는 모든 완벽한 원피스와 재킷, 가방, 셔츠, 바지처럼 그렇게 느끼는 사람에게만 완벽할 뿐이다. 내 완벽한 원피스는 여러분의 것과는 다를 가능성이 크다. 내 원피스가 흉측하다고 생각하는 사람도 있을 수 있겠지만, 아마 그렇지는 않을 것으로 보인다. 전날 집 근처의 세탁소에 옷을 찾으러 갔을 때 주인이 내게 전해준 말에 의하면 이 원피스가 걸려 있는 모습을 본 많은 사람이 '이 옷을 찾아가지 않으면 제가 가져갈게요'라고 했다고 한다. 자, 상황이 이렇다. 어쩌면 이 원피스는 정말로 완벽할지도 모른다.

완벽한 원피스를 찾게 되면 이는 더없는 기쁨이다. 한 번에 쓱 입을 수 있어 편리하고, 상의와 하의를 어떻게 매치해야 할지를 놓고 스트레스 받지 않아도 되며, 자신에게 잘 어울린다는 완벽한 확신을 가질 수 있다는 점은 축복과 같다. 한 번 경험하고 나면 다시 찾지 않을 수 없다. 이 원피스는 다른 원피스를 이류로 만들어 버린다. 그러나 유일한 문제점이 하나 있는데, 바로 이들을 찾아내야 한다는 것이다. 즉, 이들을 구하기 위해 쇼핑을 해야 함을 뜻한다.

사람마다 옷을 쇼핑하는 방식이 다르다. 여러 상점을 샅샅이 뒤지며 옷을 입어보고, 걸려 있는 옷들을 훑어보며 직원과 대화하기를 좋아하는 사람들이 있다. 그런가 하면 탈의실 안으로 한 무더기의 옷을 안고 들어가 입어본 다음에 바닥에 대충 던져놓고 아무렇지 않게 빈손으로 나가는 사람들도 있다. 또는 직원이 옷들을 다시 제자리에 걸어놓는 작업이 싫어서 당신만큼이나 당신에게 어울리는 옷이 있기를 바란다는 사실을 알지만, 그럼에도 입어본 옷을 돌려주며 자신에게 잘 어울리지 않는다고 말하는 상황을 불편하게 여기지 않는 사람들도 있다. 그리고 위와 같은 상황을 생각만 해도 불안감으로 땀이 나는 사람들도 많이 존재한다. 처리해야 하는 모든 과정, 선택의 어려움, 원치 않는 곳에서 시간을 보내야 하는 상황.

옷가게나 백화점으로 걸어 들어가는 것은 복합적인 행위다. 다른 장소가 아닌 왜 이곳을 선택했는가? 어디서부터 보아야 하는가? 머릿속에 분명한 이미지를 가지고 특정한 무언가를 찾고 있는가?(그렇다면 실패를 보장한다) 아니면 인터넷 검색이 아닌 실제 옷들을 둘러보고 있는가? 작가인 린다 그랜트Linda Grant는 저서 『사려 깊게 옷 입기 *The Thoughtful Dresser*』에서 쇼핑에 관한 많은 이야기를 하고 있다. 그는 '쇼핑'이라는 단어를 최초로 사용한 사례가 『옥스퍼드 영어사전』에 다음과 같이 기록되어 있다고 썼다(그리고 나는 그가 옳다고 확신한다). '여성들은 자신에게 염증을 느낄 때 오전에 쇼핑하러 간다고 한다. 마차를 불러서 이 상점에서 저 상점으로 돌아다닌다.'

멋진 인용문이다. 나는 나 자신에게 질렸을 때 얼마나 자주 쇼핑했던가? 무언가를 (그렇다, 이상적으로 완벽한 원피스

다. 그러나 이것이 아니더라도 나를 더 멋져 보이게 만들어준다
고 생각되는 것은 무엇이든) 찾을 가능성을 가지고 옷들을 일
일이 살펴보는 행동은 정신을 다른 곳으로 분산시키고, 삶이
나 그저 그날의 당면한 어려움으로 어지럽혀진 마음을 효과
적으로 안정되게 한다. 나는 파리의 보마르셰 거리에 있는 대
형 편집숍 근처 모퉁이에 서서 휴대폰으로 친구와 이야기한
적이 있었다. 아들은 그 당시 십 대였고, 이 대화를 나눈 후에
나는 아들을 돌보지 않고 일 때문에 집을 비운 사이에 무언가
잘못되는 건 아닌가 하는 막연한 두려움을 느꼈다. 그리고 상
점으로 들어가 가정용품과 옷들을 둘러보고, 내 값비싼 옅은
파란색 티셔츠 수집 목록에 추가할 값비싼 옅은 파란색 티셔
츠를 찾았을 때 이런 감정을 잠시나마 털어낼 수 있었다. 상
점에서 보낸 1시간가량은 어머니 역할에 대한 강박을 잊게
해주는 시간이었다.

쇼핑하는 이유는 매우 다양하다. 나와 때때로 함께 작업
하는 금발에 크림처럼 뽀얀 피부를 가진 빨간 립스틱 마니아
홀리에게 쇼핑은 다른 해결책이 되어준다. 그는 언제나 검은
색 옷을 입는데, 차림새가 거의 언제나 똑같다. 검은색 긴 소
매 상의와 바지. 나는 그에게 쇼핑을 왜 하는지 물었다. 왜 매
번 같은 것을 사는지 궁금했다. "제가 쇼핑을 하는 이유는 슬
픔 때문이에요."그가 망설임 없이 말했다. "무언가가 제 삶을
2퍼센트 더 좋게 만들어준다면 살 가치가 있잖아요, 안 그런
가요? 저는 새로운 남자를 만날 때마다 새로운 것을 구매해

요. '이전 관계가 왜 잘 안 풀렸는지 알 것 같군. 그때는 이 점퍼가, 또는 이런 비슷한 것이 없었기 때문이야'라는 생각이 들어요." 내가 홀리를 가장 최근에 보았을 때 그는 검은색 가죽 바이커 재킷을 구매했었다.

완벽한 원피스를 통해 맛볼 수 있는 해방감과 희망, 기대, 평정심, 이 모든 것이 옷을 쇼핑하는 핵심적인 이유 중 하나다. 온라인 쇼핑을 통해서도 이런 기분을 느낄 수 있지만, 경험은 상당히 다르다. 판매 직원과 상호작용하기보다는 당신과 모니터, 신용카드 사이에 사적인 거래가 이루어지는 혼자하는 행위다. 감각적이지도 않다. 옷의 촉감을 직접 느껴볼 수 없고, 어느 한구석에서 우연히 멋진 무언가를 발견하는 기쁨도 얻지 못한다. 한 자리에 머물러 있을 뿐 신체 전부를 움직여야 하는 활동인 쇼핑을 '하러 가지' 못한다. 온라인 쇼핑을 할 때 유일하게 움직이는 신체 부위는 손가락이 전부다. 전리품을 손에 들고 상점을 걸어 나오는 즐거움은 주지 못하지만, 소유했다는 만족감은 얻을 수 있다. 적어도 상품이 도착해 입어본 후에 자신에게 맞지 않는다는 사실을 발견하게 되기 전까지는 그렇다는 얘기다. 자신과 전혀 어울리지 않는 옷. 옷감은 행주 같고, 색깔은 노란색이 섞여 있어 화면에서 본 것과 다르다.

내게는 완벽한 원피스가 있지만, 당연히 언제나 더 많이 채울 수 있는 공간이 존재한다. 이런 이유로 나는 어제 이 이야기를 쓰면서도 결국 온라인 쇼핑몰을 들여다보고 말았다.

5분도 안 되어서 새로운 원피스를 찾는 대신에 원래 살 생각이 전혀 없었던 값비싼 프라다 치마를 구매했다. 내게는 새 치마가 필요 없다. 새 치마를 원하지도 않았다. 그러나 화사한 장미 무늬 치마가 난데없이 튀어나왔고, 내 이름을 부르는 소리가 들렸다. 장미 무늬는 절대 거부할 수 없다.

나는 이 치마와 함께하는 내 미래를 곰곰이 생각해보았다. 여름에는 흰색 샌들과 하늘하늘한 흰색 블라우스와 함께 이 옷을 입을 수 있을 것이다. 겨울에는 부츠와 재킷과 잘 어울릴 듯이 보인다. 얼마 전에 보낸 여름 휴가의 흔적이 드러나면서도 더는 휴가 중이 아닌 모습을 보일 필요가 있는 장소에 가거나 사람들을 만나는 9월에 입기에 완벽한(그렇다, 또 시작이다) 치마다.

치마가 도착하자마자 입어본다. 완벽하게 맞다. 안타까운 일이다. 내가 찾던 원피스는 아니지만 결국 반품하지 않을 가능성이 더 커졌기 때문이다. 내게 잘 어울리는지 물어보기 위해 데이비드를 찾는다. 그의 마음에 들지 않는다고 해도 달라지진 않겠지만, 그렇다고 해도 알아보는 것은 언제나 나쁘지 않다. 그는 나를 잠깐 바라보더니 "아주 멋진 원피스네. 당신도 좋아할 것 같네."라고 말한다. "치마라고!" 나는 이렇게 정정하며 방을 나간다.

21.

티셔츠

햇볕에 따스함이 배어 부드럽게 느껴지고, 밤사이에 핀 꽃들이 앞선 계절 동안 삭막했던 가지에 기분 좋은 보송보송함을 더해주는 시기인 초봄의 어느 날이었다. 모두들 날씨가 정말 좋다고 말했다. 이날은 영국이 유럽연합에서 탈퇴하기로 예정된 날(2019년 3월 29일)의 전날이었다. 예측 불허 상태의 정치적 혼란 속에서 우리를 즐겁게 해주는 것에, 그것이 무엇이든, 평소보다 더 감사했다. 예를 들면 날씨처럼.

나는 미용실에 앉아 패션 전문 쇼핑몰에서 티셔츠를 살펴보았다. 총 14페이지에 799개의 티셔츠가 올라와 있었다. 이날은 내가 급하게 새로운 티셔츠를 구매하기로 결정한 날이었다. 특별한 이유는 없었으나 내 삶을 완전하게 만드는 데 새로운 티셔츠가 필요하다고 자신을 설득했다. 나는 어떤 상징이나 그림이 그려져 있는 티셔츠를 염두에 두고 있었고, 1975년경에 찍은 엘튼 존의 얼굴과 '오늘 밤 누군가가 나를 구해주었다Someone Saved My Life Tonight'라는 문구가 적힌 깜짝 놀랄 정도로 비싼 구찌 티셔츠를 살까 말까 잠시 고민했다.

내게 티셔츠가 없어서가 아니었다. 사실 나는 누구보다도 많은 티셔츠를 가지고 있다. 특히 (회색과 회갈색, 카키색, 돌멩이 색깔 같은) 우중충하고 죄수복 같은 색깔을 선호하며, 갭GAP에서 구매한지 최소한 25년은 된, 여전히 형태가 멀쩡하고 휴가 때마다 거의 매번 가지고 가는 옅은 초록색 크루넥 티셔츠가 한 장 있다. 그러나 내가 생각하고 있는 스타일에 꼭 맞는 옷이 없었다. 내 옷장 전체를 더 흥미롭게 만들어 줄 티셔츠가 아니었다. 대부분이 쇼의 주인공보다는 두 발자국 뒤떨어져 걸으며 시중드는 사람처럼 보이게 만드는 그런 종류였다. 이날 내가 마음에 그렸던 티셔츠는 무대 정중앙에 어울리며, 데비 해리Debbie Harry가 록 밴드 블론디에서 활동하던 초창기 시절의 모습과 조금이라도, 물론 불가능했지만, 닮아 보이게 만들어 줄 그런 옷이었다.

이것이 옷이 가진 멋진 요소 중 하나다. 이들은 당신이 가장 할 것 같지 않은 모습을 당신에게 반영해볼 수 있게 해준다. 또 예를 들어 티셔츠와 내 모습을 생각할 때 (등의 지방과 팔뚝 살, 햇볕에 탄 화상, 울퉁불퉁한 팔꿈치 등) 떠오르는 많은 주의 사항을 포함해 현실에 얽매이지 않는다. 이 대신에 마음껏 현실에서 도피할 수 있게 해준다. 이것이 냄새를 뒤좇아 달려가는 사냥개 무리처럼 투지를 불태우며 흔들림 없이 지속해서 티셔츠에 집착하는 이유다.

1990년대에 그런지 스타일이 등장한 이후 티셔츠를 여러 장 정신없이 겹쳐 입던 시기가 있었다. 캘리포니아 브랜드 C&C 캘리포니아의 디자이너들이 런던에 왔을 때 자신들이 제작한 티셔츠를 한가득 넣은 가방을 여러 개 들고《보그》사무실을 방문했다. 그리고 얼마 가지 않아 우리는 이들이 가져온 긴소매 티셔츠 안에 가는 끈이 달린 면 민소매 티셔츠를 입고 있었는데, 이는 매우 비싼 조합이었다. 옷감이 매우 얇았고 다시 말해 하나 이상 입지 않으면 브래지어나 가슴이 그대로 보일 수 있다는 의미였다. 그리고 살짝 사선 모양으로 재단되어 있어서 몸에 조금 달라붙었고, 길이가 길어서 잡아 올려서 주름지게 만들 수도 있었다. 요즘은 문구가 들어간 티셔츠를 어디서나 볼 수 있지만, 이때가 티셔츠가 패션이 될 수 있었던 내가 기억하는 몇 안 되는 순간이었다.

내가 편집장이던 시절에 발간된 306권의 영국판《보그》에는 티셔츠를 입은 사진이 표지를 장식한 적은 한 번도 없었다. 좋다, 세세하게 따지기 좋아하는 사람은 '차려입기/간편하게 입기'와 '아이를 원하지 않는 여성'이라는 주요 기사 제목이 인쇄된 1994년 3월호를 찾아낼지도 모른다. 밝은 분홍색 샤넬 재킷 안에 흰색 티셔츠가 살짝 보이는 표지였다. 그러나 나는 이것이 러닝셔츠가 아니라고 단언할 수 없다. 누군가는 2013년 5월호 표지에서 비욘세가 입었던 푸른색 줄무늬 크롭 티셔츠를 언급할 수도 있지만, 이 옷은 단순한 티셔츠라고 하기에는 훨씬 더 복잡하다. 이 주제에 관심이 있다면 호기심을 가질 만한 사실이다. 실제로도 상당히 흥미롭다.

확실히 티셔츠와 패션과의 관계는 특별하다. 둘 사이에는 상호의존성이 존재하는데, 이 같은 관계가 모두 그렇듯이 가끔 각자 독자적인 행보를 보이며 독립 의지를 확고히 하다가 금세 그 어느 때보다 더 가까운 사이로 재결합한다.

티셔츠는 유행을 타지 않는다. 이들은 본질적으로 이랬다저랬다 변덕스러운 일시적인 유행을 거부하고, 멈추지 않고 자신만의 길을 추구한다. 그러나 50년 넘게 인기를 유지해온 이유는 실용적이고 유행을 타지 않아서가 아니라 끊임없이 유행의 변화에 발맞춰 새로운 활기를 불어넣었기 때문이다. 이것이 무슨 말인가? 티셔츠가 단지 예쁘게 만들어진 속옷의 한 종류로 치부되지 않으려면 유행과 동떨어져 존재해서는 안 된다는 뜻이다. 자신의 자리를 유지하기 위해 유행에 뒤처져서는 안 된다.

이런 점에서 이들은 내가 잡지 표지에 자주 등장시켰던 아무 장식 없는 흰색 셔츠와 가죽 재킷, 검은색 터틀넥, 데님과 다르다. 모두가 어떤 면에서는 성공의 열망을 담은 화려한 옷들이 아니지만, 하나같이 스타일을 완성하는 데 중요한 요소들이다. 입은 사람을 특정한 유형으로 특징짓는다. 그러나 티셔츠는 여기에 해당하지 않는다. 완전히 중립적이고, 그래서 완벽한 게시판이 될 수 있는 이유다.

최근에 큐 왕립식물원을 방문했을 때는 10월의 화창한 오후였고, 나는 미니멀리스트 건축가인 존 포슨John Pawson이

설계한 호수 다리를 막 건넌 참이었다. 내 쪽으로 레깅스와 분홍색 티셔츠를 입은 작은 소녀가 달려오고 있었다. 티셔츠에는 '나는 페미니스트다I am a feminist'라는 문구가 적혀 있었다. 1년 전에 당시 크리스티앙 디오르의 새로 임명된 최초의 여성 디자이너였던 마리아 그라치아 치우리Maria Grazia Chiuri는 세계의 정상급 모델들에게 '우리는 모두 페미니스트여야 한다We Should All Be Feminists'라고 적힌 티셔츠를 입힌 다음에 디오르의 런웨이를 걷게 했다. 모델들은 속이 들여다보이는 네이비색 발레리나 스커트를 함께 입고 있었다.

디오르의 모델들과 꼬마 소녀가 입은 티셔츠의 뿌리는 모두 1975년에 뉴욕 최초의 페미니스트 서점인 레비리스 북스Labyris Books에서 디자인한 티셔츠에 있었다. 티셔츠 앞면에는 '미래는 여성이다The Future is Female'라고 적혀 있었고, 앨릭스 돕킨Alix Dobkin이라는 이름의 뮤지션의 사진에 등장했다. 사진은 그의 여자친구 리자 카원Liza Cowan이 찍어주었다. 돕킨은 파란색으로 글자가 적혀 있는, 다소 평범한 형태의 흰색 면 반팔 티셔츠와 그 아래에 긴 소매의 파란색 면 터틀넥을 함께 입었고, 갈색 코듀로이 바지를 입었다. 이 사진에는 '잘 차려입은 다이크*는 무엇을 입을까What the Well Dressed Dyke Will Wear'라는 설명이 붙어 있었다.

시대를 2015년으로 돌려 재제작된 이 티셔츠 중 두 장을

---

* 다이크는 비속어로 레즈비언을 가리킨다.

세인트 빈센트St. Vincent라는 이름으로 활동하는 뮤지션 애니
클라크Annie Clark가 자신과 여자친구 카라 델러빈Cara Delevingne
을 위해 냉큼 구매해갔다. 19세기 말에 미 해군 유니폼의 일
부로 탄생했던 티셔츠는 70년대에 여성을 겨냥했던 버지니
아 슬림스 담배 마케팅 슬로건처럼 분명 '먼 길을 왔네요.'

추신 : 나는 결국 그 엘튼 존 티셔츠를 구매했다.

22.

민소매 시프트 원피스

2009년 4월 2일 아침 나는 미셸 오바마를 만나기로 했다. 사실 미셸 오바마만이 아니었다. 당시 영국 총리였던 고든 브라운이 주최한 G20 정상회담 때문에 런던에 머물고 있던 각 국 정상의 배우자 14명을 모두 만날 예정이었다. 고든의 아내 세라가 이들을 접대하는 역할을 맡았고, 각 나라 대표들이 모여 세계의 미래를 논의하는 동안《보그》에서 배우자들의(공교롭게도 이날 참석한 배우자들은 모두 여성이었다) 단체 기념 사진을 찍어줄 수 있는지 물었다.

나는 이런 중대한 자리에 어떤 차림을 하고 가야 할지 고민했다. 세라는 친절하게도 내게 단체 사진을 찍은 후에 가질 오찬 자리에 함께해달라고 요청했다. 나는《보그》편집장의 자격으로 참석하는 것은 물론, 이날에 관한 글을 쓸 생각이었기 때문에 옆으로 물러서서 방해받지 않고 지켜보는 관찰자가 되고 싶은 마음이 컸다.

나의 저널리스트 영웅인 존 디디온Joan Didion은 60년대의 로스앤젤레스에 관해 쓴 최고의 에세이『화이트 앨범 *The White Album, 1968-78*』에서 '의도적으로 고른 특색 없는 복장, 치마와 레오타드, 그리고 스타킹이면 나는 양쪽 문화를 모두 통과할 수 있다'라고 했다. 나는 녹색과 노란색 야자나무 잎이 그려진 짙은 회색 민소매 시프트 원피스를 선택했다. 이 원피스는 동네 부티크에서 산 옷으로 이 위에 옅은 파란색 카디건을 걸쳤다. 이렇게 입으면 디디온이 노렸던 벽지 효과를 달성할 수 있으리라 생각했다. 시프트 원피스는 품위 있으면서도 비교적 무난해서 적절한 선택처럼 보였다.

이런 원피스는 카디건을 걸치든 안 걸치든 영부인 복장에 포함되었지만, 이날 아침에는 누구도 원피스 하나만을 입지 않았다. 영부인의 역할은 매우 눈에 띄는 동시에 이상하게도 명료하지 않다. 배우자와의 관계 말고는 다른 어떠한 이유나 명확하게 정해진 목적도 없이 빛나는 스포트라이트 속으로 내던져진다. 해야 할 일에 대한 가이드라인은 모호하지만, 직무상 외교적이고 신중하며 조심스럽고 매력적이며… 뭐, 어쨌든 뛰어난 패션 감각이 요구된다. 사람들이 이들의 패션에 주목하기 때문이다. 무슨 옷을 입었는가? 드러나는 이야기 속에 조용히 숨어 있는 암호처럼 겉모습은 이들을 평가하는 기준이 될 뿐만 아니라 때때로 발언권이 없을 때 무언가를 말하는 유일한 방법이기도 하다.

영국에서는 시선이 집중되는 출중한 배우자가 한 명뿐인

미국과 다르게, 왕족이 있다는 사실 때문에 이 역할이 복잡해진다. 왕실은 그 자체로도 부유할 뿐만 아니라 국고의 재정 지원을 받는다. 그리고 찰스 왕자는 서식스와 케임브리지, 콘월 공작부인들이 역할에 어울리는 복장을 갖출 수 있게 이들의 의상을 지원해준다. 그러나 정치인의 부인은 보통 개인적으로 부유하지 않고, 국고의 재정적 지원도 물론 받지 못한다.

영국 총리가 합리적인 급여를 받고는 있지만, 아내에게 (또는 파트너에게) 디자이너의 옷을 계속 사주기에는 충분하지 않기 때문에 자비로 알아서 구매해야 할 수도 있다. 그런데 배우자들은 남편의 재임 기간에 거의 언제나 자신의 경력과 돈을 버는 능력을 양보하지 않던가. 그래서 세라 브라운은 이날 아침에 로열 오페라 하우스에서 열린 이 행사에서 고가의 브랜드가 아닌 중간 가격대의 상쾌한 감청색 니트 투피스를 입었다. 이들은 로열 발레단의 〈지젤〉 총연습을 관람하고, (이날 옅은 분홍색 디오르 원피스로 가장 멋지게 차려입었던) J. K. 롤링의 낭독을 감상했다.

참석자들의 철저한 보안을 이유로 '베티'라는 암호명을 붙인 모든 계획을 세우는 데 《보그》에게 주어진 시간은 몇 주뿐이었다. 이날 작업할 수 있고, 자신의 나라에서 존중받는 상황에 익숙한 여러 명의 여성을 감당하는 능력을 보유한 사진작가를 섭외하는 일이 가장 중요했다. 막상 당일이 되자 나타난 유일한 사람은 마리오 테스티노Mario Testino였다. 그는 전날 저녁에 독일 함부르크에 있다가 아침에 전용기를 타고 날아왔다.

영부인들은 각자 개인 스타일에 더해 자신의 국가를 대변하는 옷을 입었다. 인도 대통령의 아내 구르샤란 카우르Gursharan Kaur는 아쿠아 마린색과 연한 금색 사리sari를 입었다. 러시아의 스베틀라나 메드베데바Svetlana Medvedeva는 치마가 무릎까지 내려오고 카라와 치마 밑단에 장식이 달린 연보라색 트위드 정장을, 튀르키예의 에미네 에르도안Emine Erdoğan은 남편의 보수적인 정의개발당의 이미지에 맞춰 점잖은 원피스를 입었고, 여기에 긴 검은색 아바야abaya*와 흰색 두건을 두르고, 엄청나게 굽이 높은 플랫폼 슈즈를 신었다. 미셸 오바마가 마지막으로 들어왔는데, 폭이 넓은 녹색 제이슨 우Jason Wu 치마와 마름모꼴 무늬가 이어지는 할리퀸 문양이 들어간 와타나베 준야Junya Watanabe의 푸른색 카디건을 입었다. 내가 글을 쓰기 위해 그에게 무엇을 입고 있는지 물었을 때 놀라울 정도로 새하얀 치아를 드러내고 풍성한 인조 속눈썹을 붙인 눈으로 웃으며 '사람들에게 내가 분홍색도 가지고 있다고 말해도 좋아요'라고 말했다.

미셸 오바마는 고급 패션을 조금도 두려워하지 않는 얼마 안 되는 영부인 중 한 명이다. 이런 옷을 입고 즐거워하는 그의 모습은 언제나 멋져 보였다. 그는 갭과 제이 크루에서부터

*　이슬람권의 많은 지역에서 여성들이 입는 검은 망토 모양의 의상.

베르사체와 아제딘 알라이아Azzedine Alaïa와 마이클 코어스, 모스키노까지 다양한 가격대의 옷을 당당하게 소화했다. 그리고 근육이 잘 발달한 팔이 돋보이게 민소매 시프트 원피스를 즐겨 입었다. 재클린 케네디가 영부인 복장으로 처음 소개했던 옷이다.

재클린의 복장은 백악관에 거주하는 동안에 스타일 본보기가 되었다. 깔끔한 정장과 길이가 짧은 크롭 재킷, 진주, 체형을 살린 스타일의 옷. 『재키 스타일Jackie Style』에서 저자 파멜라 클라크 키오Pamela Clarke Keogh는 재키가 50년대에 조지타운의 여성복 전문 재봉사 미니 레아Mini Rhea가 제작한 민소매 시프트 원피스를 입으면서 처음 이런 옷을 입고 등장하기 시작했다고 말한다. 그는 새 원피스를 맞추면서 목 부분의 형태를 고민하다가 팔을 드러내기로 결정했다. 자신의 팔에 자신이 있었기 때문이다. 재봉사인 레아는 낮에 이런 모습을 보여주는 것이 적절하지 못하다고 제안했지만, 재키는 이를 받아들이지 않았다. 그리고 '레아 부인의 작은 상점에서 카멜롯Camelot**의 가장 영향력 있는 스타일 중 하나가 만들어졌다.'

메건 마클이 해리 왕자와의 약혼을 공개한 첫 TV 인터뷰에 등장했을 때 녹색 시프트 원피스를 입었다. 영국의 관청들이 즐비한 다우닝가에 색다른 패션을 들여온 존재로 자주 언급되는 서맨사 캐머런Samantha Cameron은 소매를 잘라내 팔이

** 영국 전설에서 아서 왕의 궁전이 있었다는 곳으로 풍요롭고 매력적인 시대를 의미하며, 케네디 지지자들은 그의 행정부를 아서 왕의 신화적인 카멜롯 궁정에 비유했다.

노출되는 다양한 영국 디자이너의 옷을 자주 입었다. TV 뉴스 진행자 피오나 브루스Fiona Bruce와 에밀리 메이틀리스Emily Maitlis는 화면에서 보이는 진지한 이미지를 민소매 시프트 원피스를 멋지게 소화하면서 덜어낸다. 이들에게서 출렁거리고 주름진 팔뚝 살은 보이지 않는다.

민소매 시프트 원피스는 이두박근이 얼마나 중요한지를 확실히 보여준다. 매끈한 팔뚝은 자신감의 (그리고 자기 관리의) 표현으로 비친다. 꾸준한 운동과 나이에 저항하는 엄격한 관리, 살이 축 처지게 만드는 중력의 힘을 극복하는 투지를 의미한다. 재클린 케네디와 그가 입은 단순한 민소매 원피스가 없었다면 어쩌면 우리는 여성의 성취가 팔뚝 모양이 얼마나 매끄러운가로 측정되는 현재와 같은 생각에 도달하지 않았을지도 모른다.

23.
핸드백

다음은 어제 내 핸드백 속에 들어 있던 것들의 목록이다.

- 교통카드와 현금카드 2장, 20파운드 지폐 3장이 든 가죽 카드 지갑
- 아이폰
- 휴대폰 보조 배터리
- 아주 오래된, 선이 꼬인 애플 이어폰
- 립스틱 3개와 아이라이너, 핀셋, 컨실러가 든 파우치
- 파란색 가죽 노트
- 펜 3자루
- 풍선껌
- 바비칸에서 열린 리 크래스너 전시회 티켓
- 2파운드 동전 다수
- 검은색 머리끈 2개

- 열쇠
- 스베틀라나 알렉시예비치Svetlana Alexievich의 『체르노빌의 목소리』
- 왼쪽 눈 콘택트렌즈 1개

어제 들었던 가방은 갈색 가죽으로 된 프라다 토트백이었다. 20년도 더 된 가방이다. 새로 샀을 때보다 가죽이 더 야들야들해지기는 했지만, 이외에는 그대로다. 내가 가진 37개의 가방 중 하나다. 이들 중에는 루이비통의 여행용 트렁크 모양과 비슷한 디자인의 작은 가방, 사용한 적 없는 샤넬의 녹색 트위드 미니백, 마르니의 가죽끈이 달린 꽃무늬 리넨 가방, 로에베의 스웨이드 가죽 가방 2개, 아들이 8살쯤이었을 때 쓴 글자로 새긴 메시지가 주머니 안쪽에 적혀 있는 안야 힌드마치Anya Hindmarch의 녹색 가죽 가방, 보라색 에나멜 붓꽃 모양의 걸쇠가 달린 근사한 이브 생 로랑의 황동 클러치(걸쇠가 고장이 나서 잠기지 않지만, 너무 예뻐서 처분하지 못하고 있다)가 포함되어 있다.

이들은 모두 《보그》 편집장이던 당시 핸드백이 가장 인기 있는 액세서리이던 시절의 유산이다. 가방은 고수익을 창출하며 수많은 패션 브랜드의 든든한 지원군이 되어주었다. 마치 핸드백이 패션 브랜드의 돈벌이 상품 이상의 더 중요한 가치를 대변한다는 듯이, '상징적'이라는 터무니없게 부적절한 표현을 붙여 출시하던 시기가 있었다. 단지 그럴 수 있다는 이유만으로 핸드백 가격이 더 비싼 '사치품' 수준으로 수백 파운드가 상승한 시기였다. 높은 가격이 돈을 벌어다 주었기 때문일 뿐 어떠한 고유한 가치가 있었기 때문은 아니었다.

반면 상황이 완전히 달랐던 시기가 있었다. 핸드백은 비교적 근대에 발명된 물건이고, 19세기 막바지가 되어서야 가방을 들고 다니는 활동이 고난보다는 풍족함의 상징이 되었다. 이전의 가방은 남성들이 다양한 장비를 담아서 다니는 용도로 존재했고, 여성은 수세기 동안 소지품을 치마 아래에 숨기거나 체인에 매달거나 작은 파우치 안에 집어넣었다. 여성의 소지품은 드러낼 필요가 없는 하찮은 물건으로 치부되었다. 18세기 후반에 작고, 보통 천으로 만들어졌으며, 복주머니처럼 끈을 당겨 여미게 되어 있는 여성용 지갑인 레티큘이 등장하면서 상류층 여성들이 처음으로 자신의 소지품을 공공장소에서 들고 다니기 시작했다.

그런 의미에서 가방은 여성 해방의 관점에서 바라볼 수 있다. 가정과 집안일에 노예처럼 매여 있던 여성이 한계를 벗어나는 데 함께했던 여행의 동반자였다. 일하는 여성의 수가 증가하기 시작하면서 집에서부터 일터까지 먼 거리를 이동하는 일이 일반화되었고, 필요한 물건들을 넣고 다닐 가방이 필요했다. 그러나 돈을 벌 필요가 없는 여성들도 자신들의 일상의 지평선을 확장했다. 화실이나 친구들과 수다를 떨던 응접실에서 나와 우리 세대에게 전자상거래가 그러했듯이 새로운 쇼핑 문화를 경험할 수 있는 백화점을 방문했다.

백화점은 한 지붕 아래에 없는 것이 없었고, 무엇보다도 이들을 마음껏 전시했다. 이전에는 물건을 계산대 아래나 안쪽 방에 숨겨놓았기 때문에 구매 목적이 아니면 상점을 방문하는 경우가 드물었다. 이제 사람의 마음을 사로잡는 이런 대형 상점들은 상품을 진열해 원하지도 않았던 것들을 사도록 유혹했다. 그저 구경만 하면서 시간을 보낼 수도 있게 되자 인기 있는 목적지가 되었다. 여성들이 여가와 돈을 쓰는 장소였다. 백화점은 여성들이 집 밖에서 사교활동을 하기에 안전한 장소로 여겨졌고, 결정적으로 화장실이 있었다. 이전까지는 시내에서 볼일을 볼 때 이용할 수 있는 화장실을 찾기 불가능했던 시대였다.

20세기가 되었을 때 가방은 독립과 지위의 표상이라는 상징적 가치를 가지게 되었다. 여성은 현금을 지니고 다녔고, 은행 계좌와 이에 따른 수표장을 가지는 더 큰 특권을 얻었다. 몇몇은 자신의 건물 열쇠가 있었고, 일부는 자동차를 소유하거나 사용할 수 있었다. 이런 흐름에 따라 20세기에 비싸고 화려한 클러치백이 등장했다. 눈에 띄고, 가방 자체는 물론 그 안에 들어 있을 내용물까지도 감탄하며 바라보게 만들 목적으로 제작된 가방이었다.

여성들은 공공장소에서 화장할 수 있게 되면서 처음으로 립스틱과 향수, 파우더 콤팩트를 가지고 다니기 시작했다. 여성이 담배를 피우기 시작한 시대에 담배 케이스와 라이터도 마찬가지였다. 일상에서 점점 더 많은 물건을 담을 수 있도록 가방 크기가 더 커질 필요가 있었다.

　핸드백이 여성의 자율성을 보여준다는 개념은 구식처럼 느껴진다. 인지할 수도 없는 다른 시대의 이야기처럼 들린다. 그러나 어쩌면 그리 먼 과거는 아닌지도 모른다. 셰일라 헤티Sheila Heti와 하이디 줄라비츠Heidi Julavits, 리앤 쉡턴Leanne Shapton이 이 주제에 대해 집필한 『옷을 입은 여성들 Women in Clothes』에는 분홍색 핸드백과 관련된 작가 에밀리 굴드Emily Gould의 일화가 담겨 있다. 2004년에 굴드는 출판사에서 조수로 일하면서 마크 바이 마크 제이콥스에서 새 핸드백을 장만했다. '내 동경의 대상인 특정 유형의 뉴욕 여성에게 마크의 제품은 모두 궁극적인 사회적 지위의 상징이었다. 타고난 카리스마와 멋진 직업, 자연스럽고 절제된 섹시함이 있고, 돈도 넘쳐나는 여성이었다.' 다음날 그는 새 핸드백을 들고 출근했고, 자신의 책상 옆에 걸어두었다. 가방을 본 선임 P가 부러워하며 자기도 하나 살 수 있으면 좋겠다고 말했다. '왜 안 사세요?' 에밀리 굴드가 물었다. P는 한숨을 내쉬며 답했다. '결혼하고 아이를 갖게 되면 이해하게 될 거야.' 굴드는 당시를 떠올리며 이렇게 썼다. '그때 나는 P에게 배신당한 기분이었다. 그가 마크 바이 마크 제이콥스 가방을 살 수 없다면, 나는 무엇을 위해 일하고 있는 건가? 그는 나에게, 모든 조수에게 열망할 무언가를 보여주어야 할 의무가 있었다. 직업에 어울리는 옷을 입고, 우리가 원하는 삶을 사는 모습을 보여주어야 했다.'

맞다. 특정 가방을 들고 다니는 것은 여전히 그 사람의 사회적 지위와 성공을 나타낸다. 사실 이런 경향은 그 어느 때보다 더 강해졌다. 오래된 아무 가방이 아닌 다른 사람들이 알아보고 동경하는 가방이어야 한다. 핸드백 왕국에서는 브랜드 인지도가 전부라고 해도 과언이 아니다. 누구나 체인이 달린 질 좋은 가죽 가방을 만들 수 있으나 이들은 샤넬 2.55가 아니다. 그 유명한 에르메스 버킨백도 마찬가지다. 똑같이 생긴 가품을 장만하는 일은 누구나 할 수 있다. 그러나 이들은 자신의 가방이 복제품이라는 사실을 알고, 복제품이라고 느낄 것이다. 값싼 모조품은 진품과 똑같아 보일 수 있지만, 빈 껍데기에 지나지 않는다.

비싸고 쉽게 알아볼 수 있는 가방이 디자인이나 그 안의 내용물보다 훨씬 더 많은 것을 증명하기 때문에 어쩌면 가방 산업이 '잇백It-bag'이라는 표현을 달고 거대해진 것은 놀랄 일이 아닐지도 모른다. 가방이 그저 유용한 물건에서 그치지 않고 패션으로 발전하게 된 것이 어쩌면 당연할 수 있다. 열망의 대상이 되고, 지속해서 새롭게 출시될 필요가 있는 것. 이것은 패션이 요구하는 요건이다.

이런 변화를 초기 프라다 가죽 가방에서 볼 수 있다. 이때 프라다는 내가 소유한 실제 가방이 아닌 프라다 형제라는 뜻의 프라텔리 프라다Fratelli Prada를 말한다. 이 집안의 딸인 미우치아 프라다Miuccia Prada가 수석 디자이너가 된 80년대 전까지는 밀라노에서 인정받는 전통적인 가족 경영 가방 회사였다.

그는 가방의 유용한 요소를 영리하게 강조함과 동시에 완전히 매력적인 패션 용품으로 만들어 놓으면서 이 브랜드를 바꾸어 놓았다. 세련된 삼각형 에나멜 프라다 로고를 박은 단순하고 가벼운 검은 나일론 가방을 생산하면서 이전의 상자 모양의 유명한 가방보다 더 현대적인 무언가를 바라는 열망을 건드렸다. 미우치아는 80년대의 무분별한 맥시멀리즘 패션 시대에 이 시대를 훨씬 앞선 미니멀한 스타일에 기대를 걸었다. 그리고 그의 생각이 적중했다. 5년 안에 프라다는 세계에서 가장 영향력 있는 브랜드 중 하나로 자리매김했고, 지금은 여성 의류와 신발 사업도 함께 성장하고 있다.

가방의 뒤를 이어 의류 사업에서 성공을 거두자 브랜드마다 가방에 열을 올리기 시작했다. 펜디는 보석이 박힌 수천 파운드 가치의 바게트백을 런웨이에서 자랑하고, 구찌는 거대한 쇼룸을 시즌마다 셀 수 없이 많은 새로운 스타일로 채우고, 갈수록 세를 키워가는 LVMH (루이비통 모에 헤네시 Louis Vuitton Moët Hennessy) 그룹은 쇠퇴한 브랜드에 활력을 불어넣기 위해 흥미로운 디자이너들을 영입했다. 패션은 수익을 올리기 훨씬 쉬운 가방 사업을 위한 '무대장치' 역할로 활용되었다. 가방은 우선 사이즈 문제가 없었다. 누구든 사이즈가 맞을지 고민할 필요 없이 가방을 선물할 수 있었다. 또 누구도 '이 가방을 들면 뚱뚱해 보이나요?'라고 묻지 않았다.

마크 제이콥스가 명품 가방 브랜드 루이비통의 디자인을 담당하게 되었을 때 그는 증가하는 신상품 가방의 판매를 더

끌어올리기 위해 수십만 파운드의 비용을 들여 환상적인 패션쇼를 창조했다. 2007년 쇼에서 극도로 역설적이게도 시장 가판대에서 파는 2파운드 체크무늬 비닐 가방을 루이비통 스타일로 재탄생시켜 선보였다. 차이가 있다면 이 가방의 가격이 거의 1천 파운드에 가까웠다는 것이다. 이전 가방들이 옷의 액세서리였다면 이제는 옷이 가방의 액세서리가 되었다.

시장으로 몰려 들어오는 이런 모든 새로운 가방에 관한 기사를 대대적으로 다루어 달라는 압박이 《보그》에 가해졌다. 매 시즌 새로운 가방이 출시되면서 패션 브랜드들은 이전 가방의 매력을 떨어뜨렸고, 잡지에 노출하는 방식은 사랑하는 다음 자녀의 성공을 보장하는 데 필수적이었다. 유일한 문제는 패션 편집자 대다수가 가방 촬영을 싫어한다는 것이었다.

패션 편집자에게 각 촬영은 등장인물(모델)과 이야기가 있는 영화의 축소판과 같다. 잡지에 들어간 사진이 레스토랑 밖에 서 있는 원피스를 입은 여성과 레스토랑 내부의 테이블에 바지 정장을 입고 앉아 있는 여성의 이미지라고 해도 패션 편집자와 사진작가의 머릿속에는 더 복잡한 이야기가 진행 중이다. 의류 회사 보덴의 카탈로그가 아닌 스릴러 영화 〈이창Rear Window〉을 떠올려보자. 뛰어난 패션 사진은 언제나 옷 자체보다 전체 이미지를 가장 중시하고, 이것이 기억에 남는다.

그러나 가방의 경우는 그리 쉽지 않다. 패션 편집자가 만들고 싶어 하는 사진의 이미지와 자신의 신상 가방이 테이블 아래에 놓여 있기보다는 사람들 눈에 분명하게 띄기를 바라는 거대 패션 브랜드의 바람을 결합하는 작업은 언제나 까다로웠다.

시즌마다 정기적으로 진행하는 액세서리 촬영은 내게 스트레스를 안겨주는 작업 중 하나였다. 《보그》와 같은 잡지에 광고를 내며 수백만 파운드를 지원하는 구찌나 디오르, 랄프 로렌 같은 유명 브랜드들은 새롭게 출시한 가방이 가을에 어울리는 최고의 가방 40개 목록에 우표 크기만 한 사진으로 포함되는 상황에 만족하지 않았다. 이들은 자신들의 제품이 주인공 대우를 받기를 원했다.

내 해결책은 촬영의 초점을 온전히 액세서리에만 맞추는 것이었다. 지면을 차지하는 모델들을 제거하고, 촬영 대상을 전면을 채우는 정지된 생명체로 바꾸어 놓으면서 전례가 없던 방식으로 열망의 대상으로 그려냈다. 가방이 매우 중요한 패션 요소가 된 세상에서 성장한 젊은 세대의 패션 편집자들은 가방을 방해 요소로 생각하는 윗세대 편집자들보다 훨씬 더 열성적으로 가방을 무대의 중심에 놓으려고 했다.

우리는 가방이 이미 여러 개 있더라도 크게 고민하지 않고 새 가방을 사기도 한다. 그렇다고 해도 여성과 핸드백 사이의 관계는 강한 사적 영역으로 남아 있다. 가방은 모든 사람의 눈에 보이지만, 내부는 개인의 생존 무기가 담긴 사적인 공간이다. 수년간 나는 밀실 공포증과 광장 공포증, 공황 발작에 시달렸다. 내 핸드백 안을 들여다보면 (갈증 때문이 아니라 발작이 일어났을 때 조금씩 마시기 위한) 생수와 신경 안정제 바륨이나 이후에 바꾼 제넥스, 그리고 치료사가 준 마음을 안정시키는 음악이 녹음된 테이프 플레이어가 항상 있었다. 내게는 언제나 이들을 전부 넣어서 다닐 수 있는 큰 가방이 필요했다. 심지어 지금도 공포감이 느껴지면 음악을 듣기 위해 아이폰과 이어폰을 가지고 다닌다. 그리고 이런 상황이 일어날 경우를 대비해 내 관심을 다른 곳으로 돌리게 해줄 책도 있다.

당연히 모든 일이 그렇듯이 가방에 대한 소유욕에 균형을 잡아주는 평형추처럼 정반대의 상황이 생겨났다. 매우 부유하고 유명한 사람들이 공공장소에서 가방을 아예 들지 않게 된 것이다. 시계의 추가 제자리로 돌아왔다. 현대에는 가방을 들지 않은 모습이 성공의 지표다. 홀가분한 모습으로 돌아다니는 동안 개인비서가 필요한 물건들을 들고 눈에 보이지 않는 곳에서 맴돌고 있음을 의미한다. 수년 전에는 패션쇼 앞줄에 앉은 편집자와 유명인들의 발 아래에 그해 시즌에 출시한 가방이 줄줄이 놓여 있었다. 현재는 가방이 없는 모습이 최신 스타일이다. 레드카펫 위에서 가방을 든 모습을 얼마나 자주 보았는가?

내가 본 가장 가슴 아픈 가방 사진 중 하나는 패션 잡지에 실리지 않았다. 그 가방의 브랜드도, 소유주가 누구인지도 모른다. 2016년 12월 19일에 찍은 사진으로 밝은 빨간색 가방이 앙카라의 사진 전시회 바닥 구석에 똑바로 세워진 채 놓여 있다. 뒤로는 하얀 벽에 사진들이 줄지어 걸려 있고, 그 앞에는 메블뤼트 메르트Mevlut Mert에게 암살 당한 튀르키예 주재 러시아 대사 안드레이 카를로프Andrei Karlov가 쓰러져 있다. 메르트는 카를로프가 연설하는 동안 경호원 행세를 하다가 자신의 재킷 안에 숨겨둔 총을 뽑아 들었다. 사진에서 메르트는 여전히 총을 흔들고 있다. 이날 사진작가 야부즈 알라탄Yavuz Alatan이 관람객으로 이 자리에 있었고, 이후 당연히 짙은 색 정장을 입은 두 남성에 초점을 맞춘 사진에 세간의 관심이 쏠렸다. 한 남성은 잔혹하게 살해당했고, 다른 남성은 15분 뒤에 경찰의 총에 맞아 숨졌다. 이날의 사건은 나를 놀라게 했던 밝은 빨간색 가방의 이야기이기도 하다. 누구의 가방이었을까? 왜 거기에 놓여 있었던 것일까? 어쩌다가 암살의 목격자가 되었을까?

24.

데님

나는 메이페어의 회원제 클럽 해리스 바에서 겪었던 이야기를 당시 내가 사랑했던 남자에게 들려주었다. 이곳에 데님을 입고 입장할 수 없다는 사실을 깜박하고 데님 재킷을 걸치고 갔었다. 해리스 바의 초콜릿 무스와 벨리니는 런던 최고로 정평이 나 있으며, 실내장식은 호화로움의 본보기지만, 데님은 타협의 대상이 아니다. 그래서 내게는 다른 선택의 여지가 없었다. 나는 점심을 먹는 내내 데님 재킷을 벗은 채 추위에 떨어야 했다. 그는 내가 겪은 상황에 공감하기보다는 처음부터 데님 재킷을 입지 말았어야 하며, 이런 고급스러운 장소에 갈 때는 옷차림에 좀 더 신경을 썼어야 한다고 말했다.

나는 몇 가지 이유로 그의 반응에 마음이 상했다. 먼저 격식을 갖춘 클럽에 부적절한 옷차림으로 간 것에 안타까워하며 내 마음을 이해하고 나를 사랑한다는 사실을 증명해주기를 원했다. 두 번째로는 그가 요즘 시대에 데님을 금지하는 원칙이 조금 터무니없다고 여기는 그런 사람이기를 바랐다. 그리고 마지막으로 내가 데님 재킷을 입었다는 사실을 그가 좋아해 주기를 바랐다. 그는 이 중 어느 것과도 거리가 멀었다.

이제 와 생각해보니 나는 마음속 어딘가에서 내가 여전히 젊음과 섹시함의 상징이라고 느끼는 데님 재킷을 입었다는 사실에 그가 기뻐해주기를 바랐던 것 같다. 그에게 그다지 재미있지 않은 일화를 들려줄 때는 이를 인지하지 못했지만, 이 주제에 대해 좀 더 자세히 생각해보다가 진실을 깨달았다.

글을 쓰고 있는 지금도 나는 청바지를 입고 있다. 이 바지가 내게 어울리는지 잘 모르겠다. 상점에서 입어보았을 때 확신이 없었지만, 내게 선물로 주겠다는 상점 주인의 설득에 넘어갔다. 또 옆의 탈의실에 있던 고객도 내게 어울린다며 동의했다. 바지통이 넓은 하이웨이스트에 지퍼와 지퍼 고리가 눈에 띄고, 밑단이 해진 스타일이다. 내가 가진 것 중 이런 형태는 이 바지가 유일한데, 보통은 밑위가 조금 더 짧은 로라이즈에 바지통이 일자형인 진을 즐겨 입는다. (청바지의 허리선을 말할 때 언제부터 '라이즈'라는 단어를 사용하기 시작했을까?)

이 바지가 내 비교적 짧은 다리를, 뭐…실제보다 길게 만들어주지는 않았지만, 받을지 말지 계속 망설이면 무례하게 보일 수 있고, 주변은 변하는데 나만 한 가지 스타일에 고정된 것 같은 걱정이 들면서 다른 스타일을 시도해볼 필요가 있다는 생각이 들었다. 집에 도착해서 바지를 다시 입어보았을 때 처음 생각이 옳았음이 확실해졌다. 입은 모습이 끔찍했다. 다시 고려해볼 필요도 없었다. 그러다가 1년쯤 꼭꼭 숨겨놓은 뒤에 다시 꺼내 입었는데, 그다지 나빠 보이지 않는다. 어쩌면 그사이에 엄청난 인기를 끌게 된 이 새로운 스타일에 익숙해졌는지도 모른다. 어쩌면 실제로 그다지 나빠 보이지 않는지도 모른다. 무엇이 되었든 이것이 내가 오늘 이 바지를 입은 이유다.

이 진을 디자인한 사람들은 분명 사무실에 70년대 초반 캘리포니아의 (아마도 샌프란시스코 거리의) 아름다운 여성 사진을 걸어놓고 있을 것이다. 그 당시의 수많은 사진처럼 코닥의 컬러 필름이나 흑백 필름으로 찍은 사진일 것이다. 여성은 몸에 딱 맞는 티셔츠와 플레어 진을 입고, 브래지어를 착용하지 않았으며, 햇볕에 태운 피부와 긴 머리를 가지고 있고, 하얀 치아를 드러내며 활짝 웃고 있을 것이다. 또 젊음이 가진 편안한 매력을 발산하고, 바지가 완벽하게 어울리는 모습일 것이다. 전적으로 우연의 일치겠지만, 샌프란시스코는 청바지가 탄생한 곳이다. 리바이 스트라우스Levi Strauss는 시에라네바다 산맥으로 금을 채취하러 몰려든 사람들의 필요를 만족시키기 위해 문을 연 상점에서 청바지를 개발했다.

애나 윈터가 미국에서 그의 첫 번째 《보그》를 발간했던 1988년으로 거슬러 올라가 보자. 그는 게스 진과 크리스티앙 라크루아Christian Lacroix의 비싼 쿠튀르 재킷을 입은 모델의 사진을 표지에 실었다. 표지의 주요 기사 제목은 '멋져 보이는 데 들어가는 실제 비용'이었다. 사진작가 피터 린드버그는 길거리를 배경으로 이 사진을 찍었고, 모델은 길고 헝클어진 머리와 활짝 웃는 얼굴로 자신감이 넘치고 여유로워 보였다. 사람들은 데님과 쿠틔르의 이 조합을 보고 패션 동향이 고가와 저가 상품을 혼합해서 입는 방향으로 이동하고 있음을 의도적으로 보여주는 것이라고 해석했다. 그러나 윈터가 수년 뒤에 밝혔듯이 그런 목적으로 찍은 사진이 아니었다. 원래 입으려고 했던 크리스티앙 라크루아의 치마가 모델에게 맞지 않아서 진을 대신 입힌 것이었다. 처음에는 표지로 쓸 계획이 아니었지만, 영리한 편집장인 윈터가 보자마자 이 사진이 시선을 잡아끌 정도로 신선하고 색다르며, 그의 첫 번째 호에 걸맞은 화젯거리가 될 거라는 점을 즉각 간파했다.

지금은 《보그》 표지에 진을 입은 사진을 실어서 세간의 관심을 받을 수 있다고 믿기 어렵다. 세월이 흐르는 동안 (가장 기본적이고 실용적인 옷에서 시작한) 진은 고급품으로 바뀌었다. '데님'은 이제 파티복이나 수영복 같은 하나의 범주가 되었다. 백화점 한 층 전체가 데님 브랜드 매장으로 채워졌고, 스키니 스타일, 레귤러 핏, 짙게 물들인 데님, 보이프렌드 스타일, 로웨이스트, 하이웨이스트, 부츠컷 스타일, 바지통이 좁은 스타일 등 디자인도 다양하다. 잉글랜드 중산층의 지표가 되는 존 루이스 백화점에서는 내가 마지막으로 확인했을 때 50가지가 넘는 스타일을 판매하고 있었다.

진이 패션에 반하는 옷이 아닌 패션의 하나가 될 수 있다고 생각해낸 사람은 워런 허쉬Warren Hirsh라는 이름의 남성이었다. 1976년에 그는 미국에서 가장 유명하고 부유한 가문 중 하나의 일원인 글로리아 밴더빌트Gloria Vanderbilt에게 접근했다. 값비싼 진 제품에 그의 이름을 붙이고 싶었기 때문이다. 그는 고가의 진을 원하는 사람들이 있다고 생각했다. 글로리아는 승낙했고, 판매는 성공적이었다. 수천 벌이 팔렸다. 이후로 100파운드나 200파운드, 때로는 이 이상의 가격이 붙은 진을 판매하는 브랜드가 점점 증가하기 시작했다. 2019년 여름에 조지아 출신의 그바살리아 형제가 창업한 엄청난 고가 브랜드 베트멍Vetements의 연한 색 찢어진 청바지 한 벌 가격이 1,000파운드가 훌쩍 넘었다. 패션이 한 바퀴를 돌아 제자리로 돌아오는 것을 보여주는 완벽한 예다.

뎀나 그바살리아Demna Gvasalia와 그의 형제 구람Guram의 디자인 정체성은 조지아가 소련의 지배를 받던 시절 진을 암시장에서만 구할 수 있었던 시기에 형성되었다. 당시 청바지는 구할 여유가 있는 사람들만 입는 옷이었고, 이들은 주로 여행이 가능했던 사람들의 자녀들이었다. 외교관이나 사업가 같은 특권을 가진 사람들이었다. 그바살리아 형제가 자연스럽게 데님을 고가에 판매하는 제품으로 인식한 것도 놀랍지 않다. 이들의 유년 시절에 진은 다이아몬드에 버금가는 동경의 대상이었다. 그러나 수십 년간 데님의 바다에서 살아온 우리가 왜 터무니없을 정도로 비싼 진을 구매하는지는 쉽게 이해가 가지 않는다. 데님이 어떻게 흔한 동시에 이런 고급스러운 이미지와 가치를 축적할 수 있었을까?

답은 멋짐과 섹시함의 조합을 통해서다. 50년대에 데님은 점점 확장되는 청소년 문화의 일부가 되었다. 전후의 엄청난 베이비붐으로 인해 과거와 자신들을 분리하고 싶어 하는 거대한 젊은 인구층이 만들어졌다. 진은 이런 현상을 받쳐주는 기둥이었다. 남성의 세계에서 청바지는 물론 브란도와 제임스 딘 같은 영화배우의 영향을 받아 일상의 규제에서 탈피하는 옷으로서 거칠고 나쁜 남자의 이미지를 구축했다. 알렉사 청이 2010년《보그》에 실은 글에서 말했듯이 '제임스 딘이 치노 팬츠를 입었다면 사람들이 열광하지 않았을 것이다.'

60년대 후반에 진은 여성에게로 영향력을 확대했다. 육체노동자의 옷이라는 함축된 이미지에서 완전히 벗어났고, 젊은이들의 유니폼이 되었다. 떠들썩한 열정과 반항, 그 시대를 흔들어 놓은 젊은이들의 반란은 진에 어렵지 않게 섹시한 이미지를 입혀주었다. 롤링스톤스의 〈스티키 핑거스Sticky Fingers〉 앨범의 표지 사진에는 청바지의 지퍼 부분이 중앙에 떡 하니 자리 잡고 있다. 더 최근으로 올라와서 라나 델 레이Lana Del Rey의 2012년 앨범 〈본 투 다이Born to Die〉에 수록된 노래에는 '청바지, 흰색 셔츠, 방으로 걸어 들어오네. 내 눈이 불타오르게 되리라는 것을 당신도 알고 있지'라는 가사가 있다.

'진은 섹시하다. 더 꽉 맞을수록 더 잘 팔린다'라고 주장했던 캘빈클라인은 15세의 브룩 쉴즈가 모델로 나온 광고로 대대적인 관심을 끌었다. 광고 문구는 이랬다. '저와 캘빈 진 사이에 무엇이 있는지 아나요? 아무것도 없답니다.' 당시에도 이 문구와 이것이 공공연히 암시하는 것이 논란을 일으킬 여지가 많다고 여겨졌다. 그러나 이때는 루이 말Louis Malle 같은 저명한 영화감독이 12세의 브룩 쉴즈가 나오는 〈프리티 베이비Pretty Baby〉 같은 영화를 만들던 시대였다. 그리고 이 광고는 캘빈클라인 데님에 성공을 가져다주었다.

중성적이고 섹시하며, 평등하고 엘리트적이며, 나이 들어 보이지 않으면서 젊음이라는 환상을 심어준다. 이런 점들을 생각해보면 진이 가진 카멜레온과 같은 특성은 기적이나 마찬가지다. 이것으로 충분하지 않다면 이건 어떤가? 바지통이 일자이고 탄성이 조금 들어간, 내가 제일 좋아하는 청바지를 입을 때 사람들이 흔히 내게 묻는 말이 있다. '살 빠졌어요?' 이 이상 무얼 더 바라겠는가?

25.

분홍색

새 립스틱을 살 계획은 없었다. 원래는 스팀다리미를 사려고 했었다. 그러나 이날은 나도 모르는 사이에 여름이 거의 끝나가고 있음을 깨닫고 기분이 우울해지는 8월의 어느 우중충한 날이었다.

백화점은 점심시간을 이용해 쇼핑을 하려는 사람들과 티셔츠와 반바지 차림의 관광객들로 붐볐다. 나는 소형 전자제품 구역으로 가는 길에 잠시 화장품 매장에서 밝은 풍선껌 색깔의 분홍색 립스틱을 발라보았다. 생각과 달리 백화점의 인공조명 아래에서 내게 꽤 잘 어울려 보였고, 여름이 아직 한창이라는 기분이 들게 해주었다.

다리미를 산 다음에 나는 머릿속으로 계산기를 두드리며 아까 방문했던 매장으로 돌아갔다. 그러나 내가 사려던 색깔은 품절 상태였다. 게다가 판매원은 이 색깔이 지금도 계속 생산되는지 확실하지 않다고 말했다.

모든 일이 그렇듯이 손에 넣기 힘들다는 사실을 알게 되자 이를 구하는 일이 매우 중요한 문제가 되었다. 화장품 브랜드 샬롯 틸버리Charlotte Tilbury의 '보스워스 뷰티'라는 이름의 립스틱이었다. 10분 전만 해도 보스워스 뷰티라는 이름을 들어본 적도 없었을 뿐만 아니라 앞에서 말했듯이 립스틱을 살 생각도 없었다. 그러나 이리저리 사람들을 피해 복잡한 거리를 지나 다른 상점으로 이동하면서 내 모든 관심은 이 립스틱에만 집중되었다.

다음 상점도 상황이 마찬가지였다. 다른 립스틱으로 대체해보려고 했으나 수많은 화장품 브랜드 중에서 마음에 쏙 들어오는 립스틱이 하나도 없었다. 내가 이브 생 로랑의 매장 직원에게 그가 발라보라고 제안한 분홍색이 너무 파랗다고 말하자 그는 혼란스러운 표정으로 나를 바라보았다. '분홍색이에요.' 립스틱을 다시 꺼내 보여주며 말했다. 나는 맞다고 답했다. 나도 분홍색이라는 사실을 알지만, 파란빛이 도는 분홍색이었다. 어떤 분홍색은 오렌지색이 돌고, 어떤 것은 노란색, 갈색, 붉은색이 돌기도 한다. 결국에는 손에 넣은 그 찾기 힘들었던 분홍색 립스틱은 누가 보아도 명백한 분홍색이었다. 분홍색은 고양이보다도 목숨이 더 많은 색이다.

어쩌면 분홍색이 매력적인 이유가 이와 연관이 있을지도 모른다. 이 책을 집필하면서 나는 내가 오랜 애착을 느끼는 옷 중에 분홍빛을 띤 옷이 얼마나 많은지 깨달았다. 십 대 시절 내 첫 번째 파티 드레스와 샘이 어렸을 때 입었던 지리 교사 원피스가 그랬다. 내 첫 아파트에서 자주 입었던 베이비 핑크색 베네통 카디건도 있었다. 《선데이 텔레그래프》 사무실에서 유능한 신문 편집자로 보이기 위해 애쓸 때와는 다르게 집에서 내 진짜 모습으로 느끼게 해주는 옷이었다. 그리고 후덥지근했던 밤에 포토벨로 로드에서 폴과 첫 데이트 때 입었던 짙은 시클라멘 분홍색 면 원피스도 있다. 내 옷장이 분홍색으로 한가득 채워진 것은 아니지만, 옷장을 훨씬 더 많이 차지하고 있는 다른 (갈색과 검은색, 빨간색, 파란색, 녹색 같은) 덜 변덕스러운 색깔보다 추억에 젖게 만든다.

분홍색 옷을 입고 우울하기란 어렵다. 분홍색 옷을 입으면 실제로 (세로토닌 분비를 촉진해) 기분이 좋아지는 것인지, 아니면 일반적으로 이미 기분이 좋은 상태일 때 분홍색 옷을 입어서인지는 모르겠다. 이것이 증명된 사례라면 우리는 분홍색 비행기 좌석에 앉거나, 분홍색 세금 고지서를 받거나, 분홍색 지하철역을 이용하고 있을 것이다. 모두 기분을 좋게 해주는 요소를 조금 더 보태면 좋을 것들이다.

개인적으로 조사해본 결과 최소한 내 경우 분홍색 옷을 입고 있을 때 사람들이 나를 덜 힘들게 한다는 사실을 확인했다. 나는 이 사실을 전략적으로 활용한다. 정학 이야기를 꺼내는 아이의 학교 교장과의 면담에서부터 지구 반대편에서 개최되는 잡지 행사에 엄청난 재정을 지원해달라고 설득해야 하는 상황까지 온갖 까다로운 회의에 참석할 때 유용하게 활용할 수 있는 색이다. 내 말을 믿어도 좋다. 지극히 말도 안

되는 소리처럼 들릴 수 있지만, 분홍색 옷은 막상 어려운 상황에 직면했을 때 도움이 되는 유용한 색이다. 실제로는 전혀 아닐지라도, 부드러운 분위기를 더해준다. 매우 효과적인 위장술이고, 하이힐만큼 은밀하게 치명적이다.

2006년 《뉴욕 타임스》에 페기 오렌스타인Peggy Orenstein이 쓴 '신데렐라에게 무엇이 문제인가?'라는 제목의 기사에서는 2000년에 디즈니 경영진이 여성 디즈니 캐릭터의 마케팅 방식을 통합하기 위해 색상 연구개발 기업인 팬톤Pantone의 색깔인 (지금은 너무나 익숙한 활기 없는 진한 분홍색인) 214CP를 선택하기로 결정한 것을 설명했다. 신데렐라와 잠자는 숲속의 공주, 〈미녀와 야수〉의 벨과 다른 캐릭터들이 모두 이 색깔로 포장되거나 흔히 이 색깔의 드레스를 입었고, '공주'라는 타이틀 아래에서 판매되었다. 이에 따른 상업적 성공으로 어린 소녀 고객들이 여전히 분홍색을 좋아한다고 여기며 수많은 제품이 이런 색으로 포장되고 있다. 그러나 분홍색이 호감을 나타내는 요인이라는 확정적인 증거는 없다. 대상 고객이 본능적인 애착을 느끼거나 자신이 좋아하는 것과 이 색깔을 결부시킬 뿐이다.

분홍색이 항상 장식적이고 소녀적인 무언가와 관련이 있었던 것은 아니다. 원래는 남녀 아기 모두 표백하지 않은 천연 섬유로 만든 포대기로 둘러싸고 옷을 입혔다. 그러다가 언젠가부터 이런 천을 옅은 파란색이나 분홍색으로 염색하기 시작했다. 처음에는 분홍색이 남자아이들에게 더 적합하다고 여겨졌다. 차분하고 옅은 파란색보다 더 활발한 색깔로 생각했다. 20세기가 되어서야 분홍색이 여성의 색깔로 고착되었다.

현재 분홍색은 젠더 논란에서 진흙탕 싸움 속에 빠져 있지만, 이 진창에서 끄집어낸다면 여전히 빛나고 시선을 사로잡는 색깔이다. (분홍색의 원래 이름인) 장밋빛은 로맨스, 다정함, 일몰의 따뜻함과 자연미, 꽃과 과일 등 전통적으로 긍정적인 속성과 연관이 있다.

나는 《보그》 표지에 분홍색 활자를 자주 사용했다. 《보그》를 소유한 세계적인 미디어 그룹 콘데 나스트Condé Nast의 회장이었던 뉴하우스가 뉴욕에서 런던으로 연례 방문했을 때, 그는 내게 미국판 《보그》가 매 호마다 표지 조사를 시행하기로 했다고 말했다. 나는 흥미로운 이야기로 들린다며 모호하게 답했고, 그는 매우 명석한 두뇌와는 다르게 느리고 머뭇거리는 습관적인 말투로 예리하게 지적했다. '아… 그저 흥미로… 이런 일을… 하기에는… 의미가 없어 보이는군요.' 나는 그의 말뜻을 이해했고, 이후로 매달 몇 개의 표지 사진과 문구 선택지를 한 집단의 독자와 잠재적 독자에게 보냈다. 그리고 거의 언제나 분홍색 글자체의 표지가 가장 많은 표를 얻었다. 그렇다고 우리가 반드시 이를 선택해야 한다는 의미는 아니었다. 분홍색에만 의존할 수는 없기 때문이다.

분홍색은 가볍고 진지하지 않다며 경시되어 왔지만, 나는 항상 충직한 친구라고 생각하고 있다. 내게는 약 20년 전에 밀라노에서 구매한 마르니의 옅은 분홍색 코트가 있다. 무릎까지 내려오는 길이에 모와 실크가 혼합된 재질로 살짝 헐렁한 스타일이다. 크고 반짝이는 옅은 갈색의 복숭앗빛 단추와 털 칼라가 달렸다. 털을 좋아하지 않는 사람조차 이 코트를 보면 모두 좋아했다. 가능한 한 최대한 멋진 방식으로 큰 귀걸이와 우아한 신발을 착용한 다음에 외출해서 즐겁게 시간을 보내야 할 것만 같은 그런 코트다. 나를 한 번도 실망시킨 적 없다. 나는 지금 내 앞에 걸려 있는 이 코트를 보고 있다. 자신감에 넘치는 기분 좋은 코트다. 모든 최고의 옷이 그렇듯 내 인생의 동반자다.

26.

비키니

1968년에 나는 절친한 친구 제인의 가족과 함께 이탈리아 남부에 있는 이들의 별장에서 휴가를 보내게 되어서 몹시 설렌 나날을 보냈다. 아주 어렸을 때 부모님을 따라 프랑스 남동부 생트로페 인근의 마을을 방문했을 때를 제외하고 내 첫 해외 여행이었다. 이 마을에서의 내 유일한 기억은 테이블로 뛰어올라온 메뚜기를 보고 공포에 질렸던 순간이다.

긴 여정이었고, 제인의 사촌 언니인 그리젤다와 런던에서 부터 함께 이동했다. 우리는 비행기를 타고 로마로 날아간 다음에 목적지까지 열차를 타고 남쪽으로 9시간을 더 갔다. 기차로 이동하는 대부분의 시간을 통조림 식품이 든 여행 가방을 옆에 두고 서 있었다. 그리젤다는 가방에서 통조림을 꺼내 함께 여행 중인 남동생에게 주었다. 그는 심한 홍역으로 고생하고 있었다.

아름다운 저택은 인근의 티네리아해가 보이는 강가에 자

리를 잡고 있었다. 나는 6개의 침대가 놓인 ('심연'이라고 부르는) 커다란 지하 침실을 제인과 그 자매인 버지니아와 엘리자와 함께 썼다. 각자 옷을 넣을 서랍이 있었고, 나는 이들이 차곡차곡 정리해 놓은 옷 중에 밝은 색깔과 패턴의 비키니를 포함해 수영복이 그렇게 많다는 사실에 놀랐다.

그때까지 내 수영복들은 단일 색상의 검은색 원피스 수영복이 전부였다. 동네 수영장에서 잠옷에 공기를 넣어 부풀리는 능력을 인정받아 얻은 인명 구조 배지가 달려 있었다. 많은 시간을 수영장이나 바다에서 보내는 휴가를 가본 적이 없었기 때문에 그때까지는 수영복을 바꿔 입을 필요가 없었다. 아침을 먹은 후에 수영복을 입고 물놀이용 튜브 위로 뛰어올랐다가 내려오고, 놀이가 끝나면 벗어서 말리고, 점심을 먹고 다른 수영복을 입고 강에서 수영한다는 개념은 내게 완전히 낯설었다. 며칠간 계속해서 새로운 활동이 다양하게 이어지는 생활은 차치하더라도 그랬다. 내가 가져간, 이번 휴가를 위해 특별히 장만한 원피스 수영복 2개는 쓸 만했으나 내 친구의 수영복이 가진 매력과 다양성에는 미치지 못했다. 이틀 뒤에 나는 제인의 비키니 중 하나를 빌려 입었다.

이 어릴 적 경험이 내가 비키니를 좋아하는 이유에 큰 영향을 끼쳤다고 말할 수 있다. 당시 나는 10살밖에 되지 않았지만, 생애 최초로 비키니 팬티 윗부분의 햇볕에 탄 자국이 매일 더 짙어지는 모습을 보았을 때의 전율을 지금도 여전히 기억한다. 갈색으로 변한 배와 천으로 덮여 있던 부분의 색깔

차이가 기분 좋았다. 나는 바깥의 밝은 태양 빛으로 인해 더욱 흐릿하게 느껴지는 '심연'의 희미한 조명 아래에 서서 벽에 걸린 거울 속 내 모습을 바라보며 감탄했다. 그 모습은 아침의 태양을 받아 더욱 어두워져 있었다. 이때 나는 선탠을 열망하는 마음을 처음으로 이해했다. 이국적인 향이 나는 오일을 몸에 듬뿍 바른 어른들이 내 자연스러운 구릿빛 피부에 칭찬을 아끼지 않았다. 다음해에 다시 초대를 받았을 때 나는 내 피부가 얼마나 까매졌는지를 강조해 주는 화사한 분홍색과 오렌지색의 비키니를 가져갔다.

코코 샤넬이 선탠의 유행에 일조했다는 말은 매우 놀랍지만, 사실처럼 보인다. 짙은 머리와 피부를 가진 그는 쉽게 햇볕에 그을렸고, 휴가를 보내고 돌아왔을 때 흠잡을 곳 없는 스타일 감각과 짙은 색 피부는 다른 사교계 여성들이 따라 하고 싶게 만들었다.

그 구릿빛 피부는 햇볕에 장기간 노출된 노동자들의 붉고 거친, 심하게 탄 피부와는 달랐다. 풍족함의 새로운 상징이었다. 1920년대 전에는 햇볕에 태운 피부는 굳은살이 있는 손처럼 매력이 없었다. 아가씨라고 불리는 여성들은 옷과 양산으로 피부가 타지 않게 보호했다. 생기 있고 뽀얀 우윳빛 피부가 많은 국가에서 미와 특권의 기준이었다.

그러나 (모터보트, 자동차, 비행기 등) 새로운 이동 수단이 개발되면서 사고방식이 바뀌었다. 이런 발전으로 더 짧고 더욱더 매력적인 해외여행이 가능해지면서 우리가 현재 알고 있는 휴가의 형태가 갖추어졌다. 그와 함께 선탠도 인기를 끌었다. 그리고 햇볕에 태운 피부가 유행하기 시작하자 뒤를 이어 피부의 노출 수위도 점점 더 높아졌다. 이런 이유로 하이웨이스트 팬티와 비키니 상의로 이루어진, 40년대에 이미 존재했던 투피스 수영복에서 더욱 축소된 형태의 비키니가 탄생했다.

여성들은 비키니에 대해 다른 견해를 보인다. 일부 (많은) 여성은 입을 생각조차 하지 않는다. 비키니가 배와 엉덩이, 가슴을 강조하는 방식을 싫어하고, 압박하고 지지하며 형태를 잡아주는 원피스 수영복을 더 선호한다. 이런 수영복이 더 날씬해 보인다고 생각하기 때문이다. 공공장소에서 비키니를 입고 반나체의 모습으로 돌아다니는 것에도 불편함을 느낀다. 출산으로 생긴 복부의 임신선이나 제왕절개 수술 자국, 또는 그저 출렁거리는 뱃살을 노출하고 싶어 하지 않는다.

나는 몇 년 전에 콘퍼런스에 참석하기 위해 베니스를 방문했을 때 시프리아니 호텔에서 묵었다. 마지막 날 아침에 자유시간이 주어졌다. 석호로 곧장 연결되는 커다랗고 아름다운 수영장에 나이가 지긋한 한 무리의 이탈리아 여성들이 있었다. 이들은 수영장 주변을 비키니를 입고, 금박 장식이 달린 선글라스를 끼고, 웨지힐 슬리퍼를 신고 걸어 다녔다. 커다란 꽃무늬 수영모를 쓰고 수심이 얕은 곳에 서서 이야기를 나누었다. 이들은 자신의 몸에 대해 너무도 편안해 보였다. 심지어 배 주변에 집중된 뱃살이 접히고 비키니 끈 부분의 불룩 튀어나온 살에도 신경 쓰지 않았다. 나는 할 수 있다면 이들과 같은 반열에 오르고 싶다. 내게는 나이에 구애받지 않고 비키니를 입는 것이 창자 속에 고기를 채운 소시지처럼 무언가에 둘러싸여 있는 느낌을 받거나 태양과 대기로부터 차단된 복부가 거대한 하얀 고래처럼 변하는 상황보다 훨씬 더 큰 즐거움처럼 보인다.

그러나 비키니 착용은, 특히 이를 처음 입을 때는 몸에 대한 큰 자신감이 요구된다는 점을 부정할 수 없다. 이런 점에서 나는 눈을 감고 내가 아무것도 볼 수 없으면 다른 사람도 자신을 볼 수 없다고 상상하는 아이처럼 생각한다. 내가 내 울퉁불퉁한 피부와 검버섯, 두꺼워진 몸통과 배를 보지 못한다면 누구도 이를 알아채지 못할 것이다. 그러나 이런 나도 무시할 수 없는 한 부분이 있는데, 비키니 라인 주변이다.

체모가 두껍고 진한 나는 일평생 털과의 전쟁을 치렀다. 나는 다리에 털이 많이 난 10살 소녀였다. 그래서 모은 용돈을 가지고 약국을 갈 수 있는 나이가 되자마자 이를 제거하기 위한 보람 없고 비용이 많이 드는 결코 완성할 수 없는 작업에 착수했다. 먼저 화장실 문을 잠그고, 제품에 포함된 작은 주걱 모양의 스패츌러로 불쾌한 냄새가 나는 제모제를 바른다. 이를 사용해본 사람은 누구나 바닥 곳곳에 질척한 덩어리를 묻히고, 결과에 실망만 하게 된다는 사실을 안다. 그러다가 수년 뒤에 비싸고 당혹스러운 왁스 제모를 받는다.

체모와 나는 타협점을 찾았다. 일부를 제거하고 나머지는 남겨 놓는다. 나는 거의 모든 미용 치료사가 팔의 털을 제거하지 않겠느냐고 제안해도 언제나 그대로 둔다. 또 등허리 부분에 난 털이 나를 아기곰처럼 보이게 만든다는 사실을 알지만 '내가 볼 수 없다면 상관없다'는 원칙에 따라 그냥 내버려둔다. 그러나 비키니 라인만큼은 태연하게 넘길 수 없다. 수프에 빠진 파리처럼 혐오스럽고 충격적인, 천을 뚫고 나오는 제멋대로 자란 털을 찾는 행위를 멈추지 못했다.

이는 음모에 대한 내 일반적인 입장과 반대된다. 내 생각은 음모가 제거 대상이 아닌 자랑할 무언가였던 60년대 후반과 70년대 초반에 나보다 나이가 조금 더 많았던 사람들의 별난 행동을 지켜보았던 십 대에 결정되었다. 그 시대의 세련된 언니들은 '털'의 무대에서 춤을 추었고, 음악 축제에서 나체로 뛰놀았다. 이들의 넓고 빽빽하게 자란 음모는 자유와 성의 상징이었다. 나는 내 것을 좋아한다고 말할 수 없다. 전혀아니다. 처음으로 내 벗은 모습을 남자에게 보였을 때 나는 그가 내 음모를 싫어한다고 확신했지만, 사실 그는 싫어하지않았고, 이후로 만난 남자들도 마찬가지였다. 너무나 많은 젊은 여성이 매력적으로 보이거나 청결을 위해 완전히 제거하고 싶어 한다는 사실을 생각하면 슬프다. 그렇다고 해도 언제나 비키니를 입는 시기가 돌아온다. 나는 허벅지 위쪽 주변에 무성히 자란 체모를 제거하기 위해 왁싱 숍을 방문하고, 제모하는 동안 자녀들과 다음 휴가지에 관한 이야기를 나눌 것이다.

투피스와 원피스 수영복의 차이는 사용한 천의 면적 차이에 따른 노출 정도보다 훨씬 더 크다. 왜 그런지 몰라도 (복근이나 가슴골, 등 아랫부분이 아닌) 배를 드러내는 행위가 극단적인 반응을 유발하는 것 같다. 내가 《보그》를 떠난 지 얼마 되지 않은 2017년에 데이비드와 나는 친구들과 함께 그리스로 휴가를 떠났다. 이 휴가의 주최자는 그의 보트에서 오후를 보낼 계획을 세웠고, 많은 손님을 모아 배가 정박해 있는 부두로 향하게 했다. 나는 급하게 침실로 올라가 수건과 책을 집어 들었다. 이 방의 벽은 회색빛이 도는 파란색과 크림색이 섞여 있었고, 나무 발코니에서는 사로니코스 만을 지나 펠로폰네소스 반도까지 이어지는 세계에서 가장 아름다운 경치가 보였다. 더없이 만족스러운 휴가였다. 이 아름다운 집에 머물면서 잔잔하고 맑은 청록색 바다에서 수영하며 휴가를 보내고 있었다. 그래서 방을 나서기 전에 작은 거울에 비친 내 모습을 휴대폰으로 찍어 인스타그램에 올렸다. 나는 파란색과 노란색, 흰색이 섞인 비키니를 입고 있었다.

우리는 오후에 배로 이동해야만 갈 수 있는 작은 만을 산책하고, 맑은 물에서 스노클링을 하고, 차가운 와인과 맥주를 마시고, 태양 아래에서 낮잠을 즐긴 다음에 초저녁에 저택으로 돌아왔다. 데이비드는 휴대폰을 확인하기 위해 침실로 올라갔다가 돌아와서 《데일리 메일Daily Mail》에 다니는 친구로부터 메일을 받았다고 말했다. 이 친구는 내가 비키니를 입은 사진이 '기삿거리'라고 했다. 살짝 걱정되면서도 호기심에 이

끌려 내 이메일을 확인했고, 비키니를 입는 것과 관련해 글을 써줄 수 있는지 묻는 이 신문에서 보낸 이메일을 발견했다. 나는 그들에게 감사의 말을 덧붙이며 제안을 거절했다. 무슨 말을 할지 상상이 가지 않았다. 어떤 이야기를 써 내려갈 수 있겠는가? 나는 무언가 특별하게 흥미로운 일을 한 것이 아니라고 생각했다.

아니었다. 또는 다음날의 《데일리 메일》에 나온 기사에 따르면 아니었다. 이 기사는 (이들이 경악할 정도로 크게 확대한) 보정을 하지 않고 그대로 인스타그램에 올린, 얼마 전에 《보그》 편집장 자리에서 물러난 50대 후반 여성의 비키니를 입은 사진에 수천 명에 달하는 여성들이 지지 글을 달았다는 내용을 싣고 있었다. 그다음 날에는 더 많은 신문과 웹사이트에서 이 믿기 힘든 '이야기'를 다루었다. 반면 《데일리 메일》은 방향을 바꾸어 다른 견해를 가진 기사를 실었다. 이 신문에 기고한 여성 칼럼니스트는 내가 내 '출렁거리는 부분들'을 혼자 간직해야 하며, 《보그》에서 일했던 수년 동안 신체에 대한 비현실적인 기대로 여성들에게 고통을 안겨준 것에 내가 속죄하고 있는 것이라고 말했다.

나는 단 한 순간도 내 나이와 퇴직, 자아상에 대한 계획적인 성명을 내고 있다고 상상조차 해본 적 없었다. 또 이 사진을 통해 이상적인 아름다움의 이미지에 어떠한 의견을 제시하려고 생각한 적도 없었다. 나는 행복해 보이는 나의 자연스러운 모습을 찍은 사진을 올린다고 생각했고, 실제로도 이 사진은 그저 이런 모습을 담고 있을 뿐이었다. 이 사진이 며칠 간 가벼운 화젯거리가 될 거라고는 꿈에도 몰랐다. 내가 영국을 향해 어떤 주장을 펴려고 했다면 적어도 내 머리에 대해 언급했을 것이다. 배경도 조금 더 멋지게 손보았을 것이다. 그리고 아마 내 배 여기저기 모기에 물린 자국만이라도 숨기기 위해 사진에 추가로 보정 작업 정도는 하지 않았겠는가!

그러나 나는 아무것도 하지 않았고, 비키니 사건이 일어났다.

27.

흰색 신발

나는 말했다.

'루, 당장 시작해야 해.

그리고 제일 먼저 해야 할 일은

하얀 신발을 마련하는 거야.'

잭 템친Jack Tempchin의 〈하얀 신발 White Shoes〉

뉴욕 패션쇼를 처음 참관했던 때는 1992년 10월이었다. 이
때까지 10년간 장거리 비행을 하지 않았는데, 비행 공포증이
있기 때문이었다. 비행장에서 보드카를 한 잔 순식간에 비우
면 괜찮아질 그런 모호한 불안이 아닌, 비행기를 타기 며칠
전부터 많은 밤을 두려움에 덜덜 떨며 깨어나게 만들고 생각
을 잠식하는 그런 종류의 공포였다. 그러나 랄프 로렌과 도나
카란, 캘빈 클라인, 타미 힐피거 같은 매우 중요한 미국 디자

이녀에게 나를 소개하기 위해 이 여행은 꼭 가야 했다. 이들은 이 시기에 《보그》의 가장 후한 광고주들이었다. 마침내 그날이 왔고, 나는 죽을 각오를 하며 진정제 한 통과 당시 남자친구였던 폴과 함께 비행기에 탑승했다. 가능할지는 모르겠지만 내가 살아남을 경우를 생각해 뉴욕에 도착한 아침에 미용실을 방문하기로 예약했다.

　뉴욕은 헤어 드라이의 도시다. 내 머리를 만져주기로 한 디자이너는 금색 브러시를 들고 있었다. 그는 아일랜드에서 태어났으며 최근에 뉴욕의 버그도르프 굿맨 백화점에 미용실을 열었다고 했다. 센트럴 파크가 내다보이는 미용실 의자에 앉아 있는 동안 그는 내 헝클어진 머리를 힘들이지 않고 손질해주면서 내가 미용실을 나설 때는 《보그》 편집장에 어울리는 좀 더 우아한 모습으로 바뀌어 있을 것이라고 장담했다. 그러고는 신발을 어떻게 해보라고 말했다. 나는 몰랐다. 누구도 (9월 첫째 월요일인) 노동절 이후로는 흰색 신발을 신지 않는다는 것을.

　이것이 이 여행에서 내 머릿속에 가장 뚜렷하게 남은 기억이다. 나는 15년 만에 세계에서 가장 흥미진진한 도시 중 한 곳인 뉴욕에 있었다. 그리고 내 신발에 대한 그의 지적은 내 기억 속에 깊게 새겨졌다. 패션쇼? 디자이너들은? 아니다. 내 흰색 신발에 대해 그가 한 말만 남았다.

　피겨스케이트 선수를 꿈꾸는 두 소녀 해리엇과 랄라의 이야기를 그린 노엘 스트리트필드Noel Streatfeild의 『하얀 부츠White

Boots』가 떠올랐다. 어린 시절 내가 가장 좋아했던 동화 중 하나였으며, 나도 주인공처럼 될 수 있다고 상상했었다. 내가 다녔던 초등학교에서 학생들에게 스케이트를 가르쳤기 때문이다. 우리가 배운 유일한 운동이었다. 가을과 봄 학기가 되면 우리 학급은 매주 목요일에 켄싱턴 가든스 바로 건너편의 퀸스웨이에 있는 스케이트장으로 갔다.

운이 좋은 아이들은 자신만의 멋진 흰색 부츠 스케이트를 가질 수 있었지만, 그렇지 않다면 스케이트장의 보관실에서 꺼내 온, 매력 없는 낡은 검은색 스케이트를 빌려서 신어야 했다. 우리는 무리를 지어 빙판 위를 돌며 경주했고, 일정 간격을 두고 정식 춤 시간이 돌아오면 다른 일반인들은 빙판을 비워주어야 했다. 음악이 바뀌면 친구와 짝을 지어 이전에 배웠던 폭스트롯이나 왈츠를 췄다. 돌이켜보면 암청색 유니폼을 입은 9살의 사립학교 소녀들이 빙판 위에서 폭스트롯을 추는 장면은 정말 기이했을 것이다. 그러나 우리는 모두 스케이트를 타는 시간이 즐거웠고, 네이비색 타이츠 위로 빛나는 깨끗하고 새하얀 스케이트 부츠가 자랑스러웠다.

많은 시간이 흐른 뒤에야 첫 번째 흰색 부츠를 구매할 수 있었다. 가죽을 엮어서 만든, 낮은 원뿔형 굽이 달린 이 부츠를 흰색 카고바지와 청록색과 흰색 줄무늬 벨루어 상의와 함께 신으려고 구매했다. 내가 이렇게 옷과 신발을 한 세트로 장만한 이유는 아리스타 레코드의 신인 발굴 부서에서 해고되었을 때 스스로 기운을 내기 위해서였다. 나는 이 회사 운영자와 아는 사이였던 덕분에 취업할 수 있었다.

대학교를 졸업하고 얻은 두 번째 직장이었고, 두 번째 실직이었다. 출근을 시작하고 약 4개월 뒤인 어느 금요일 오후에 직속상관이 자신의 사무실로 나를 불렀고, 해고 통지서가든 봉투를 내밀었다. 그는 매우 예의 있었지만 해고 사유를알려주지는 않았다. 그저 내가 이 일에 어울리지 않으며 다른곳에서 분명히 더 행복할 것이라고 말했을 뿐이었다.

나는 내 해고가 그의 친한 친구의 남자친구와 하룻밤을보낸 일과 연관이 있다고 생각했다. 어쨌든 이 경험은 내게세 가지 중요한 교훈을 가르쳐주었다. 1) 직장 상사의 친구의남자친구와 자지 말자. 2) 아는 사람을 통해 일자리를 얻을수 있지만, 그렇다고 계속 유지할 수 있다는 의미는 아니다. 3) 해고당한 당시에는 완전히 비참한 기분이 들겠지만, 대부분 무언가 더 흥미로운 일로 이어진다. 내가 이 일자리를 잃지 않았다면 직업 진로를 바꾸어 잡지사에서 일하게 되는 일은 없었을지도 모른다.

흰색 신발은 아주 가는 선을 사이에 두고 쓰레기처럼 보일 수도, 아닐 수도 있다. 실용성과는 거리가 먼 '천하태평'한태도에는 기분을 매우 좋게 해주는 무언가가 있다. 도시의 인도 위에서 다이아몬드처럼 빛나고 눈부시게 하얀 신발을 매일 만나지는 못한다. 이들은 더러움과 얼룩이 없는, 소중하게보살핌을 받는 세상에서 살고 있음을 암시한다. 눈에 띄는 특성에 부끄러워하지도 않는다. 특히 가을에 앞으로 닥칠 바람과 비, 어두운 밤에 대해 지극히 태평한 태도를 보인다. 그러나 선을 넘어가면 상황은 정반대가 된다. 긁혀서 흠집이 나고 지저분해진 이들은 꽁꽁 언 겨울 도시에서 토요일 밤 파티의 충실한 일꾼이다. 빈곤과 특권 모두를 보여주는 비범한 능력이 있다.

흰색 신발을 볼 때 나는 다른 것들과는 다른 방식으로 교감한다. 데님과 검은색 타이츠나 햇볕에 태운 맨다리에 신은 흰색 신발이 파티에서 희미하게 빛나는 모습을 상상한다. 흰색 로퍼와 코트 슈즈, 샌들, 펌프스, 앵클 부츠, 운동화. 지난 수년간 나는 이것들을 모두 구매했다. 새 신발은 저마다 빛나는 기회를 가져다준다. 가장 평범한 옷에 넘치는 에너지를 더해준다.

《보그》에서의 마지막 5~6년 동안 나는 9센티미터 굽의 흰색 마놀로 블라닉 한 켤레 외에 다른 신발을 신고 사진을 찍어본 적이 거의 없었다. 이 브랜드의 굽 높이는 7.5센티미터 이하거나 10센티미터 이상이 대부분이었지만, 나에게는 9센티미터가 완벽했다. 걷기 쉬웠고 필요할 땐 뛸 수도 있었으며, 내가 언제나 갈망했던 높이를 더해주었다. 어떤 순간도 불편한 적이 없었다.

이 디자인은 단종되었지만, 나는 운이 좋았다. 마놀로가 나를 위해 따로 제작해주었기 때문이다. 매년 이 신발이 흰색 상자 안의 부드러운 샤모아 가죽 가방에 담겨 흠집 하나 없이 완벽한 상태로 내 사무실로 배달되었다. 이 날렵하고 밝으며,

새하얀 모습은 예나 지금이나 여전히 나를 행복하게 해준다.

　잡지사를 그만둘 때 전통적으로 잡지 표지에 떠나는 사람의 사진을 싣는다. 내가《보그》를 떠날 때는 몇 년 전에 마리오 테스티노가 찍어준 내 얼굴 사진이 실렸다. 그리고 '흰색 신발을 신는 101가지 방법(마놀로의 맞춤 신발 선호함)'이라는 제목이 함께 적혀 있었다.

28.

중요한 날의 드레스

로저먼드 레이먼Rosamond Lehmann의 1932년 소설 『왈츠로의 초대 Invitation to the Waltz』에는 중요한 행사에 어울리는 옷에 대한 묘사가 나온다. 주인공인 17세의 올리비아 커티스가 파티에 참석해 처음 춤을 추는 날이다. 올리비아의 언니 케이트의 강력한 권유에 그의 부모는 (어머니가 자연스럽게 '좀 더 우아한 색조'를 선호하는 것에 반해) 올리비아의 생일 선물로 불꽃과 같은 붉은색 실크를 선물한다. 어머니는 그 지역의 드레스 제작자에게 올리비아가 춤을 출 때 입을 '아주 깔끔한 스타일'의 드레스를 맞추라고 말하지만, 그는 이 말을 듣지 않고 올리비아를 '화려하게 보이도록' 만들기로 결정한다. 그리고 올리비아 어머니의 타고난 분별력을 바탕으로 한 의견을 신랄하게 비판하며 일축한다. '네 어머니는 내가 쇼라고 부르는 그런 흥미로운 사람은 아니야, 그렇지?'

춤을 추기로 한 날이 왔고, 몇 주간 지속되어 왔던 기대감과 긴장감은 올리비아가 옷을 입으면서 정점을 찍는다. 그의 드레스가 막 도착했다. '부드럽고 유혹적이며 눈부신' 드레스가 침대 위에 놓인다. 그러나 머리 위로 미끄러지듯이 드레스를 입으면서 다 입어보기도 전에 즉각 참사를 예상한다. 올리비아는 파티장에서 자신이 어떻게 보일지 두려워하며 드레스를 찢은 다음에 태워버리고 파티에 참석하지 않겠다고 말한다. 언니가 거꾸로 입었다고 지적하고 나서야 그는 '절망에서 구원받은 젊은 여성이 다시 한 번 첫 춤을 위해 (우스꽝스러운 드레스가 아닌) 드레스를 차려입고, 다시 타인과 경쟁하고 이들을 인정하며…' 본래의 기대에 찬 모습으로 돌아온다.

그렇다. (격식을 갖추어 옷을 입어야 하는 모든 중요한 행사인) 결혼식과 성인식, 고등학교 무도회, 기념 파티와 관련해서 이와 같은 묘사는 얼마나 그럴듯한가? 문자 그대로 평범한 옷과는 거리가 멀고, 기대치를 높여주는 옷. 매일의 일상에서 벗어나게 해주는 옷. 두려움과 기대, 예상, 희망이 혼합된 제대로 차려입은 옷.

나는 첼시에 몇 곳 남지 않은 한 저택의 아름다운 무도회장에서 이런 경험을 처음 해보았다. 부모님 친구의 두 아들이 주최했던 파티로 이들의 나이는 18살과 16살이었고, 나는 13살이었다. 나는 완전히 겁을 집어먹고 있었다. 그때까지 파티라고 하면 학급의 여학생들과 함께 무리를 지어 극장에 갔다가 햄버거를 먹기 위해 어딘가로 몰려간 것이 다였다. 명백하게 다른 파티였다.

이날 밤에 입을 드레스는 킹스로드 모퉁이에 자리한 상점에서 구매했다. 이곳에는 드레스와 조끼, 아프가니스탄과 인도산 숄이 쌓여 있었다. 긴 소매에 목 부분이 레이스로 되어 있으며 중간 기장의 회색 물망초가 그려진 부드럽고 아주 연한 분홍색 옷이었다. 집안 식구들에게 입은 모습을 자랑스럽게 보여주었을 때 애석하게도 어머니는 목 부분의 레이스와 피부 사이에 천을 덧대어 살이 비치지 않게 만들자고 주장했고, 이 부드럽고 로맨틱한 드레스가 가진 유일하게 대담한 요소가 사라졌다.

파티는 명문 사립학교의 남학생들로 가득했다. 이들은 검은색 나비넥타이를 매고 수상쩍은 안색을 극적으로 개선해주었던 적외선 불빛을 받으며 빛나는 흰색 셔츠를 입고, 하얀 치아를 드러내고 있었다. 공기에는 애프터 세이브 로션 냄새가 진동했다. 그해 겨울에 유행했던 록그룹 허만스 허밋Herman's Hermits의 피터 눈Peter Noone이 부른 〈레이디 바버라Lady Barbara〉가 반복해서 흘러나왔는데 몹시 감상적인 노래로, 지금 생각해보면 이 파티에 전혀 어울리지 않는 곡이었다. 그러나 나는 느린 음악에 맞춰 나를 불쾌할 정도로 가깝게 안았던 장관의 아들과 내게 키스했던 누군지 모르는 남학생과 춤을 추었다. 아버지가 자정에 나를 데리러 왔고 그 파티 이후 내 세계가 바뀌었다. 내 앞에는 느리게 춤을 추는 동안 내게 키스할지도 모르는 누군가를 만날 수도 있는 파티가 남은 일생에 걸쳐 놓여 있었다. 하지만 나는 이 분홍색 드레스를 다시 입은 적이 없었다. 이날의 기억에 필적하는 행사는 이후로 한 번도 없었다.

이 같은 소중한 행사에 입었던 드레스를 다시 꺼내 입지 않는 경우가 너무 많다. 이 드레스는 특별한 무언가의, 일생에서 단 한 번밖에 오지 않는 순간의 일부다. 그리고 이런 순간보다 못한 날에 입는 것은 이 옷을 망치는 행동이며, 주름과 단추, 바늘땀 하나하나에 깊이 새겨진 중요한 의미를 증발시킨다. 그래서 이런 드레스는 다시 입는 일 없이 옷장에 걸린 채 자신만의 박물관 소장품이 된다.

우리 어머니는 낸시 미트포드Nancy Mitford의 『더 블레싱 *The Blessing*』에서 유모가 여자 주인공인 그레이스에게 한 말을 인용하길 좋아했고, 이는 지금도 여전하다. 그레이스가 자신의 결혼식을 준비하며 옷을 입을 때 유모가 이렇게 말한다. '신경 쓰지 말렴, 아가. 아무도 너를 쳐다보지 않는단다.' 이는 어머니가 그 자신이나 나, 여동생이 큰 행사를 위해 옷을 차려입을 때마다 했던 일종의 가족 농담이다. 또 무엇을 입든 그것이 정말로 그다지 중요하지 않은데도 걱정할 때마다 자조적으로도 쓰기도 한다. 그러나 어떻게 입는가는 언제나 중요한 문제다. 그래서 이 말이 농담인 것이다.

《보그》재직 시절에 내가 무엇을 입는지가 정말로 중요했던 행사가 세 번 있었다. 이 세 번 모두 나는 주최자였고, 많은 사람이 참석하기 때문에 내 복장이 그저 배경음악 정도로 치부될 것이라는, 내가 자주 기본 방어 태세로 삼는 방식은 먹히지 않았다. 첫 번째는 2001년에 '패션이야! It's Fashion!' 라는 제목으로 개최한 모금 행사였다. 로스차일드가의 19세기 프랑스 스타일 대저택인 워데스턴 저택에서 열렸다. 초대장에 공동 주최자로 나와 마돈나(당일 밤에 카일리 미노그로 대체할 수밖에 없었지만), 로스차일드경의 이름이 적혀 있었다. 귀빈은 (자신의 오른편에 카일리가 있다는 사실에 기뻐하던) 찰스 왕자로 그는 여기서 모은 기금을 기부할 예정이었던 자선단체 맥밀런 암 지원센터 Macmillan Cancer Relief의 홍보대사였다.

나는 저택의 넓은 잔디밭을 현대판 '금란 들판 Field of the Cloth of Gold'으로 바꾸는 생각을 떠올렸다. 영국의 헨리 8세와 프랑스의 프랑수아 1세 사이에 가졌던 몇 주에 걸친 정상회담 겸 마상시합 기간에 기사들이 사용했던 것처럼 디자이너를 초대해 이들만의 대형 천막을 설치하는 계획이었다. 그리고 다행히도 많은 이들이 내 생각에 동조했고, 나는 흥분을 감추기 어려웠다.

베르사체와 아르마니, 구찌, 버버리, 샤넬 등 다수의 브랜드가 이 저택 한 켠에 텐트 크기의 자신만의 세계를 창조했다. 도나텔라 베르사체의 천막에는 DJ가 있었고, 버버리는 그들의 새로운 흑백 광고 캠페인으로 가득 채웠으며, 이 계획에 용감하게 제일 먼저 동참했던 디자이너이자 구찌의 천막을 담당했던 톰 포드는 (흰색 천막의 바다에서) 검은색 천막을 치기로 했다. 구찌 세계의 축소판인 그곳 바닥을 새빨간 장미

꽃잎으로 장식했고, 구찌 하이힐을 제외하고 아무것도 걸치지 않은 모델의 신체 전면을 보여주는 홀로그램을 설치했다. 정말 황홀한 저녁이었다. 그리고 '아무도 너를 쳐다보지 않는다' 규칙은 주최자로 참석한 내가 입은 옷에는 실제로 적용할 수 없었다.

나는 영국 디자이너의 옷을 입어야 한다고 생각했지만, 다른 디자이너들의 반감을 일으키지 않는 디자이너여야 했다. 다시 말해 손님들의 저녁 식사와 항공권의 값을 지불하며 자신들의 천막을 세우기 위해 어마어마한 돈을 쓴 버버리를 비롯한 다른 브랜드들과 직접적인 경쟁 관계에 있으면 안되었다. 그래서 나는 살짝 별난 방식으로 하디 에이미스Hardy Amies를 선택했다. 그는 내게 어울리는 옷을 제작해줄 수 있었다. 하디 에이미스라는 브랜드의 신뢰도는 이 시기에 매우 낮았지만, 나는 이날 입은 드레스를 아직도 간직하고 있다. 지금도 여전히 내게 아름답게 어울린다. 긴 기장에 소매가 없는 검은색 드레스로 목 부분은 검은색 레이스로 만들어졌고 옆으로 길게 파인 둥근 형태다. 끝으로 갈수록 좁아져 가는 끈으로 내 어깨 위에 걸쳐진다. 나는 선선한 6월의 밤에 대비해 두툼한 옅은 청록색 새틴 숄을 팔에 둘러 늘어뜨려서 스타일에 생기를 더했고, 같은 색 천으로 만든 지나GINA의 신발을 신었다. 놀라울 정도로 아름다운 다이아몬드 귀걸이를 본드 거리에 있는 SJ 필립스SJ Phillips에서 빌렸고, 숄과 같은 색깔의 커다란 아쿠아마린 반지를 웨스트엔드에 있는 벤틀리 &

스키너Bentley &Skinner에서 빌렸다. 파티가 끝나면 신데렐라처럼 귀걸이를 곧장 회사에 돌려주어야 했지만, 반지만은 이 밤을 축하하는 의미로 구매했다. 그런데 몇 년 후에 이 반지를 잃어버렸다. 어느 날 밤에 저녁을 먹은 후 설거지를 하기 위해 잠시 뺐을 때 잃어버린 것 같다. 보석 액세서리를 잃어버렸을 때의 문제점은 어디서 잃어버렸는지 확실하게 기억나지 않는다는 것이다. 그렇지 않은가? 그리고 저렴한 브랜드에서 구매한 반지가 사라지는 일은 없다.

찰스 왕자를 천막으로 안내하는 나는 우아한 주최자처럼 보였지만, 내 하이힐의 굽이 걸음을 내디딜 때마다 잔디밭에 박혔다. 나는 이날 밤을 무사히 헤쳐나가는 데 도움을 주는 적절한 의상을 입고 있다고 느꼈다. 그러나 기쁨을 주는 드레스라기보다는 고도로 정제된 장비에 더 가까웠다.

두 번째 행사는 2007년 9월 18일에 열렸다. 나는 런던의 공예·디자인 박물관인 빅토리아 앨버트 박물관V&A에서 진행한 '쿠틔르의 황금기The Golden Age of Couture' 전시행사의 개막 만찬을 공동 주최했다. 후원회사는 디오르였는데, 이 당시 디오르의 수석 디자이너는 존 갈리아노였다. 그는 여전히 자신의 이름을 내건 브랜드를 운영하고 있었고, 나는 이 브랜드가 디오르보다 내게 더 잘 어울린다고 생각했다. 그래서 긴장하며 이들에게 이날 저녁에 입을 드레스를 만들어줄 수 있는지 물었다.

갈리아노가 파리의 카페에서 반유대주의 성향을 드러내

며 난동을 부리는 바람에 그의 경력이 곤두박질친 일이 일어나기 3년 전이었지만, 이때에도 이미 좋은 상태가 아니었다. 초반부터 그의 '사람들'이 그가 개막 행사에 참여할 수 없을지도 모른다는 점을 분명히 밝혔었다. 이 '사람들'은 디자이너가 따분한 세부 사항과 까다로운 협의 과정에 관여하지 않아도 되게 보호막이 되어주는 집단이었지만, 어떤 면에서는 그를 감시하는 간수이기도 했다. 그 직원들 덕분에 갈리아노는 호화로운 생활을 누리면서 쳇바퀴 돌 듯 신상품을 내놓는 가운데 현실의 불편함에서 도망칠 수 있었다. 이들은 황금알을 낳는 거위의 생명을 유지하기 위해 노력했지만, 자신들도 모르는 사이에 그의 자멸을 이끌었다.

그래서 나는 옷을 맞추기 위해 파리로 갔을 때 갈리아노 본사에서 갈리아노가 아닌 그의 디자인 팀원을 만난 것에 전혀 놀라지 않았다. 여기서 치수를 재고, 옷감의 견본을 살펴본 다음에 (배와 허벅지 같은) 가리고 싶은 신체 부위와 (가슴과 팔, 발목 등) 드러내도 상관없는 부위를 설명했다. 솔직히 말해 갈리아노가 직접 내 몸을 철저히 분석하지 않는 상황에 안도했다. 나는 그를 몰랐고, 그가 무슨 생각을 할지 걱정했었다.

드레스를 맞추는 과정은 놀라울 정도로 사적이고 침범당하는 느낌을 받는다. 냉혹한 줄자로부터 숨을 수 없다. 우리는 옷을 맞출 때 원자재인 자신을 완전무결한 존재로 변화시켜주는 무언가가 탄생하기를 바란다. 이것이 거의 불가능하다는 사실을 알면서도 사람들은 이 가능성을 위해 수천 파운드를 지급할 준비가 되어 있다.

발목까지 내려오는 긴 드레스는 언제나 나를 불편하게 한다. 이런 옷을 입을 만큼 내 키가 크지 않기 때문일지도 모른다. 이런 드레스는 내게 없는 무언가를 요구한다. 그래서 우리는 상체에 꼭 맞는 보디스와 갈리아노의 트레이드마크인 사선으로 재단된 치마, 홍자색 실크로 만든 투우복 스타일의 볼레로와 함께 종아리 중간 기장의 상큼하고 짙은 라즈베리색 시폰 드레스로 합의했다.

그때나 지금이나 아름다운 드레스다. 그러나 이전의 파티 드레스가 그랬듯 참석자 명단에 이름을 올린 손님들을 맞이하며 빅토리아 앨버트 박물관의 입구 로비 안에 서 있던 그날 밤 이후로 한 번도 다시 입은 적이 없다. 모델 나탈리아 보디아노바Natalia Vodianova는 사흘 전에 출산했다고 믿을 수 없을 만큼 녹색과 베이지색이 살짝 섞인 옅은 회색 실크 지방시 미니 드레스에 아찔한 하이힐을 신은 멋진 모습으로 나타났다. 긴 네이비색 벨벳 가운 차림의 니겔라 로슨Nigella Lawson은 정말 아름다웠다. 케이트 모스와 코트니 러브는 둘 다 크림색 지방시 실크 드레스를 입었다(케이트는 파티를 떠나면서 박물관 계단에 자신의 드레스를 버렸다). 그리고 런던에서 공연 중이던 록스타 프린스는 엄청난 수행원을 이끌고 마지막 순간에 신이 난 모습으로 도착했다.

세계에서 가장 큰 장식과 직물 공예 박물관을 위해 모금

하는, 매우 즐겁고 화려하며 과시적인 밤이었다. 전시는 금융 제도가 허물어지고 투자은행 리먼 브라더스가 파산하기 하루 전까지 거의 1년간 지속되었다.

내 마지막 중요 행사용 드레스는 2016년《보그》100주년 기념행사 만찬을 위해 제작한 스팽글 장식이 들어간 시프트 드레스였다. 원래 이 드레스는 그해 봄 패션쇼에서 처음 선보였을 때만 해도 청회색에 긴 소매, 목선이 높은 드레스였다. 검은색 자수 패턴이 들어간, 빅토리아 시대에 은으로 제작된 골동품처럼 반짝였다. 디자이너와 나는 재료를 가져와 내가 원하는 스타일의 드레스를 만들기 위해 이리저리 변화를 주었다. 먼저 작은 얼굴과 소년 같은 짧은 머리 스타일, 길게 늘어지는 귀걸이, 가녀린 몸매의 여성이 입은 모습을 보여주었던 스케치와 옷감에서 시작했다. 모든 쿠틔르 드레스처럼 처음부터 완전한 형태를 갖추어 등장하기보다는 3개월에 걸쳐 진화했다. 탈의실에서 만날 때마다 색깔과 길이, 모양이 바뀌었다.

처음에 디자이너는 바닥에 끌릴 정도로 옷자락을 길게 늘어뜨리자고 제안했으나 나는 거절했다. 또 드레스와 한 쌍을 이루는 화려한 망토를 만들어도 되는지 궁금해했지만, 이번에도 나는 그를 좌절시켰다. 그는 긴 드레스를 바랐다. 그러나 나는 짧은 스타일에서 양보할 생각이 없었다.

파티가 있기 며칠 전에 드레스가 흰색 커버에 싸여 도착하자 나는 사무실의 화장실로 달려 들어가 입어보았다.《보그》화장실의 적나라한 조명 아래에서도 근사하게 보일 수 있는 옷이라면 지구상 어디에서든 멋지게 보일 수 있었다. 세면기 반대편의 거울 벽에 비친 내 모습을 응시하면서 나는 크게 안도했다. 파티에서 일이 순조롭게 풀리지 않는다고 해도 드레스 덕분에 위기를 극복할 수 있을 것 같았다. 주변부에서 맴도는 사람이 아닌 중앙에 자리하는 사람을 위한 드레스였다. 이 옷을 입는다면 그것은 무엇을 입는지가 정말로 중요한 날임을 내가 온전히 이해한다는 뜻이다. 그렇다. 누군가가 틀림없이 나를 바라볼 것이다. 그리고 그 누군가는 아마도 모두일 가능성이 크다.

29.

운동화

도로는 얼음에 뒤덮여 있다. 내가 탄 버스는 하이드 파크 쪽
으로 이동 중이다. 뒤에 앉은 여성이 길을 가다 넘어진 지인
의 이야기를 하는 소리가 들린다. 언제, 어디서 일어난 일인
지는 정확하지 않은지 여자의 목소리에는 확신이 없고, 그와
대화하고 있는 남성은 '제대로 얘기하든가 조용히 하든가'라
는 무뚝뚝한 태도를 보인다. "나는 항상 모든 것에 겁을 내요.
너무 힘든 점이죠." 여자가 말한다.

　(자신을 믿지 못하고 깎아내리는) 중산층 영국 여성 전형
적인 태도를 보여주는 목소리 주인의 모습이 어떤지 궁금하
다. 부드러운 백발의 곱슬머리와 하얀 피부, 흐린 파란 눈을
상상해본다. "이것 참…" 여자는 깊은 한숨을 내쉬며 말을 잇
는다. "지금 와서 바꿀 수도 없고."

　내 목적지가 가까워지고, 나는 자리에서 일어나면서 이들
을 볼 기회를 잡는다. 내가 상상했던 그대로다. 빳빳한 트위

드 재킷을 입은 남성은 숱이 적은 백발을 단정하게 빗어 넘겼고, 여성은 단추를 채운 특색 없는 파란색 코트를 입고 있다. 한때 예쁘다는 말을 들었을 법한 얼굴이지만 지금은 평범하다. 내 신발을 가리키며 오늘같이 도로가 미끄러운 날에 실용적이라고 말하는 소리가 어렴풋이 들려온다. 그리고는 '분별 있는'이라고 말한다. 그가 가리키는 곳을 따라 남성이 아무 말 없이 내 발을 힐끗 바라본다. 내 생각이지만 그의 눈에 못생겼지만 아마도 상당히 실용적으로 보이는 운동화를 신고, 풍성한 인조털 장식이 달린 근사한 코트를 입은 여성의 모습이 들어올 것이다. 점잖은 그가 나의 행색을 보고 좀 기이하다고 생각할 수도 있다고 나는 추측해본다. 그러나 어쩌면 이번에도 그는 내 차림새에 아무런 관심이 없을지도 모른다.

두 사람 모두 내가 신고 있던 흰색 고무창으로 된 운동화의 가격이 얼마인지 모른다는 점만은 확실하다. 아테네에서 갑작스럽게 비가 퍼붓는 바람에 구매한 발렌시아가 레이스 러너로 한 켤레에 400파운드였다. 런던의 명품거리인 본드 거리에 해당하는 그 거리에서 비를 피할 수 있는 가장 가까운 장소가 발렌시아가 매장이었다. 버스에서 본 노부부는 운동화 한 켤레 가격이 이렇게 비싸거나, 혹은 이런 가격을 지불하고 손에 넣을 사람이 있을 수 있다는 사실을 상상조차 하지 못할 것이다.

그러나 그때 나는 망설이지 않았다. 이 신발은 데이비드와 내가 비를 피해 뛰어 들어간 매장의 창가에 진열되어 있었다. 완만하게 좁아지는 앞코 부분은 흰색 메시 소재로 되어 있고, 검은색 그로그랭 띠가 매끄러운 무광의 가죽 위를 가로 지른다. 그때까지 이 신발만큼 멋들어진 운동화는 본 적이 없었다. 마지막 남은 한 켤레인데다가 어쩌다 보니 내 사이즈였다. 두 번 생각할 필요도 없이 손에 넣어야 했다. 나는 내가 이런 신발에 돈을 쓰는 사람이라고 한 번도 생각해본 적 없었다. 어릴 때도 운동화 브랜드에 열광하는 아이는 아니었기 때문이다.

지금은 사회적 지위와 관계없이 누구나 신는 신발로 여겨지는 운동화가 캔버스 운동화와 스니커즈 같은 운동용 신발에서 진화했다는 사실은 역설적이다. 모든 종류의 운동과 그에 필요한 장비는 원래 여유가 많은 성인이 누리는 사치였다. 대다수 사람은 가사노동을 하고 배고픔을 해결하느라 눈코 뜰 새 없이 바빠서 운동을 즐길 시간이 없었다.

그래서 운동화가 거리에 뿌리를 둔 스타일로서 평등주의를 대변한다는 개념은 현대에 들어와서 생겨났다. 80년대에 들어서면서 나이키와 아디다스, 퓨마 같은 회사들이 산하에 나이키 에어 조던이나 아디다스 스탠 스미스 같은 브랜드를 두고 프리미엄 제품을 판매하는 방식을 생각해냈다. 랩과 힙합계에서 이런 신발이 인기를 끌면서 이들이 열망의 대상이되어 유행하는 데 필요한 추진력을 얻었지만, 초기에는 운동화가 지금과 같은 고가의 패션 상품으로 대박을 터뜨릴 줄 몰랐다. 또 전 세계적으로 가장 인기 있는 종류의 신발도 아니었다.

8살 때의 나는 매주 테니스 수업을 받기 위해 캔버스 운동화의 끈을 묶으면서 이런 신발을 놀이 이외의 다른 용도로 신을 수 있다고 상상도 하지 못했다. 놀이라는 단어에 주목하자. 운동이 아니다. 《보그》에서 새로운 신발 굽 모양이나 소매를 접어 올리는 색다른 방식에 관해 이야기할 때 자주 사용하는 설명처럼, 작은 변화지만 큰 차이다.

캔버스 운동화는 푹신하고 부드럽다. 90년대에는 파스텔 분홍과 청록색으로 염색한 스타일이 나오면서 매력적인 엄마들의 신발로 잠시 주목받은 때가 있었다. 과거에 티타임에 입었던 원피스 스타일이나 아이들과 물가에 놀러가 게를 잡으면서 반바지와 티셔츠에 함께 신었다. 그러나 내 어린 시절의 흰색 캔버스는 사용할 때마다 매번 손에 들러붙었던 광택제로 매주 깨끗하게 닦아 유지했고, 예외 없이 놀이를 할 때만 신었다.

운동화와 이들의 직계 조상인 케즈와 컨버스 같은 브랜드의 스니커즈는 사실 운동용 신발이다. 성별과 무관하며, 활동할 준비가 되어 있다. 또 오늘날 모두가 운동하고, 건강을 유지하기 원하면서 입는 옷이 정장만큼이나 아주 흔해진 세상의 필수 요소다.

나는 20대에 했던 대화를 분명하게 기억한다. 나보다 고작 몇 살 더 많은 여성이 내게 30대가 되면 운동을 해야 한다고 말했다. 우리는 와인바에 앉아 화이트와인 한 병을 절반가

량 비운 상태였고, 테이블 위에는 말보로 담배가 놓여 있었다. 나는 자신의 몸이 쇠락하는 상황을 걱정해야 하는 연령대에 도달한 그가 살짝 안쓰럽게 느껴졌다. 자신의 몸이 별로 마음에 들지 않는 것과 무너지고 있음을 예감하는 것은 다르다.

그 시기에 내 주변에는 운동하는 사람이 없었다. (지금은 전 세계적으로 사용되는 용어인)러닝과 트레드밀, 런지, 플랭크는 에스페란토Esperanto*만큼이나 생소했다. 10대나 20대에는 건강해지거나 체력 유지를 위해 의도적으로 노력한다는 생각에 조금도 관심이 없었을 뿐만 아니라 카드놀이처럼 나이가 들고 시간을 때울 무언가가 필요할 때 배워볼 수 있는 그런 활동으로 여겼다.

물론 제인 폰다와 에어로빅 운동에 대해, 그리고 런던에서 검은색 레오타드를 입고 첼시의 부유한 여성들에게 운동을 가르쳐주는 로테 버크Lotte Berk라는 이름의 여성에 대해 들어보았을지도 모른다. 그리고 이 시기에 어떤 사람들은 (다채로운 타이츠와 이보다 더 다채로운 레그 워머를 착용하고) 코벤트 가든에 있는 파인애플 댄스 센터에 다니기 시작했다. 그러나 규칙적으로 운동한다는 개념을 가진 사람은 소수에 국한되었다. 어쨌든 친구의 부모와 직장 동료 등 내가 아는 나이가 많은 여성 대부분은 1주일에 3일씩 5킬로미터를 뛰지 않

---

* 전 세계인들이 공통으로 사용하기 위한 보조어로 1887년에 창안되었다.

고도 완벽하게 멋져 보였다. 그리고 매우 건강해 보였다. 나는 요즘 5킬로미터 달리기를 하려다가 마음속으로 이 생각을 자주 떠올린다.

몇 년 지나지 않아 80년대에 프레 타 망제Pret a Manger*나 스타벅스 같은 체인점과 휴대폰, 체육관이 영국에 들어왔다. 그런 다음에 개인 트레이너와 마라톤 대회, 요가 센터, 필라테스 수업이 생겨났다. 신체 단련은 대중들에게 새로운 만병통치약으로 소개되었다. 운동은 중년을 향해 달려가고 있는 사람들이 어느 정도 자신의 몸에 통제권을 쥐고 있다고 느끼게 해주는 방법이자 가능한 멋진 몸을 갈망하는 젊은이들을 위한 것이기도 했다. 복부에 뚜렷한 식스팩을 만드는 남자들과 빨래판 복근 만들기가 목표인 여성은 이제 흔히 볼 수 있다. 예전에는 샌드위치와 책 한 권을 들고 공원에 앉아 있거나 값싼 레드와인 한 잔과 파스타를 주문하고 사무실의 직속 선배에 대해 불평을 해대던 점심 식사 시간이 언제부터인가 운동하는 시간으로 바뀌었다.

그리고 이제 초저녁이나 이른 아침은 물론, 점심 식사 시간에 시내를 돌아다니면 체육관에서 자전거와 트레드밀에 올라 운동하고, 운동기구로 땀을 빼는 사람들을 보게 된 지 30년이 넘었다. 우리는 마치 목숨이 달려 있기라고 한 듯 칼로리를 태운다. 또 실제로 목숨이 달려 있다는 사례들을 자주

* 샌드위치 전문점으로 건강한 식사를 빠르게 제공하는 패스트푸드점이다.

접하기도 한다.

그렇다면 운동화는? 체육관이나 공원과 거리를 돌아다니는 사람들은 모두 운동화를 신는다. 그러나 운동화는 이 분야에 국한된 운동 복장의 일부로 치부되는 대신에 모든 사회적 상호작용에 스며들었다. 공영 주택 단지 앞에서 자전거 앞바퀴를 들고 묘기를 부리는 아이가 사회에 영향을 주는 실리콘밸리의 책임자와 (실제로 똑같지는 않지만) 같은 신발을 신은 것처럼 보인다. 편안함에 있어서 최고인 자신의 운동화를 신고 바쁜 삶을 살아가는 할머니가 있는가 하면, 자신의 첫 신발로 운동화를 구매하고, 이를 지속해서 새것으로 바꾸는 패션 아이템으로 생각하는 손녀도 있다.

영원하지 않고, 그럴 수도 없다. 유행이란 그런 것이다. 운동화는 지금도 엄청난 인기를 끌며 유행 중이다. 우리가 사는 세상에서 등장했다가 사라진다. 우리가 실제로 몸을 움직이며 일을 하지 않아도 식탁에 앉아 스피커에 대고 명령을 내릴 수 있는 지금 운동화가 대중적인 신발로 계속 군림할 수 있을까? 무언가를 더 하기보다는 덜 하고, 가상현실과 인공지능을 통해 우리 몸이 실제로 있지 않은 곳에 가 있기도 하고, 기술이 인간의 기능을 대체하기 시작하는 세상으로 나아가는 가운데 우리가 계속 움직이기 위해 신는 운동화는 어떤 자리에 놓이게 될까?

그리고 더 근본적인 의미에서 유튜브와 버스, 슈퍼마켓, 공원에서 너나 할 것 없이 운동화를 신고 있는 요즘 운동화가

모두의 인정을 받는 열망의 대상으로 계속 남을 가능성이 얼
마나 될까?

30.
휴가지에서 입는 옷

보리스 존슨이 영국 총리가 되는 날, 영국은 아프리카의 뜨거운 기운이 바람을 타고 올라와 열대 지방처럼 지글지글 끓고 있었다. 런던이 일반적으로 경험해보지 못했던 열기다. 금속 가로등이 뜨겁게 달구어졌고, 길거리의 사람들은 그늘을 찾아다닌다. 고양이는 큰 대자로 누워 미동조차 하지 않는다. 런던이라기보다는 나이지리아의 라고스 같다.

나는 내 요가 강사인 오드리가 급조한 연한 분홍색 면으로 만든 바지를 입고 있다. 그냥 되는 대로 묶어 놓은 모양이다. 실제로 매우 얇아서 거의 속이 비치는 두 개의 직사각형 천을 내 엉덩이에 둘러서 묶은 것이 전부다. 동네 상점으로 걸어 들어가면서 자동차 유리창에 비친 내 모습을 본다. 무더운 날씨로 몸이 부은 데다가 복부에서 묶은 매듭 때문에 배가 불룩 튀어나와 보인다. 누가 보아도, 심지어 나를 열렬히 숭배하는 사람이라고 해도 뚱뚱하다고 생각할 만한 모습이다.

그러나 이는 중요하지 않다. 이 바지는 나를 행복하게 해준다. 더운 날에는 예외 없이 이 옷을 입는다. 나는 열기를, 이것이 모든 것이 느리게 흘러가도록 만드는 방식과 훈훈한 이른 아침, 습한 공기, 체온과 같은 기온의 저녁을 사랑한다.

휴가용 옷은 일상에서의 탈출을 의미한다. 그리고 나는 내 조국에 방금 일어난 일이 함축하고 있는 의미에 대한 실질적인 우려를 해소하기 위해 보통은 휴가 때만 입는 바지를 꺼내 입었다. 루이스 맥니스Louis MacNeice의 시 「눈Snow」의 한 구절이 머릿속에서 맴돌았다. '세상은 미쳤고 우리의 생각보다 더 그렇다.' 이 바지가 세상에 대한 나의 반응이었다. 세상이 갑자기 더 예측할 수 없는 곳으로 변했을 때 냉정을 유지하고 편안함이라는 보호막으로 나를 감싸려고 의도적으로 이 바지를 입었다. 흐린 분홍색 면바지가 이런 식으로 도움을 줄 수 있었다.

우리 침실 서랍장의 서랍 하나에는 내가 가진 휴가용 옷들이 들어 있다. 다수가 여행 중에 구매한 옷이다. 그리스 이드라섬의 어느 골목길에서 구매한 반투명한 면 블라우스와 스페인 마요르카의 번화가 상점에서 구매한 얇은 파란색과 흰색 셔츠 원피스, 로스앤젤레스의 멜로즈 애비뉴에 있는 커다란 빈티지 상점에서 구매한 소매 없는 연한 녹색과 검은색 사각 무늬 시프트 원피스. 이 서랍은 여행을 다녀올 때마다 하나둘씩 추가된, 수년간 모은 옷들로 빈 공간 없이 꽉 차 있다. 다양한 지역에서 모은 기념품들이다.

　가방을 싸기 위해 바닥에 늘어놓은 이 옷들을 보고 있으면 내 마음은 고양이 밥을 먹이고, 침대를 정리하며, 진공청소기의 먼지 주머니를 교체하고, 시든 장미꽃을 잘라내는 일상에서 즉각 벗어난다. 해야 할 목록이 언제나 절반만 완료된 채 남아 있는 상황을, 내가 책임지고 있는 작업을, 더 심각하게는 일이 끊겨버릴지도 모르는 현실을 걱정하지 않아도 되며, 무엇을 입을지 깊이 고민하지 않아도 되는 곳으로 날아간다. 여기서 내 앞에 놓인 유일한 문제는 무엇을 싸야 하는가이다. 매번 전부 가져갈 수 없는데, 나는 이 옷들에게 애정을 품고 있어서 뒤에 남겨진 옷들에 미안함을 느낀다. 이들이 세상 밖으로 나올 또 다른 기회가 찾아올 때까지 숨 쉴 틈 없는 서랍 속에 박혀 있다는 생각이 싫다.

　내 수집품 중 가장 오래된 옷은 마틴 마르지엘라Martin Margiela에서 제작한 저가 제품으로 허리끈이 달린 옅은 회색 치마다. 수년 전 파리에서 다음 패션쇼를 기다리며 1시간가량 시간을 보내다가 구매했다. 유럽의 슈퍼마켓에서 와인과 치즈, 모기 퇴치제를 사려고 돌아다녔을 때도, 내비게이션에 의존하기 전, 어느 방향으로 가야 하는지 알아보기 위해 몇 번이나 차를 세우고 지도를 확인해야 했던 시기에 새로운 동네에서 길을 찾기 위해 끝도 없이 헤매고 다녔을 때도 나와 함께했다. 길이는 무릎까지 내려오고 면으로 만들어졌으며 수년이 지난 뒤에도 새로 빨고 나면 여전히 빳빳하고 멋진 모양을 유지한다. 나는 믿을 만한 가사 도우미처럼 휴가철에는 이 치마를 신뢰한다. 나를 실망시키지 않는다는 사실을 알기에 마음이 놓인다.

두 번째로 오래된 옷은 녹색과 흰색의 실크 슬립 원피스다. 휴가지에서 입기 위해 구매한 원피스는 아니었다. 노팅힐에 있는, 도자기와 옷을 몇 벌 판매하는 작은 상점에서 찾은 것이었다. 2006년에 내가 대영제국 4등 훈장을 받은 날, 이를 축하하기 위해 우리집 정원에서 열었던 파티에서 입었다. 그러나 오랜 시간이 흐른 지금은 휴가지에서 애용하는 옷이 되었는데, 이렇게 된 주된 이유는 내 허리가 너무 두꺼워서 사선으로 재단된 스타일이 조금도 어울리지 않아서였다. 하지만 휴가지에서는 이런 사실을 신경 쓸 필요가 없다.

내게 휴가란 외모에 대한 부담감을 내려놓는 기회지만, 모든 사람에게 그런 것은 아니다. 완전히 다른 휴가를 보내는 사람도 있다. 이들에게 휴가는 근사하게 차려입고, 평소 입지 않던 스타일의 옷을 입으며, 일상에서는 차지할 자리가 없었던 이국적이고 새로운 옷을 구매하는 기회가 된다. 4월이 되면 재빠르게 상점 한 부분을 차지하는 옷들을 둘러보는 기회이기도 하다. 마치 마요르카에서 머무는 2주간 내면의 벨리 댄서와 교감하고 싶어 하는 고객이 엄청나게 많은 것처럼 청록색과 흰색, 금색 테두리와 술 장식이 달린 옷들은 여름 휴가를 떠올리게 하며 우리를 유혹한다.

안 될 이유가 무엇이겠는가? 원래 그러는 것 아니었나? 휴가 동안에는 원하는 것을 더 자유롭게 선택할 수 있다. 휴가를 가서 드라이기로 머리를 매만져야 한다는 생각을 한 번도 해보지 않았다. 저녁에 (역시 몇 십 년 된) 평퍼짐한 파란색 면바지와 스목 상의를 입고 가장 행복해하는 나 같은 사람이 있는가 하면, 햇볕에 태운 피부에 오일과 로션을 바르며 마사지 받는 시간을 즐기고, 새로운 화장과 옷을 시도해보는 사람도 있다.

더 젊었던 시절에는 나도 지금과 달랐다. 이때는 사랑까지는 아니더라도 휴가지에서의 로맨스를 꿈꾸었다. 당연히 어떤 옷을 입는가에도 신경을 썼다. TV쇼 〈러브 아일랜드Love Island〉에 나오는 몸에 딱 붙는 원피스나 손바닥만 한 비키니에 하이힐을 신지는 않았지만, 내가 좀 더 섹시해 보인다고 생각되는 옷을 챙겼다. 현재 입는 스타일은 고려도 안 했었다.

지금은 매력적으로 보이고 싶은 마음이 없어서가 아니다. 어떤 옷을 입어도 성적 매력이 살지 않는 루비콘강을 건넜기 때문도 아니다. 내가 어떻게 입는가와 성적 매력이 있는가의 관계에 대한 내 생각이 이제 달라졌다. 사람들 대부분이 그렇다고 짐작된다. 내게는 앞으로도 계속 함께할 배우자가 있고, 새로운 연인을 만들 생각은 없다. 나를 흠모하는 다른 사람도 필요 없다. 물론 이런 상황을 좋아하지 않는다고 말한다면 그건 거짓말이다. 장성한 아들도 있다. 아들의 친구들이 집에 놀러 오고는 하는데, 나는 이들과 경쟁하지 않으면서 멋진 모습을 기분 좋게 바라볼 수 있다. 내 몸은 세월의 흔적을 고스

란히 보여준다.

내 휴가용 옷이 맨살을 최대한 드러내기는 하지만, 이제는 절대로 짧은 티셔츠 원피스나 짧은 반바지를 입지 않는다 (정정한다. 나는 원래도 짧은 반바지를 입어본 적 없다). 또 스카프를 상의로 활용해 가슴에 두르지도 않는다. 이것이 부적절하다고 느껴서가 아니라 내 모습이 우스꽝스럽게 보이기 때문이다. 우리는 모두 자신의 나이와 자신이 입는 옷이 성적으로 얼마나 노골적인가에 대해 계산한다. 이 계산은 사람마다 다르다. 환경과 역사, 직업, 몸에 대한 인식이 모두 영향을 주기 때문이다. 옳고 그름의 절대적인 기준은 없다.

지금의 내 생애 단계는 대학교 1학년 말에 파티에서 만난 남성이 다음 날 저녁에 식사를 함께하자고 청했던(1978년에는 남자들이 이렇게 데이트 신청을 했다) 때와는 다르다. 그는 30살로 나보다 10살 많았고, 식사를 마치고 함께 집으로 돌아왔을 때 내게 몇 주 후에 떠나는 휴가에 함께 가자고 제안했다. 나는 이 제안을 받아들였다. 상당히 즉흥적인 결정이었다. 우리는 서로를 거의 알지 못했고, 첫 데이트에서 성관계를 갖거나 휴가를 함께 보내는 것은 내가 평소에 하던 행동이 아니었다. 나는 예나 지금이나 상당히 조심스러운 사람이다. 그러나 이제는 좀 더 모험심을 발휘할 때라고 생각했고, 이것이 모험적인 사람이 할 만한 행동이라고 생각했다.

그의 친구는 블록버스터 스릴러물을 집필했고, 자신과 친구들을 위해 그리스의 시프노스섬에 있는 집을 빌리는 비용

일부를 댔다. 내 남자친구는, 이렇게 부를 수 있다면(그리고 분명히 말하는데 그건 아니었다), 내가 방학 중에 아르바이트를 했기 때문에 나보다 먼저 휴가지로 떠났다. 나는 저렴한 항공편을 알아보기 위해 《이브닝 스탠더드》 뒷면에 실린 광고를 샅샅이 뒤졌고, 밤늦게 아테네로 떠나는 항공권을 구했다. 가격은 90파운드였다. 저가 항공이 없던 이때만 해도 저렴한 가격이었다. 나는 혼자 공항에 도착했고, 새벽까지 기다린 다음에 피레아스 항구에서 시프노스섬까지 8시간 동안 페리를 타고 이동했다.

별장에서 보내는 휴가는 시작부터 삐걱거렸다. 조울증을 앓고 있는 한 여성은 사랑스럽고 친절했으나 대부분의 시간 신경 안정제에 완전히 취해 있었고, 대개 오후 늦게나 모습을 드러냈다. 주최자의 삐삐 마른 여자친구는 식이장애가 있어 보였다. 또 다른 여성 손님은 임신한 사실을 막 알게 되었지만, 함께 있던 남자친구에게 이를 알리지 않았다. 그러는 가운데 그는 알코올 중독자가 되어갔고, 훗날 결국에는 사망했다고 들었다. 이들은 모두 내게 친절했지만 내 친구는 아니었다.

바다가 내려다보이는 언덕에 지은 별장은 장관이었다. 저녁이면 테라스에서 불타는 태양이 수평선 너머로 가라앉으면서 하얀 집을 분홍색으로 물들이고, 짙은 바다를 붉게 칠하는 키클라데스 제도의 멋진 석양을 바라보았다. 그러나 내가 별장에 도착했을 때 내 '남자친구'가 더 이상 내게 관심이 없어졌음이 분명했다. 수년이 지난 후에 우리가 떨어져 있던 몇 주 동안 그가 다른 여성을 만나 홀딱 반했으나 휴가 전에 내게 헤어지자는 말을 할 마음이나 용기가(나는 지금도 둘 중 어느 쪽인지 모르겠다) 없었다는 사실을 알게 되었다.

이때 찍은 사진을 보면 누구도 이들의 인생에 차곡차곡 쌓여갈 불행을 짐작조차 하지 못할 것이다. 나는 열대 지방을 연상시키는 무늬가 들어간 사롱sarong을 입고, 그리스 레스토랑에서 점심을 먹으면서 화사하게 웃었으며, 작은 비키니를 입고 바위가 많은 해변에 걸터앉아 주사위 놀이를 했다. 남자들은 선글라스를 쓰고 데님 재킷을 걸쳤으며, 골루아즈 담배를 잇달아 피웠다.

몇 주 후 집으로 돌아가야 할 시간이 왔다. 나는 임신한 여성과 페리를 타고 아테네로 이동했다. 그를 하룻밤 묵을 아파트에 데려다주고 비행장으로 향했지만, 체크인 카운터에 도착해서 내가 예약한 비행기가 내가 생각했던 날이 아닌 전날 항공편이었음을 알게 되었다. 비행기는 이미 떠난 후였다. 항공 관제사들이 막 파업에 돌입한 공항은 필사적으로 떠나려는 사람들로 가득 찬 난민 수용소를 연상케 했다. 파업으로 인해 다른 항공편도 모두 취소된 데다 사실 표를 살 돈도 없었다. 나는 신용카드가 없었고, 그 당시에 사용했던, 해외여행 시 제한된 금액만 가지고 나갈 수 있었던 여행자 수표도 다 쓴 상태였다. 주머니에는 고작 몇 파운드밖에 남아있지 않아서 어쩔 수 없이 공항 화장실 바닥에서 잠을 자야 했다. 그리고 갑자기 그때까지 경험해보지 못한, 정상적인 활동을 못 하게 만들 정도의 설사를 하기 시작했다. 공항이 정상화되고 부모님이 새 항공편을 예약해줄 때까지 며칠간 도시에 버려진 나는 가방에 쑤셔 넣었던, 소금과 선탠 로션이 묻어 뻣뻣해진 옷을 꺼내 입으며 버텼다.

약 2주 뒤에 갑자기 숨을 제대로 쉴 수 없었다. 이때 나는 헤리퍼드셔에 있는 가족 별장의 침대에 누워 있었다. 내 몸의 아드레날린 분비량이 치솟았고, 유독하고 얼음같이 차가운 액체가 내게 쏟아져 내리는 가운데 무거운 무언가가 내 가슴을 짓누르는 느낌이었다. 지금은 이 증상에 대해 알고 있지만, 이때는 아니었다. 침을 삼킬 수가 없었고, 이러다 죽겠다는 생각이 들었다. 내 일생에 걸쳐 간헐적으로 찾아와 나를 괴롭혔던 공황발작을 처음 일으킨 날이었다. 나는 이것이 공황발작임을 몰랐고, 별장에 있던 다른 사람들도 마찬가지였다. 우리 중 누구도 공황발작이라는 용어와 증상에 대해 들어본 적이 없었다. 현대에는 불안 장애나 우울증 같은 정신 장애에 익숙하지만, 이때는 한참 전이었다. 이제는 첫 발작이 공항에 발이 묶였을 때 내가 느꼈던 공포와 연관이 있고, 내가 통제할 수 없는 무언가에 갇혔다고 느껴질 때 재발하기 쉽다는 사실을 알고 있다.

이후로 몇 년간 나는 거의 해외로 나가지 않았다. 이때 이후 생긴 비행에 대한 두려움과 수입이 많지 않다는 현실이 합쳐져 영국 밖으로 나가지 못했고, 내게 주어진 휴가를 쓰지 않는 경우가 많았다. 시간이 많이 흘러 요즘은 슬로베니아의 주말 축제나 이비사섬에서의 결혼식에 참석하기 위해 비행기에 올라타는 일이 어렵지 않게 되었지만, 20대 초반이었던 이 당시에는 해외여행을 가지 않는 것이 특이하지 않았다.

그래서 오랜 시간이 지난 뒤에 휴가 비용을 댈 수 있을 뿐만 아니라 직업상 해외로 나가는 일이 잦아지면서부터 내 휴가용 옷은 쌓이기 시작했다. 《보그》에서 퇴사하고 프리랜서로 전향한 지 얼마 지나지 않아 나는 그동안 휴가에 관해 몰랐던 점을 알게 되었다. 바로 휴가란 휴가 중이 아닌 날이 있어야만 존재한다는 것이다. 휴가를 떠난다는 것은 언젠가 매일 처리해야 할 일이 있는 삶으로 돌아와야 한다는 의미다. 아마도 우리가 그다지 좋아하지 않는 일일 가능성이 크다. 휴가는 당신이 무언가를 하는 것 못지않게 하지 않는 것으로 정의된다. 그리고 기분 좋은 일탈의 소중한 기억이 쌓여 있는 휴가용 옷도 마찬가지다.

31.

비니

죽음의 암시. 금요일 오후, 영화를 보기 위해 영화관으로 향하는 비탈길을 오르면서 이 표현이 머릿속에 떠올랐다. 왜 지금 떠오른 걸까? 추운 날씨 때문인지도 모른다. 보도 위의 눈이 녹아 만들어진 웅덩이가 얼어붙었고, 낮부터 너무 일찍 하늘이 어두워진다. 어쩌면 내 인생이 오후에 영화를 보러 갈 수 있는 단계에 도달했다는 사실 때문일 수도 있다. 멋진 사치이면서도 살짝 슬픈 현실이다. 나는 이제 사무실이나 아이들의 다과 시간, 유모로부터 아이를 건네받을 때 등 자신과 함께 있어 주기를 바라는 사람들에 더는 둘러싸여 있지 않다.

'죽음의 암시'는 내가 17살 때 35살의 남성이 내게 보낸 편지에서 처음 읽은 표현이다. 그는 코카인과 술기운에 젖어 캘리포니아 주택의 테라스에서 IBM 타자기로 친 장문의 편지를 내게 보내곤 했다. 이후로 내 머릿속에 박힌 이 말이 떠오를 때마다 나는 항공 우표와 얇은 종이, 모든 방면에서 나와 아주 멀리 떨어진 곳에서 살았을 그의 삶을 생각한다.

나는 더 이상 17살 소녀가 아니다. 회색 울 비니와 안경을 쓰고 런던의 스위스 코티지에 있는 영화관에 도착하자 매표소 직원이 내게 묻지도 않고 경로우대 표를 건넨다. 이것은 반칙에 가까운 공격이다. 바로 전날 같은 모자와 안경을 쓰고 지하철에서 경험한 일이 있어서 기운이 빠진다. 약 3년 전에 함께 작업한 적 있는 젊은 여성이 내 맞은편 자리에 앉았다. 적어도 나는 그가 맞다고 생각했지만, 확신하지는 못했다. 그는 내 기억 속 모습과 약 20퍼센트 정도 다르게 보였지만(더 세련되고 윤기가 흐르는 머리를 하고 있었다), 옆에는 작은 금속 활자로 셀린느라는 브랜드명이 찍힌 커다란 검은색 가죽 가방이 놓여 있었다. 이것으로 최종 확인은 끝났다. 그는 고가의 액세서리를 무척 좋아했기 때문이다.

그가 나를 잠깐이라도 알아봐주기를 바라며 그 쪽을 바라보았다. 그러면 사람들로 가득한 열차 칸 안에서 모르는 사람에게 아는 척을 하다가 바보가 되는 불상사 없이 인사할 수 있을 것이었다. 그러나 그는 끝내 나를 알아보지 못했다. 몇 번이나 정면으로 바라보고도 몰라보았다. 지하철에서 내리면서 유리창에 비친 내 모습을 보았다. 그곳에는 회색 비니에 안경을 쓴 나이 든 여성이 있었다.

이는 평상시에 이런 비슷한 모자를 쓰는 많은 유명인이 추구하는 모습이 아니다. 그리고 솔직히 말해서 내가 비니 속으로 머리를 밀어 넣으며 추구했던 모습도 아니었다. 1월의

평균기온이 최고 20도까지 올라가는 로스앤젤레스에서 할리
우드의 군주들은 비니를 쓰고 반팔 티셔츠를 입고 재활용 컵
과 스마트폰을 손에 들고 다닌다. 이 모자는 남녀 할 것 없이
머리를 덮어 아주 조금은(정말로 아주 조금이다) 존재를 감춰
준다. 또 끝도 없는 영화 행사나 촬영 의상으로부터 해방시켜
준다. 울 모자와 데님, 가죽 재킷이면 끝이다. 그들은 (사람들
대부분이 속한) 이 세계에 살지만, 완전히는 아니다.

　더 자세히 들여다보면 비니는 아이를 등교시키고, 서둘러
장을 보고, TV 진행자와 축구선수가 카메라 앞에 서지 않을
때 입는 스타일에서 빼놓을 수 없는 요소다. 극도의 평등주의
를 지향하는 패션 아이템이면서도 부유하고 유명한 사람이
썼을 때는 다른 정체성을 가진다. 유명인들은 이 모자를 마치
유니폼처럼 착용한다.

　비니는 패션이 우리가 닮기를 열망하는 어떤 집단의 사람
들의 영향을 받음을 보여주는 흥미로운 예다. 이런 사람들이
특정 스타일이나 유행, 아이템을 받아들이면 우리가 이들을
모방하고, 그런 다음에 너무 흔해질 조짐이 보일 때 영향력을
행사하는 집단이 일반 대중과 자신을 차별화하기 위해 다른
무언가로 이동한다는 이론이 있다. 이들은 이색적이고 새로
운 스타일을 채택해서 자신들이 대중과 멀리 떨어진 곳에 존
재함을 보여주고, 또 이렇게 보이도록 할 필요가 있다. 1930
년 저서『옷의 심리학 *The Psychology of Clothes*』에서 저자 J. C. 플루
겔J. C. Flügel은 이런 패턴 덕분에 우리가 패션이라고 부르는

것이 창조된다고 했다. 그러면서 그 영향력 있는 집단을 계급 구조와 연결했다. 대중에게 영향력을 행사하는 사람들을 전통적인 사회 피라미드에서 왕족과 귀족이라고 여겨지는 계층보다 높은 위치로 올려놓았다. 그러나 더는 아니다. 이제는 새롭게 형성된 젊은이 문화와 길거리 스타일, 만연해진 소셜 미디어의 영향력이 현재의 패션을 이끌고 있다.

모든 지하철 승강장과 휴게소 계산대, 축구장 관람석, 버스를 타기 위해 선 줄에서 가장 흔하게 볼 수 있는 머리에 쓰는 아이템이 울 모자다. 그럼에도 이들은 여전히 해리 왕자와 메건 마클, 헤일리 볼드윈과 저스틴 비버, 아델, 에드 시런 등 남녀 가리지 않고 유명인들의 사랑을 받는다.

비니는 먼 길을 여행했다. 패션 역사는 북아메리카의 사냥꾼과 어부들이 몸을 따뜻하게 유지하기 위해 뜨개질한 털모자를 처음 썼음을 보여준다. 아마도 위로 갈수록 좁아지는 모양은 우리가 오늘날 쓰는 비니와 가장 가까울 것이다. 더 납작하고 가는 또 다른 종류의 뜨개질한 모자가 16세기 의복에서 주요한 부분을 차지했고, 영국 경제에서 털모자 산업이 너무나 중요해서 이와 관련 의회법이 제정될 정도였다.

1571년의 '모자 착용법 Cappers Act'은 잉글랜드에서 ('소녀와 아가씨, 귀부인, 고귀한 인사, 20마르크 가치의 땅을 소유한 모든 남성 귀족과 기사, 신사'를 제외하고) 6세가 넘은 모든 사람은 (여행할 때를 제외하고) 일요일과 공휴일에 '잉글랜드 지역에서 제작하고, 몇몇 모자 상점에서 제공하고 완성한 털실로 짠 모자를 착용해야 하며, 매일 착용하지 않을 경우 3실링 4펜스 벌금형에 처한다'고 명시했다. 이 법은 잉글랜드의 모자 생산을 유지하는 데 도움을 주었고, 그러면서 여기에 생계를 의존하던 많은 노동자의 생활도 보호했다.

개인적으로 나는 내가 직접 선택한 털모자를 쓰기까지 수십 년이 걸렸다. 다양한 털모자를 경험했던 안 좋은 기억에서 먼저 회복할 필요가 있었다. 7살부터 초등학교 교복으로 긴 꼬리가 달린 파란색 털모자를 써야 했다. 공립학교의 아이들은 이런 우스꽝스러운 모자를 쓰지 않았고, 그래서 우리를 좋지 않은 방식으로 눈에 띄게 했다. 이보다 몇 년 전, 아주 어린 아이였을 때 겨울에 산책하러 나가며 턱 아래에서 단단히 고정하는 바라클라바라고 불렀던 방한용 모자를 썼던 불편함을 지금도 기억한다. 털실로 만들어진 끈은 거칠어서 쓰고 몇 분 동안은 이 끈이 목을 조르는 느낌이었지만, 나는 고작 3살이었기 때문에 이를 설명하지 못했다. 그저 내 머리에 쓰고 싶지 않은 무언가라고 여겼을 뿐이다.

바라클라바는 크림 전쟁과 이때 벌어졌던 바라클라바 전투에서 영국군에게 보급했던 털모자에서 이름을 따왔다. 목덮개가 달렸지만, 지금처럼 IS 무장단체의 영상에서 볼 수 있는 흉측한 검은색이나 범죄자들이 쓰는 것들 혹은 넷플릭스의 드라마에서 등장하는, CCTV의 흔들리는 영상에 찍힌 침입자의 바라클라바처럼 위협적으로 눈과 입 부분이 뚫린 모양이 아니었다. 그러나 본질적으로 이 위협적인 바라클라바와 웨스트할리우드의 비니는 거리가 그다지 멀지 않다. 이들은 익명성을 공유한다. 물론 원래의 모자도 기본적으로 몸을 따뜻하게 해주는 목적을 공유했지만, 무장 강도나 브래드 피트가 사용했던 목적은 아니었다.

2017년 2월에 전 세계 700개의 도시에서 450만 명이 참여한 여성 행진Women's Marches 행사가 열리고 며칠 후에 나는 밀라노에서 미소니 패션쇼가 시작되기를 기다리며 앉아 있었다. 의자마다 다양한 색깔의 줄무늬가 들어간, 고양이 귀가 달린 분홍색 털모자가 놓여 있었다. 패션쇼가 끝나고 안젤라 미소니는 모든 관객에게 자신과 모델, 그의 직원들과 행동을 함께하자고 촉구했다. 모델들이 무대에서 분홍색 고양이 모자를 쓰고 걸으면서 행진과의 결속을 표시했다.

이 시기는 특별했다. 도널드 트럼프의 선거가 패션계의 교섭 능력이 부족한 관련자들에게 수류탄을 투척했고, 그가 대통령에 취임하고 얼마 지나지 않은 2017년 가을·겨울 시즌 동안에 모두가 정치 이야기만 했다. 이는 미투 운동이 시작되기 6개월 전이었다. 모든 분야에서 남성이 온갖 학대 행위로 불려 나오기 전이었으며, 각처에 존재하는 여성들이 경력을 쌓는 과정에서 더 나이가 많고, 부유하며, 강한 권력을 가진 남성이 자신의 몸을 더듬었다는 사실을 밝히기 전이었다. 우스꽝스러운 귀가 달린 분홍색 비니를 쓰는 행위가 변화를 요구하는 적절한 방식처럼 보였던 날이었다.

32.

검은색 옷

우리가 검은색 옷을 입는 이유를 몇 개만 들어보자.

날씬해 보인다.

때가 타도 보이지 않는다.

무엇과 입어도 잘 어울린다.

진지해 보인다.

세련되어 보인다.

멋져 보인다.

피부색에 구애받지 않는다.

머리카락 색에 구애받지 않는다.

어쨌든 좋아 보인다.

이들은 백 퍼센트 진실은 아니거나 진실이라고 해도 조건이 붙는다. 또는 진실을 수량화할 수 있다면 조금은 진실이

들어 있지만, 조사를 해서 확인할 수 없다. 그러나 이런 것은 중요하지 않다. 우리 대부분이 자주 검은색 옷을 입기 때문이다. 검은색은 누가 어떻게 어디에서 입느냐가 중요하다.

재치 있고 통찰력 있는 작가로 여성들의 이야기를 쓴 노라 에프런Nora Ephron은 에세이집 『내 인생은 로맨틱 코미디』에서 검은색 옷에 관해 이야기했다.

검은색은 어두운색 머리카락을 가진 나이 많은
여성에게 아주 잘 어울린다. 사실 너무 잘 어울려서
이제는 어두운색 머리카락을 가진 젊은 여성들까지
입는다. 심지어 금발도 검은색 옷을 입는다. LA에
사는 여성도 입는다… 검은색은 어느 색깔과도 잘
어울린다. 특히 검은색에.

시간이 흐른 지금 마지막 부분은 옳다고 할 수 없다. 그러나 LA에 대해서는 맞는 말이다. 나는 LA에서 몇 주를 보낸 후 얼마 지나지 않아 그의 책을 읽었다. LA에 있는 동안 대부분의 시간을 검은색 옷을 입은 여성들과 함께 보냈다. 온통 검은색이었다. 이들이 이 도시를 멋지게 만들어주는 모든 특성과 너무나 어울리지 않는, 색깔에 있어서 이런 접근법을 택했다는 사실이 내게는 이상했다. 따뜻한 날씨와 야자나무, 아름다운 울타리, 내게는 낯선 에메랄드빛 잔디밭, (바다가 하늘보다 더 파랗지 않은 날에) 선명하게 파란 하늘. 이곳은 사막 위에 세워진 강렬한 색깔의 도시였다.

　노라는 검은색을 즐겨 입는 여성이다. 한때 런던에 살았고, 많은 세월 마약 중독 문제와 싸웠다. 굵고 곱슬곱슬한 적갈색 머리를 가지고 있고, 지금은 자연의 색깔들로 가득 찬 웨스트할리우드의 근사한 집에서 살고 있다. 나는 검은색 옷을 입는 그의 습관이 궁금했고, 그는 다음과 같은 답장을 보냈다.

　'제가 고장난 마약 중독자였을 때는 색깔에 훨씬
　더 모험적이었죠. 저는 검은색에 안정감을 느껴요.
　자신감을 느끼죠. 그리고 제 머리와 화장, 피부가
　아주 대조를 이루어 다른 색깔을 더 입을 필요가 없어
　보여요.'

　그러나 그는 다음과 같은 내용을 덧붙이며 끝냈다.

　참고: 제가 가장 좋아하는 코트 3개예요.
　진한 보라색 빈티지 웅가로 쿠틔르 코트, 1981
　분홍색 YSL 쿠틔르 코트, 1978
　라임빛이 도는 녹색 클로드 몬타나 재킷

　LA의 여성들이 검은색 옷을 입는 방식은 뉴욕, 파리, 런던 등 다른 도시의 내가 아는 사람들과 매우 달랐다. 색깔 자체보다는 주로 다른 요인들과 연관이 있었다. 예를 들어 LA 여성들의 검은색 긴팔 티셔츠와 바지, 앞챙만 있는 모자인 선바이저, 야구 모자, 그리고 빼놓을 수 없는 선글라스는 이 도시를 정의한다. 일각에서 특색 없는 단조로움을 만들어낸다고 생각하는 햇살로부터 자신을 보호하기 위한 방법이었다. 검은색은 이들의 약하고 창백한 피부와 대비된다. 많은 미용 치료와 젊은 시절에 입은 피해를 복구하기 위해 최소한 지난 30년간 태양을 피해 숨은 결과였다. 이들은 코코넛 향의 선탠 오일을 몸에 듬뿍 바르고 수영장이나 목제 테라스에 누워 몸을 태우고, 자동차의 지붕을 열고 미서부 해안도로를 따라 신나게 달리고는 했었다. 또 유명인과 젊음의 문화가 나타났다 사라지기를 반복하는 이 유명한 도시에서 자신이 진지하고 목적의식을 가진 존재임을 입증하려는 듯이 보였다. 그건 그렇고 이들은 거의 모두, 특히 여성의 경우, 민주당에 투표한다.

　뉴욕의 검은색과 매우 다른 모습과 느낌이다. 뉴욕의 경우 불쾌할 만큼 현실적이고 더러운 도시의 무대에서 변장에 더 가깝다. 뉴욕에 도착하면 곧바로 검은색 옷을 입어야 할 것만 같은 느낌을 받는다. 이해된다. 이 도시는 인색하고 효율적이며 공간을 낭비하지 않는다. 능률적인 기계가 되어야 하는 이곳에서 검은색은 이를 가능하게 해주는 것처럼 보인다. 맨해튼 중심부의 빽빽하게 늘어선 고층 건물들 사이로 아주 드물게 먼 수평선을 흘끗 볼 수 있는 도시의 강렬함을 다루는 능력이 필요하다. 이곳에서는 모든 것이 세세하게 관찰되고, 압도적이다. 도나 카란은 뉴욕의 검은색 위에 왕국을 세웠다. 그는 검은색이 빠르게 '당겨 입고, 당겨 벗기' 편한 옷이 될 수 있다고 계산했고, 그가 옳았다. 그와 직원들은 검은색으로 자신들을 겹겹이 감쌌다. 유행이 바뀌었음에도 이 도시에 어울리는 검은색 바지와 스웨터, 가방의 단순함에는 지금도 무언가가 있다.

파리는 또 다르다. 이곳에서는 검은색 옷이 도시의 유니폼이기도 하다. 파리의 검은색은 태평하고 무심하며 세련미가 있다. 모퉁이 카페의 야외 테이블만큼이나 이 도시의 일부로 존재한다. 내 전 동료인 카린 로이펠드Carine Roitfeld와 에마뉘엘 알트Emmanuelle Alt를 대표하는 스타일이기도 하다. 두 사람 모두 프랑스판《보그》의 편집장이었고, 과거에 모델이었으며, 검은색 옷 마니아였다. 펜슬 스커트와 진, 가죽 재킷, 앞코가 뾰족한 앵클 부츠, 끈이 달린 하이힐, 블레이저. 모두가 완벽하게 재단된 검은색이지만 무심하게 툭 걸쳤다. 과거의 파리 레프트 뱅크에 모여들었던 지식인의 울림을 담고 있는 검은색, 이브 생 로랑 작품의 섹시한 거만함이 묻어나는 검은색. 유색만큼 유혹적이지 않다고 여겨지는, '나를 있는 그대로 받아들여요'에 더 가까운 검은색. 물론 알다시피 파리 여성과 이들의 검은색은 전 세계 다른 지역의 여성들만큼, 어쩌면 그보다 더 열심히 매력적으로 보이려고 노력한다.

검은색은 패션계에 아주 늦게 발을 들였다. 18세기 중반까지는 거의 사용하지 않았는데, 염색한 색깔이 오래가지 않는 문제점 때문이다. 다시 말해 검은색이 빠르게 바래면서 애매한 회색을 띠며 매력이 없어졌다. 그러나 염색 기술이 발달하고, 빅토리아 여왕이 애도의 색깔로 검은색을 선택하면서 점점 더 인기를 얻었다. 그의 오랜 통치 기간 중 깊은 애도 기간이 길었던 만큼 그만이 아니라 궁전의 모두가 입으면서 검은색은 명성을 얻었다. 궁중 예복은 이 시대의 패션에 큰 영향을 미쳤고, 일반 대중들에게 퍼졌다.

20세기가 되었을 때 검은색은 애도의 복장을 벗어나 여성들이 일과 오락을 위해 입는 색깔이 되었고, 또 현대적임을 대표하는 색이 되었다. 밸러리 멘데스Valerie Mendes가 자신의 저서 『블랙 패션Black in Fashion』에서 인용한 잡지 《퀸Queen》에 실린 1917년도 기사의 글처럼 '… 지하철이나 전차를 타고 다녀야 하는 바쁜 여성은 다양한 작은 검은 옷에 잘 빠져든다.' 검은색은 변화하는 당대 세계의 일부였다.

새로운 패션 디자이너들은(이제 옷은 더 이상 집이나 지역 양장점에서 만들지 않았다) 검은색을 세련된 색깔로 보았고, 꾸밈없는 선을 보여주고 윤곽을 두드러지게 해주는 이것이 가진 능력을 귀중히 여겼다. 발렌시아가와 엘사 스키아파렐리Elsa Schiaparelli, 크리스티앙 디오르, 코코 샤넬은 모두 검은색을 좋아했다. 이런 경향은 브랜드 쿠레주Courrèges와 디자이너 메리 퀀트Mary Quant 같은 60년대의 옵아트op art* 스타일과 펑크록의 선동적 반란, 레이 카와쿠보와 요지 야마모토 같은 일본의 해체주의 디자이너를 통해 이어지고 있다.

우리는 검은색 옷을 입을 때 이런 점들을 고려하는가? 거의 확실하게 아니다. 나 역시 하지 않는다. 나는 두 개의 상당히 상반되는 이유로 검은색 옷을 입는데, 하나는 내게 잘 어울린다고 생각해서다. 이 점에 있어서 노라 에프런의 판단이 맞았다. 사람들 대부분이 자신에게 검은색이 잘 어울린다고 생각한다.

또 때로는 나를 드러내고 싶지 않아서 입기도 한다. 이럴 때면 오래된 검은색 티셔츠나 많은 검은색 스웨터 중 하나와 옷장 안에 빽빽이 걸려 있는, 나조차 구분이 안 되는 검은 바지의 숲에서 꺼내든 바지를 입는다. 이렇게 많은 바지를 두고도 나는 아직도 이상적인 검은색 바지를 찾고, 어떤 것인지도 모르면서 사고 또 산다. 이런 날엔 존재감을 드러내고 싶지 않아서 그러는 것은 아니다. 그저 배경으로 존재하고 싶어서이다. 검은색 옷을 입으면 그렇게 느껴진다. 내 발자취를 남기지 않는다

검은색은 부정적이다. 말 그대로 빛의 부재이며 음성적인 색깔이다. 알렉산더 서로Alexander Theroux가 문학잡지《컨정션스Conjunctions》30호에서 검은색을 '공격적이고 무서우며 깊고 접근하기 어려운 색깔 … 위험한 천재성을 가진 위협적인 얼룩'이라고 묘사하며 요점을 잘 파악했다. 이것이 검은색의 농

---

* 옵티컬 아트(optical art)의 줄임말로 '시각적 미술'을 뜻하며, 기하학적인 구성을 주로 한 추상미술의 한 방향이다. 실제로 화면이 움직이는 듯한 환각을 일으킨다.

도가 매우 영향력이 있고 강력한 이유이자, 2014년에 나노기술 전문기업인 서리 나노시스템즈Surrey NanoSystems가 가시광선을 최대 99.965%까지 흡수해서 아주 미량의 빛만 반사하는 밴타블랙Vantablack이라고 부르는 가장 진한 검은색을 만든 이유다. 이 색이 너무나 매력적인 나머지 조각가 아니쉬 카푸어Anish Kapoor는 스프레이 페인트인 밴타블랙 S-VIS를 오직 자신의 작업실에서만 사용할 수 있는 허가를 받아서, 색조 소유권에 대한 논란을 유발했다.

농도 문제는 중요한데, 노라 에프런의 주장과는 반대로 검은색이 어디에나 쉽게 어울리지 않기 때문이다. 그리고 어울리지 않는 검은색은 형편없어 보인다. 검은색은 잘 다루어야 한다. 무게감과 질감이 매우 중요하다. 하나의 검은색이 다른 검은색을 내동댕이칠 수 있고, 싸구려에 조잡해 보이게 만들 수 있다. 그리고 싸구려처럼 보이는 검은색은 매력을 잃는다. 그저 더러움이 보이지 않길 바라는 어두운 색깔일 뿐이다. 검은색 면과 검은색 벨벳은 절대로 같아 보일 수 없다. 화려함에 있어서 검은 벨벳에 비길 만한 것은 없다.

나는 패션계에서 검은색 옷을 입은 여성들과 함께 셀 수 없이 많은 시간을 보냈다. 세계의 바이어와 언론이 검은색 옷으로 가득한 여행 가방을 끌고 밀라노와 파리, 런던, 뉴욕을 오가는 패션쇼 기간에는 특히 검은색이 넘쳐났다. 패션을 잘 모르는 사람의 눈에는 이들이 매일 같은 옷을 입는 것처럼 보일지도 모르지만, 물론 이는 사실이 아니다. 이들은 캘빈의 검은색과 프라다의 검은색, 아제딘 알라이아가 쓰는 검은색, 질의(질 샌더가 여전히 자신의 이름을 딴 브랜드를 총괄하고, 이렇게 불렸던 때의) 검은색, 발렌시아가의 검은색을 입었다. 목록은 여기서 끝나지 않는다. 패션쇼장은 잘 재단된 검은색 코트와 바지, 가늘고 긴 굽의 검은색 하이힐과 맨살을 드러낸 발목으로 채워졌다. 쇼가 끝난 어느 가을 오후에 나는 날씬한 다리를 감싼 바지와 크롭 재킷에 아찔하게 높은 글래디에이터 슈즈를 신은 여성들이 기운이 없는 익룡들처럼 줄줄이 하이드 파크의 잔디밭을 가로질러 조심스럽게 걸어가는 모습을 바라보았다. 이들은 온통 까맸다. 어쩌다 이 모습을 우연히 본 사람들에게는 분명 기괴한 장면이었을 것이다.

패션 산업의 중심에 있던 검은색에는 전체주의적인 요소가 존재했다. 일부 검은색 옷을 입은 사람들은 다른 사람들보다 더 평등했다(그리고 틀림없이 지금도 그렇다). 잡지 편집자와 출판업자, 엄청나게 부유하고 영향력 있는 미국 백화점의 패션 바이어가 검은색 옷을 입었다면, 일벌에게도 검은색 옷은 유니폼이나 마찬가지였다. 홍보 전시실을 담당하고, 손님을 자리로 안내해주며, 디자이너들의 소통에 도움을 주었던 수많은 젊은 남녀는 (아마 여름에는 바뀌겠지만) 거의 언제나 검은색 바지 정장을 입었다.

내 친구 피오나는 최소한 80퍼센트는 검은색 옷을 입는다. 그는 "검은색이 나야."라고 말한다. "검은색 옷을 입은 나를 보며 '이게 나지'라는 생각을 해." 그가 검은색 옷을 입고 있으면 '완전히', '확실하게', '분명하게', '세련'되어 보였다. 실제로 검은색은 뛰어난 팔방미인이다. 지배와 피지배의 색깔을 모두 가지는 놀라운 색이다. 동네 네일숍에서 일하는 직원이나 파티의 음식 담당 직원들이 입은 스웨트셔츠와 진 유니폼의 검은색, 일류 법률 회사의 조찬에 참석했던 여성들의 전문성을 드러내는 검은색, 예술계 행사에서 아주 자주 보게 되는, 명백하게 비싸고 당황스러울 정도로 정성을 들인 검은색. 우리를 눈에 보이지 않거나, 반대로 매우 눈에 띄게 만들 수 있다. 다이애나 웨일스 공주가 남편이 황금 시간대의 TV 프로그램에 출연해 간통을 인정했던 날 밤 깊게 파인 검은색 칵테일 드레스를 입고 등장한 일은 우연이 아니었다.

검은색 옷이 인기를 얻으면서 의류 브랜드 라벨의 존재가 중요해진 것은 우연이 아니다. 사람들이 입고 있는 검은색 옷의 브랜드가 꼼데가르송인지 자라인지를 바로 알아맞히기란 어렵다. 대량 생산하거나 유명한 디자이너가 제작한 옷이 점점 더 많아지면서 라벨을 목 안쪽처럼 비교적 찾기 쉬운 곳에 부착하게 되었다. 이것은 부분적으로 아이템의 유래와 궁극적으로 이들의 가치를 증명하기가 얼마나 어려운지를 인정하는 것이었다. 라벨이 안쪽에 달렸기 때문에 옷을 입은 사람만 브랜드를 아는 문제점은 로고를 여기저기 부착하는 방식으로 해결했다. 그러나 일반적으로 우아한 검은색 캐시미어 코트 위에는 부착하지 않았다. 우아한 검은색, 감미로운 검은색, 자신감 있는 검은색은 그 자체로도 충분하기 때문이다.

33.

타이츠

우리 집에서는 프랑스 궁정의 전통과 같은 일종의 궁정 집회가 열리곤 했다. 내가 어린 시절 어머니는 아침에 목욕할 때 사적인 시간을 보내기보다는 자녀들, 즉 우리에게 둘러싸여 있는 날이 많았다. 어린 우리는 어머니가 목욕하는 동안 반대편에 놓인, 앉는 부분이 노란색 플라스틱으로 제작된 나무 의자에 앉아 있거나 욕실장 속의 신비로운 물건들을 탐험했다. 그런 다음에, 침실로 따라 들어가 침대에 앉아 그날 하루에 대한 걱정을 품은 어머니가 옷을 입는 모습을 지켜보았다. 이때가 어머니가 출근하기 전, 우리와 함께 보낼 수 있는 시간이었다.

나는 매일 진행된 이런 의식에서 보았던 어머니의 특정 움직임을 기억한다. 어머니는 브래지어와 거들을 입고 붙박이장 안쪽 문에 달린 거울 앞에 섰다. 거들에는 스타킹이 흘러내리지 않게 연결하는 가터가 매달려 있었다. 다리를 따라

스타킹을 위로 천천히 올리고, 스타킹 앞쪽을 클립으로 고정한 다음에 상체를 뒤로 비틀어서 뒤쪽도 클립으로 고정했다. 다른 쪽 다리도 이 동작을 반복했다.

이 당시의 내게 스타킹은 여성이 되는 완벽한 본보기였다. 교복이나 다른 누군가가 골라준 옷이 아닌 자신이 원하는 옷을 입는 전형적인 예였다. 어머니가 타탄 트루즈라고 불렀던, 우리에게 입히기 좋아했던 펑퍼짐한 바지나 주름이 들어간 치마와 무릎까지 올라오는 흰 양말은 끔찍했다. 우리가 전혀 모르는 흥미로운 일들로 채워진 어머니의 하루란 어떤 것일까? 스타킹은 수많은 가능성을 담고 있었다.

반면 타이츠는 어린이용이었다. 일반적으로 털실로 골이지게 짰고, 허리 부분이 고무밴드로 되어 있었다. 그래서 미끄러져 내려와 다리 사이에 불편하게 늘어지지 않게 자주 위로 휙 잡아당겨 주어야 했다.

많은 내 친구들도 학교에서 발레를 배웠기 때문에 옅은 분홍색 타이츠를 신었다. 다행히도 나는 참여하지 않았던 활동이다. 과거에 무용 수업에서 다른 여자아이들은 모두 빗방울 역할을 맡았을 때 뇌우 역할을 맡으면서 3살 어린이의 마음에 상처를 받았던 경험이 있었기 때문이다. 특별 행사에서도 우리는 흰색 레이스 타이츠를 신었다. 다리가 간질간질했지만, 운이 좋으면 우승하고 선물을 집에 가져갈 수 있는 파티 날 입는 옷에서 빠질 수 없는 요소였다.

결국에는 이런 타이츠를 졸업하고, 나만의 얇은 가터벨트와 위쪽의 탄성이 더 좋은 스타킹을 소유하게 되는 날이 왔다. 나는 어머니처럼 침실에 서서 제대로 착용해보려고 했다. 다행히 나 혼자 침실을 쓰던 시기였다. 침실 배치를 자주 바꾸었던 우리 집에서는 혼자 침실을 사용할 수 있는 기간은 제한적이었다. 여동생이 이 순간의 내 모습을 보고 놀리는 상상만으로도 굴욕감이 들었다. 그리고 종알대는 주장이 지독히도 듣기 짜증스러웠을 것이다. 내가 여기까지 오는데 보냈던 많은 세월을 건너뛰고 자신도 스타킹을 신게 허락해주어야 한다고 우길 것이 분명했다.

스타킹을 신는 경험은 정말로 기이했다. 가터벨트의 밴드가 배를 조였고, 클립이 허벅지살을 누르는 느낌은 그 주위에 익숙하지 않은 긴장감을 만들어냈다. 이제는 내 신체의 일부가 되었지만 그때까지 나와 거의 관련이 없는 느낌이었다. 그렇다고 해도 스타킹을 신을 가치가 있었는데, 내가 성인이 되었다는 근사한 기분이 들게 했기 때문이다.

가터벨트에서 묻어나오는 세련미에 열광했던 12세 소녀에게는 안타깝게도 나는 이 특정한 파티에 너무 늦게 도착했다. 1969년의 잘 나가는 젊은 여성들은 스타킹에 열광하지 않았다. 스타킹은 과거가 되었다. 미래는 타이츠였다.

백화점의 평면도나 웹사이트 메뉴에나 등장할 법한 단어인 양말류는 수천 년간 우리의 옷장을 차지했었다. 스타킹 한 켤레가 이집트 귀족 여인의 무덤에서 발견되기도 했다. 당시의 스타킹이 여성용품이었다는 사실이 흥미로운데, 시간이 흐르면서 양말류가 여성보다는 남성이 입는 의복과 연관이 있었기 때문이다.

제프리 초서의 저서 『배스 부인의 이야기 *The Wife of Bath's Tale*』에서 배스 부인이 '멋진 진홍색'의 '스타킹'을 신기는 했으나 수세기 동안 여성의 다리는 긴 치마 아래에 감추어져 있었다. 반면 남성의 다리는 양말이나 스타킹, 타이츠 같은 양말류를 신으면서 점점 더 밖으로 드러났다. 다리가 멋지다는 말은 남성에게 하는 칭찬이었다. 이들은 종아리에 패드를 넣어 이상적인 곡선을 만들기도 했다. 시간이 지날수록 다리를 더 많이 드러냈고, 더블릿doublet* 과 함께 양말을 신었다.

'타이츠를 신은 남성'은 사극에 출연하는 남성 배우들을 일컫는 표현이 되었지만, 지난 한 세기를 거치면서 타이츠는 성별을 구분하지 않는 선도적인 액세서리가 되었다. 우리 아버지는 크리스마스마다 〈피터 팬〉 개막 공연을 보러 가족들을 데려갔다. 우리는 그 해의 하이라이트인 이 탐험을 고대했다. 피터의 역할은 언제나 여자아이가 맡았고, 짧은 머리에 장난기 많은 얼굴을 하고 튜닉에, 그렇다, 타이츠를 신고 열린 창문을 통해 날아들어 왔다. 여자아이가 피터 역할을 맡는 것이 (큰 털북숭이 개 나나가 밤에 외출한 다정한 '부모 대신에' 아이들을 돌보는 이야기지만) 우리에게는 조금도 특이하지 않았다.

---

* 14~17세기에 남성들이 입던 짧고 몸에 꼭 맞는 상의를 말한다.

비록 웬디에게 반해 그의 동반자였던 팅커벨의 분노를 사기는 했지만, 피터는 어느 한쪽 성으로도 치우치지 않았다. 성별이 구분되지 않게 제작한 의상을 입고 무대 위를 날기도 하고 쏜살같이 뛰어다니기도 한다. 피터 팬이 바지를 입었을까? 아닐 것이다. 적어도 내가 본 바로는 아니었다. 남성 발레 댄서처럼 생식기 부분이 두드러지는 타이츠를 신은 진짜 소년이었으면 어땠을까? 그랬다면 틀림없이 네버랜드에서 어린 소년들의 우두머리로 군림하는 훨씬 더 수상쩍은 캐릭터가 되었을 것이다.

그러나 피터와 그의 타이츠는 그런 위험과는 거리가 멀었다. 데이비드 캐시디David Cassidy와 몽키스의 멤버인 데비 존스Davy Jones처럼 사춘기 이전의 내가 사랑했던 많은 팝 가수들과 다르지 않았다. 남자임은 확실하지만, 이들의 남성성은 여자와 뚜렷이 구분되지 않았다. 이들이 타이츠를 신었다는 것은 아니다. 〈지기 스타더스트Ziggy Stardust〉와 〈알라딘 세인Aladdin Sane〉 앨범을 발매하면서 파격적인 성의 화신의 모습을 선보이며 성별 사이의 선을 무너뜨린 데이비드 보위와는 달랐다. 또 비바 백화점의 레인보우 룸 레스토랑에서 어울렸던, 눈 화장을 하고 립스틱을 발랐으며 가는 새틴 스카프를 목에 불량하게 맸던 16세 소년들과도 달랐다. 보위는 사진작가 믹 록Mick Rock의 책 『글램 록! 목격자의 이야기 *Glam! An Eyewitness Account*』에서 이렇게 말했다. '나는 볼에 블러셔를 살짝 바르면 정말로 여자들의 마음을 끌 수 있다는 나를 비롯한 사람들의 호언장담에 용기를 얻어, 벽돌 운반통을 짊어진 많은 벽돌공이 금속사로 짠 반짝이는 타이츠를 신고 번화가를 잰걸음으로 걸어가는 모습을 기억할 때면 여전히 큰 즐거움을 느낀다.' 여성에게는 타이츠가 완전히 정반대되는 상황을 대표했던 시기에 타이츠를 신은 남성은 공공연하게 성을 드러냈다.

타이츠는 일정 부분 여성을 해방했다. 이들 덕분에 여성은 스타킹을 신었을 때 치마 속을 몰래 촬영하는 범죄행위에 노출될 수 있는 불편함과 에로티시즘에서 벗어나 짧은 치마를 입을 수 있었다. 버스 계단을 오르고, 자동차를 타고 내릴 수 있었으며, 핫팬츠 안에 입을 수도 있었다. 건강 문제를 일으킬 수 있다는 산부인과 의사들의 경고에도 타이츠는 빠르게 스타킹의 자리를 빼앗았다. 이런 문제는 《영국 의학 저널British Medical Journal》에서 '타이츠 입기Wearing Tights'라는 제목 아래 외음부에 심한 가려움을 수반하는 외음소양증을 불평하는 '숙녀들'이 증가하고 있다는 내용으로 입증되었다. 어떤 의사는 해결책으로 타이츠를 세탁 후 붕산에 담글 것을 제안했다. 이런 작은 문제가 존재했지만, 타이츠가 가진 장점은 세탁기의 개발과 맞먹었다. 삶을 비교할 수 없을 만큼 더 편리하게 만들어주었다.

40년 이상 지난 지금도 불편하고 땀에 젖고, 몸을 가두고 모양 자체로는 결코 매력적이라고 할 수 없지만 우리는 여전히 타이츠를 입는다. 나는 타이츠가 매력적으로 그려지는 인용구나 영화 장면을 찾겠다는 결심으로 방대한 조사를 벌였지만 실패했다. 가랑이 부분이 없는 모양이 좋든, 찢어진 망사 타이츠에 마음이 끌리든 이것은 어디까지나 개인의 취향 문제다.

어떤 여성들은 타이츠를 멋지게 소화한다. 다이앤 폰 퓌르스텐베르크Diane von Furstenberg도 이들 중 하나다. 우리는 뉴욕의 하이 라인 바로 옆에 있는 그의 사무실에서 마지막으로 만났다. 건물은 다이앤의 사진으로 가득 차 있었고, 사무실은 책과 소파, 거대한 탁자, 가족사진으로 꾸며진 넓은 방이었다. 그는 언제나 미니 원피스 아래로 긴 다리를 드러냈고, 내 기억으로 이날은 헐렁한 셔츠라고 할 수 있는 옷 아래에 무늬가 들어간 타이츠를 신고 있었다. 그때 그는 긴 상체를 굽혀 그의 브랜드에서 나온 가죽 지갑 중 하나의 측면에 붙여놓았던 50센트 동전을 찾아서 인생의 다음 장을 열려고 하는 내게 행운을 빌며 건네주었다.

타이츠에 관한 한 그는 전문가였다. 자유로운 여성을 의미하는, 단추 없이 몸에 휘감아 끈으로 묶는 랩 원피스를 소개한 장본인으로 이 옷은 빠르게 미끄러지듯 입고 벗을 수 있었고, 돋보이면서도 자제할 줄 알았다. 큰 가터벨트와 스타킹은 그의 감각적인 발명품에서 어떠한 역할도 하지 않았다. 다이앤은 미니 원피스를 입듯이 타이츠를 신는다. 숱 많은 불타는 머리카락처럼 반항적인 영혼이다.

이날 그의 사무실에 도착했을 때 나는 기분이 축 가라앉아 있었다. 밖에는 눈이 내리고 있었다. 습기를 머금은 미끄러운 눈이었다. 10번가의 햄버거 가게에서 시간을 보내고 있을 때 화이트 스트라입스White Stripes의 〈세븐 네이션 아미Seven Nation Army〉의 유명한 기타 연주가 리믹스곡으로 반복해서 흘러나왔다. 나는 10년 전에 내 아들 샘이 정확히 이 곡을 연주했던 모습을 떠올렸다. 10년 전이었나? 12년인가? 언제였더라? 그때 샘이 10살이었던가? 지금은 몇 살이지? 그때가 오래전 일임을, 이제는 지나가 버린 세월임을 깨닫고 무력감을 느꼈다. 되돌리기란 불가능했다. 나는 갑작스럽게 피부 아래에서 서서히 퍼져나가기 시작한 우울감을 의식했고, 이 기분은 《보그》를 떠나면서 일어나는 것이었을 수도 있었다. 나는 속수무책으로 뿌리째 뽑히고 허우적거리게 될까?

다이앤의 사무실을 나설 때 나는 이런 불확실성을 느끼지 않았다. 은색 동전이나 생강차 때문일지도 모른다. 그의 에너지에 설득되었기 때문임은 거의 확실했다. 그리고 타이츠가 너무나 잘 어울리는 모습으로 소파에 편안히 몸을 묻은 채 찬란하게 빛날 수 있는 70살 여성의 맞은편에 앉은 경험도 도움이 되었다.

34·
황금빛 드레스

2000년 12월호《보그》의 주제는 골드였다. 페이지마다 금색 물건과 활자로 채워졌고, 표지에는 은은하게 빛나는 깊은 금색 바탕에 케이트 모스의 옆얼굴 실루엣만 보였다. 길고 가는 목을 보여주기 위해 머리는 위로 올려 묶었다. 마음껏 뽐내는 풍요로움과 반짝이는 화려함은 다른 세상 같았다.

금박을 입힌 3천 파운드 의자와 가죽 장인 빌 앰버그Bill Amberg의 금색 가방, 마크 뉴슨Marc Newson이 디자인한 8,500파운드 금시계, 니겔라 로슨Nigella Lawson의 황금 리소토 조리법, 금 칵테일, 금팔찌, 심지어 금빛 순록까지 페이지 여기저기에서 등장했다. 그리고 당연히 금빛 드레스도 있었다. 다수는 그 당시에 유명했던 모델들이 입었는데, 레아 우드Leah Wood는 금색 스팽글 빈티지 드레스를, 톰 포드가 특히 좋아하는 조지나 그렌빌Georgina Grenville은 구찌의 실크 저지 미니 드레스를, 리버티 로스Liberty Ross는 특별 주문한 후세인 샬라얀의 드레스를 입었다.

　나는 《보그》에 있을 때 업적과 부, 신화, 역사 등 아주 다양한 것들을 요약해서 전달하는 수단으로 금색을 자주 사용했다. 물론 나만 이런 연상법을 활용하지는 않았다. 금은 물질 중 가장 강력한 힘을 가졌고, 우리 사회에서 아주 오랫동안 난공불락의 지위를 이어왔다. 생각해보면 이는 실로 놀랄 만한 일이다.

　금의 전성malleability, 열 전도체로서의 유효성, 보편적으로 인정되는 아름다움, 상대적 희귀성은 언제나 부의 정점에 선 금의 지위를 뒷받침해주는 강한 논거가 되었으나 그렇다고 해도 그 가치는 집단적 합의가 있어야만 인정된다. 고대 이집트는 금에 은보다 두 배의 가치를 부과했고, 지금까지도 금은 여전히 가장 안전한 투자 대상으로 여겨지고 있다. 이런 실용적인 차원이 아니더라도 금은 황금기, 황금시대, 셰익스피어의 로맨스극 『심벨린』의 비극으로 치달으나 금같이 귀한 젊은 남녀 등 계속해서 영광스러우며 비범한 무언가를 대표해왔다.

　일상생활에서는 금색 옷을 입은 모습을 보기 어렵다. 매일의 통근 시간에 보기 힘든 차림이다. 금색은 특별한 날을 위한 색이다. 이 평범하지 않은 옷을 입으려면 이런 색 옷을 입고 싶은 기분이 들어야 한다. 반짝이며 빛날 준비가 되어 있어야 한다. 유명 스타들이 줄지어 있을 때 당당히 돋보이게 해줄 수 있는 옷 색깔이다.

내가 지금까지 소유한 금색 드레스는 딱 두 벌이다. 그리고 이 두 벌 모두 《보그》에 일하던 시절에 구매했다. 첫 번째는 런던의 디자이너 에밀리아 윅스테드Emilia Wickstead가 나를 위해 디자인한 드레스로 런던 웨스트필드 쇼핑센터의 개관 파티를 주최했을 때 입었다. 금색의 화려함과 쇼핑센터의 특색 없는 외관 때문에 드레스와 공간이 분리된 느낌이었다. 그러나 그날 나는 이 옷을 선택했다. 행사 분위기를 살리는 방법으로 쇼핑센터의 평범한 현실을 위장하기 위해 제작 업체가 어두운 미로를 설치했고, 초대 손님들은 이곳을 빠져나와야 했다. 내 금색 시프트 드레스는 색깔이 너무 옅어서 거의 흰색에 가까워 보였으며, 실크 안감이 덧대어 있었다. 이 옷은 그 공간의 특성 때문에 특히 활용도가 좋았는데, 파티장의 조명이 어두워서 나를 찾기 더 쉽게 해주었기 때문이다.

또 다른 금색 드레스는 매우 다른 분위기의 파티를 위해 장만했다. 2015년 7월에 데이비드와 나는 이탈리아 제노바의 공항으로 마중을 나온 기사의 차를 타고 리구리아 해안의 호텔까지 이동했다. 호텔은 아름다운 포르토피노의 바닷가 항구 근처에 자리해 있었다. 포르토피노에는 이탈리아 디자이너 도메니코 돌체가 소유한 집 중 하나가 있었고, 그의 파트너 스테파노 가바나가 그해 여름의 알타 모다Alta Moda 패션쇼를 이곳에서 열기로 했다. 알타 모다 쇼는 화려한 연례행사가 되었고, 이 커플은 몇몇 언론과 많은 고객을 초대해 이들이 멋지고 값비싼 자신들의 맞춤옷을 주문하기를 바라며 호화로운 주말을 선사했다.

　이 나들이는 대접에 있어서 모자람이 없었다. 맛있는 식사와 쇼를 열었던 다양한 장소(타오르미나, 카프리섬, 베니스)를 탐험하는 시간, 환상적인 패션쇼. 그해 여름의 쇼는 목가적인 환상이 두 사람의 자유분방한 상상에 완벽하게 들어맞는 연극인 〈한여름 밤의 꿈〉에서 영감을 받았다. 해가 지기 시작하면서 관객은 바위가 깔린 길을 따라 언덕 꼭대기의 작은 공터로 올라갔다. 장난기 많은 소년 같은 모습의 작은 요정이 나무에 매달려 있고, 르네상스 시대의 복장을 한 남성들이 손님들이 지나가는 길 위로 꽃으로 장식한 아치 모양의 장식물을 들고 서 있었으며, 극도로 화려한 드레스를 입은 모델들이 무대 위를 행진했다. 요정 여왕 티타니아의 왕관을 쓰거나 천사의 날개를 단 모델들도 보였다.

　이런 패션쇼의 존재 자체는 2008년 금융 위기 이후에 엄청난 부자들의 세상이 다시 회복되는 선에서 그치지 않고 더욱 확장되었음을 보여주었다. 이 업계에서 가장 열광적이고 돈을 잘 쓰는 고객 중 다수가 과거에는 그다지 중요하게 여겨지지 않았던 새로운 지역에서 왔으며, 지금은 이들이 패션계의 성장에 연료를 공급하고 있다. 러시아는 이미 오래전부터 이 영역에 들어와 있었고, 중국과 중동도 마찬가지였다. 그리고 이런 지역에서 온 고객들은 언제나 알타 모다의 경험을 공유했다.

　이들 외에도 혼다 자동차 영업소를 소유하고 매년 떠나는 여행을 이런 파티에 참석하는 일정으로 채웠던 파타고니아 지방의 커플이나 공산주의가 붕괴된 지역의 증권을 전문으로 다루는 사업가와 그의 카자흐스탄 신부, 랭커셔주에서 작은 부품을 생산하는 제조업자와 그의 아내 같은 사람들도 있었다. 내가 일상을 공유하는 사람들과 다른 부류의 사람들이었지만, 부를 과시하는 이들의 노력은 내 흥미를 끌었다. 자신이 번 돈으로 여과되지 않은 즐거움을 마음껏 누리는 모습은 매우 인상적이었다.

일요일 저녁 만찬의 복장 규정은 금색이었다. 금색 드레스를 쉽게 구할 수 없었던 나와 다른 몇몇 사람들은 금색이 아니어도 괜찮으리라 생각했다. 그러나 아니었다. 돌체와 가바나는 금색을 원했고, 반드시 금색이어야 했다. 그림 같은 항구에 늘어서 있는 상점 중 일시적으로 알타 모다와 관련된 용품들을 판매하는 곳이 있었다. 포르토피노가 그려진 스카프와 토트백, 아이폰 거치대, 면 스커트. 모두가 휴가지 엽서를 떠올리게 하는 50년대의 화사한 색깔이었다. 금색 옷들도 줄지어 걸려 있었다. '두 소년'과 함께 일하는 시모나가 고대 로마 시대 골동품 동전 색깔의 몸에 딱 붙는 긴 민소매 드레스와 보석 장식이 들어간 굽이 없는 금색 샌들을 골라주었다. 그리고 이날 밤에 우리는 쾌속정에 올라타 카일리 미노그가 공연하고 금색 턱시도를 입은 돌체와 가바나가 춤을 추는 파티 장소로 이동했다. 이들이 바랐던 대로 이날 밤은 반짝반짝 빛났다.

조명에서 내뿜는 빛이 반사되어 금색 옷을 입은 사람들을 돋보이게 해주었는데, 이것이 이 색깔의 옷을 입으면 이상해 보이는 사람이 거의 없는 이유다. 금색 드레스는 승자를 상징하는 옷이다. 그래서 영국판《보그》에 2012년 올림픽의 폐막식 중 패션 분야를 소개하는 쇼를 만들어달라는 요청이 들어왔을 때 이 색깔은 당연한 선택이었다. 이 같은 프로젝트에서는 언제나 그렇듯이 우리는 위원회로부터 경기장에서 사용할 대형 사진을 찍는 데 필요한 예산을 받지 못했다.《보그》가 자금을 대야 했고, 물론 그렇게 했다.

우리는 사진작가 닉 나이트에게 이 프로젝트에 함께하자고 제안했다. 그가 (이 특정하고 애국적인 작업에 필요한 자격을 갖춘) 영국인이어서만은 아니었다. 거대한 경기장에서 사람들의 마음을 사로잡는 데 필요한 시각적인 힘과 강렬한 효과를 가지는 사진을 찍을 작가로서 그를 신뢰할 수 있었기 때문이다.

영국의 능력을 보여주는 무대였기 때문에 당시에 인기가 있었던 영국 모델을 섭외했다. 조지아 재거와 캐런 엘슨, 스텔라 테넌트, 데이비드 간디, 릴리 도날슨, 조던 던, 릴리 콜, 케이트 모스, 나오미 캠벨이었다. 이들은 이 행사를 위해 다양한 영국 디자이너가 제작한 금색 옷을 입고 등장했다. 기한이 촉박했고, 디자이너들은 마감일에 맞추기 위해 다른 모든 일을 중단한 채 이 프로젝트에 몰두해야 했다. 닉의 사진 촬영도 쉽지 않았지만 폐막식 날 밤에 무대에 오르기 위해 모델

들이 자신의 일정을 조정하고 세계 여기저기에서 런던으로
날아와야 한다는 점이 상황을 더욱 까다롭게 만들었다. 골치
아픈 수송 작전이었다.

케이트와 나오미가 모두 맥퀸의 옷을 입겠다는 주장을 굽
히지 않는 가운데 맥퀸의 디자이너 세라 버튼이 한 벌밖에 만
들 시간이 없다고 해서 곤란한 상황이 벌어지기도 했다. 이
문제가 어떻게 해결되었는지 기억나지 않지만, 결과적으로
세라가 마법처럼 두 번째 드레스를 기한 안에 만들어냈다. 스
텔라 테넌트는 크리스토퍼 케인의 글램록 스타일 바지 정장
을 입고 독특한 이미지를 연출했다. 이 옷은 그의 중성적인
외모에 잘 어울렸다. 붉은 머리의 릴리 콜은 에르뎀의 금빛
레이스로 제작된 드레스를 입고 매우 흥미로운 빅토리아 시
대의 분위기를 풍겼으며, 형식적으로 자리를 빛낸 남성 모델
데이비드 간디와 스티븐 존스가 디자인한 머리 장식을 쓴 조
던 던은 눈부셨다.

데이비드 보위의 노래 〈패션〉이 흘러나오는 가운데 닉이
찍은 흑백 사진들을 보여주는 거대한 광고판이 경기장 안으
로 실려 들어왔다. 또 움파룸파 같은 모습에 금색 헬멧을 착
용한 매우 기이한 악단도 등장했다. 사진 촬영과 폐막식 공연
을 위해 패션 디렉터 루신다 챔버스의 손을 거쳐 멋진 모습으
로 탄생한 모델들이 금빛 행진을 했다. 케이트는 맥퀸의 스팽
글 드레스를 입고 그만의 독특하고 도도한 분위를 풍기며 화
려하게 빛났고, 나오미는 튤로 만든 금가루가 뿌려진 망토를

걸치고, 높은 통굽 신발을 신은 채 누구보다도 돋보이는 아름
다움을 과시했다. 순도 100퍼센트의 금빛 향연이었다.

35.
보일러 수트

캐시는 대학 입학시험인 A레벨 시험을 준비하기 위해 학기 초반에 우리 학교로 전학을 왔다. 어느 날 아침에 캐시를 처음 보았을 때 그는 나무판을 붙인 도서관 벽 앞의 선반 의자에 앉아 있었다. 전학생이라 같은 학년 학생들을 많이 알지 못했으나 캐시는 이미 여학생 무리의 중심에 있었다. 길고 헝클어진 금발 머리에 천사처럼 희고 고운 얼굴을 가졌고, 넉넉한 파란색과 흰색 줄무늬 멜빵바지를 입고 있었다.

아름다움은 예쁨의 단조로움에서 그 이상으로 끌어올려 줄 한 점의 결함을 요구한다. 16세기 후반의 철학자 프랜시스 베이컨은 이렇게 말했다. '어느 정도의 기묘함을 가지고 있지 않으면 완벽한 아름다움이라고 할 수 없다.' 눈과 눈 사이가 먼 넓은 얼굴의 캐시는 40년 넘게 어떤 면에서 멜빵바지를 입은 모습의 전형으로 내 기억 속에서 남아 있었다.

내가 아름답다고 생각하는 여성 대부분은 캐시의 모습을

조금씩 가지고 있다. 내 눈에 아름다워 보였던 것과 별개로 행실이 지독히 나빴는데, 이것이 오히려 매력을 더해주었다. 모든 측면에서 가수 마리안느 페이스풀Marianne Faithfull을 떠올리게 한다. 우리 학교의 많은 학생이 그 당시에 같은 멜빵바지를 입었지만, 우리의 모습이 앤디 팬디Andy Pandy*를 닮았다면 캐시는 누가 보아도 섹시해 보였다. 펑퍼짐한 자루 같은 옷과 뒤틀린 순수함이 합쳐진 결과였다.

며칠 전에 나는 이번 시즌에 유행인 보일러 수트boilersuit**로 가득한 상점들을 돌아다니다가 캐시를 떠올렸다. 옷걸이마다, 마네킹마다 온통 보일러 수트 뿐이었다. 앞면에 지퍼가 달리고, 소매는 길며, 주머니를 바깥에 덧붙인 스타일이었다. 파란색과 검은색 데님, 회색 면, 카키색, 크림색 등 소재와 색깔도 다양했다. 점프 수트보다 더 실용적이고, 멜빵바지에서 한발 더 나아간 옷이다.

나는 보일러 수트를 사서 입고 싶은 마음이 굴뚝같았다. 이미 경험을 통해 어렸을 때는 물론 날씬했던 때도 이 옷이 내게 어울린 적이 단 한 번도 없었다는 사실을 잘 알고 있었지만 상관없었다. 나는 이 옷에 맞는 신체 비율을 가지고 있지 않다. 그러나 이런 이유로 시도조차 해보지 않을 내가 아니었다. 내게 어울리지 않는 이 옷을 열망하는 이유가 많은

---

* 영국 어린이 TV 프로그램의 주인공.

** 상하 일체형의 옷으로 원래는 작업복이었으며, 커버롤즈(coveralls)나 오버롤즈(overalls)라고도 불린다.

세월이 (심지어 수십 년이) 흘렀음에도 여전히 캐시처럼 보이고 싶은 마음이 내면 깊은 곳에 자리하고 있기 때문임을 깨달았다. 그리고 오늘날 보일러 수트를 구매하는 사람 중 대다수가, 사실 확신하건대, 보일러 수트를 사면서 바라는 모습이 그와 같은 모습임은 분명하다. 이들은 섹시하지 않은 섹시한 옷을 원한다.

보일러 수트는 우리를 감쪽같이 속인다. 이 옷이 몸매를 감춰준다고 생각하겠지만 사실은 그 반대다. 상하가 하나로 붙어 있으면서 큰 가슴은 더 커 보이고, 짧은 다리는 더 짧아 보인다. 그리고 결정적으로 중요한 점은 몸통의 너비가 아닌 깊이다. 몸이 보일러 수트에 꼭 맞지 않고 그 안에서 자유롭게 돌아다닐 수 있어야 한다. 또 이런 헐렁한 스타일을 멋지게 소화하려면 밖으로 드러나는 얼마 되지 않는 살이 매우 잘 관리되어 있어야 한다. 그렇지 않으면 대부분은 원하는 모습이 아닌 전쟁 당시 윈스턴 처칠이 입었던 모습에 가까워질 것이다.

개성 강한 패션 아이템으로 진화한 대부분의 실용적인 스타일과는 다르게 (석탄 보일러에 석탄을 넣을 때 입었던) 원형 보일러 수트를 입은 남성의 사진은 찾아보기 힘들다. 원래 이 일체형 옷은 옷 위에 덧입어 그을음이 피부에 묻지 않게 하는 특정한 용도로 만들어졌다. 이 옷은 실용적이었다. 이것이 다였다. 전시에 여성들이 입었던 보일러 수트도 마찬가지였다. 이 당시의 여성들은 이 옷에 가는 끈이 달린 지미 추 샌들을 신고, 가슴골이 드러나게 지퍼를 내리고, 소매를 접어 올린 다음에 파티에 가는 시대가 오리라고는 상상도 하지 못했을 것이다.

그러나 70년대 초반이 되자 실용적 의복은 세월의 흔적이 느껴지는 스타일로 여겨지면서 상류층과 도시로 흡수되기 시작했다. 한 번은 지휘자 레너드 번스타인Leonard Bernstein이 파티를 주최해서 작가 마이크 니컬스Mike Nichols와 릴리언 헬먼Lillian Hellman, 사진작가 리처드 애버던Richard Avedon, 영화감독 오토 프레민저Otto Preminger가 당시 미국의 과격한 흑인운동단체였던 블랙팬서Black Panthers 조직원들과 카나페 요리를 함께 먹었다. 이에 대해《뉴욕 매거진》에서는 '사교계의 급진적 성향: 레니의 파티Radical Chic: That Party at Lenny's'라고 제목을 붙였다.

이러한 급진적 성향은 유행하는 혁명집단이 부유한 뉴욕 시민과 식사를 함께 하는 움직임에서만이 아니라 사랑과 평화를 외쳤던 히피들의 이국적인 패션에 멜빵바지와 체크무늬 셔츠, 카키색, 닥터 마틴 신발 등 블루칼라의 작업복이 스며들면서 나타나기도 했다. 미국판《보그》가 고구마빵 요리법을 소개하는 등 아프리카계 미국인들의 소울 푸드에 대한 음식 칼럼을 연재했을 때도 마찬가지다.

가수 린다 론스태드Linda Marie Ronstadt는《롤링 스톤》의 표지에 레이스로 된 슬립 원피스를 입고 등장하기도 했지만, 한편으로는 군복 스타일의 보일러 수트를 입고 공연을 했다. 현대적인 여성복을 만드는 디자이너 이브 생 로랑은 사파리 재킷의 용도를 변화시켰다. 이 옷에 달린 많은 주머니는 고급 상점과 레스토랑이 있는 파리의 번화가 생제르맹 거리에서 살아남는 데 필요한 기본적인 생존용품을 담을 수 있게 디자인되었다. 60년대 후반 등굣길 지하철 승강장에 무리 지어서 모여 있는 스킨헤드족 소녀들이 하나같이 신고 있던 목이 길고 투박한 부츠는 묵직한 스타일의 끈으로 묶는 멋진 부츠로 변했다. 이 신발은 지금도 많은 사람이 애용한다.

페미니즘과 인종차별, 제국주의라는 주제에 관심이 있는 사람에게는 CNN이 최근 '테러리즘의 황금기'라고 부른 시대에 태어난 이 스타일이 안성맞춤이다. 서구 사회 전역에서 베트남 전쟁에 반대하는 격한 분노로 촉발된 시위와 가두 행진이 이어지는 동안 전 세계의 신문에는 폭력적인 좌파 단체들의 화질이 거친 흑백 사진들로 도배되었다. 특히 심바이어니즈 해방군Symbionese Liberation Army*에 납치되었다가 이들의 일원이 되어 총을 들었던 재벌 상속자 패티 허스트Patty Hearst나 독일 바더 마인호프Baader Meinhof** 범죄 조직을 창설한 울리케 마인호프Ulrike Meinhof 같은 여성들의 사진이 많이 실렸다.

그러나 이런 정치적인 복장은 언제나 피상적인 수준에 머물렀다. 정치와 패션은 편한 관계는 아니다. 수년이 흐른 뒤에야 한 시대의 옷이 그 시대의 정치에 어떻게 영향을 받았는

---

* 1970년대 초에 미국 캘리포니아주를 중심으로 활동하던 과격파 좌익 조직이다.
** 냉전 시대 서독의 극좌파 무장단체.

지를 볼 수 있을 뿐이다. 배우나 가수, 예술가, 작가와는 다르게 가장 유명한 패션 디자이너들은 자신들의 정치적 견해를 공개적으로 밝히기를 꺼렸다.

흔히 예술의 한 형태로 간주되는 패션계에 속하는 사람들은 (영화와 연극, 문학, 미술 등) 동일 범주에 속하는, 좀 더 적극적으로 행동하는 사람들과 다르게 공공연한 정치 행보를 보이지 않는다. 물론 자신의 작품을 통해 정치적 메시지를 전달하는 데 부담을 느끼지 않는 잘 알려진 디자이너들이 소수 존재한다. 언제나 자신의 의견을 밝히는 데 놀라울 정도로 주저함이 없는 비비안 웨스트우드와 한때 정치적 성향을 띠기도 했던 캐서린 햄넷이 여기에 속한다. 그러나 조르지오 아르마니와 랄프 로렌, 칼 라거펠트 같은 지난 세기의 가장 유명했던 디자이너 중 정치적인 발언을 한 사람은 찾아보기 힘들다. 심지어 근래에 새롭게 등장한 빅토리아 베컴과 스텔라 매카트니, 니콜라 게스키에르Nicolas Ghesquiere, 버질 아블로Virgil Abloh도 마찬가지다. 환경 보호와 관련해서는 관심을 드러내지만, 정치적 발언을 하는 모습은 보기 어렵다. 패션은 상업이다. 그리고 정치에 충성하는 모습은 분란을 가져온다.

최근의 쇼핑에서 내게 어울리는 보일러 수트를 찾는 데 실패하고 며칠 후, 한 결혼식에 참석했다가 늦은 시간에 다른 여성이 운전하는 차를 타고 집으로 가는 길이었다. 그는 옅은 분홍색 드레스를 입고 머리에 진주 핀을 꽂고 있었다. 내 또래로 나와 키도 비슷했지만, 더 날씬했다. 새 옷을 장만하고

싶다는 이야기를 나누다가 그는 최근에 멋진 실크 보일러 수
트를 찾았다고 말했다. 이 말에 나는 조금 신경이 쓰였다. 그
가 마음에 드는 보일러 수트를 찾아서라기보다는 내가 시도
해본 옷을 입고, 더 나아가 나와는 다르게 잘 소화할 수도 있
기 때문이었다.

그러나 살다 보면 마음을 비우고 받아들여야 하는 현실이
존재한다. 보일러 수트를 입은 내 모습은 끔찍한데 누군가에
게는 잘 어울린다는 사실은 길게 보면 중요한 일이 아니다.
그러나 이 문제만 놓고 보면… 뭐, 이야기는 달라진다.

36.
실내용 가운

2016년 초가을에 나는 북해가 내려다보이는, 서픽의 올드 버러 마을에 빌려 놓은 아파트로 향했다. 자동차에는 침구류와 모카포트, 내가 제일 좋아하는 목욕용 에센스, 보드카, 올리브 오일, 노란색 메모지, 휴대용 라디오, 그리고 이곳에 보관하며 주말에 머물 때마다 입을 옷이 든 여행 가방 2개를 실었다. 파란색과 녹색, 노란색 체크무늬 면 실내용 가운도 챙겼다.

나는 데이비드가 다음날 도착하기 전에 모든 준비를 끝내기 위해 혼자 차를 몰고 출발했다. 나와는 다르게 이 여행에 그다지 흥미를 느끼지 않았던 그의 눈에 매력적인 장소로 보이게 만들고 싶었다. 데이비드는 조약돌 해변이 있는 빅토리아 시대의 바닷가 마을로 벗어날 필요를 느끼지 못했지만, 나는 아니었다. 나는 바로 얼마 전에 영국판《보그》발간 100주년 기념과 관련해 힘든 프로젝트를 끝마친 상태였다. 영국 국립초상화미술관에서의 전시와 책, 패션 축제, BBC TV 다큐멘터리, 행사 만찬, 100주년 특집호. 이 모든 강도 높고 부담스러우면서도 스릴 넘치던 활동이 끝나자 인생이 조금 밋밋해 보였다. 그래서 무엇을 찾는지도 모른 채 다른 무언가를 찾아 헤맸고, 올드버러 마을의 아파트가 정답처럼 여겨졌다.

이곳에서 시를 쓰고, 수채화를 그리고, 기타를 연주하는 등 그저 유유자적한 시간을 보낼 계획을 세웠다. 내 직업과 연관이 없는 장소에서 오롯이 나로서 존재하고자 했다. 내 집이 아니어서 잡다한 집안일에서 해방이었다. 천장의 갈라진 틈과 페인트칠, 어떻게 해도 흡족하지 않은 거실 가구 배치는 신경을 쓸 필요가 없었다. 첫날 아침에 나는 실내용 가운을 두르고, 소형 가스레인지에 모카포트를 올려 커피를 만든 다음에 보온병에 담아 길 건너에 있는 조약돌 해변으로 걸어갔다. 그리고 자리를 잡고 앉아 수평선 너머에서 해가 떠오르는 모습을 감상했다. 해변을 따라 늘어서 있는 오두막에서 갈매기들이 그날 팔 물고기를 손질하던 어부가 던져놓은 물고기 조각 주변을 선회했다. 눈부시게 멋진 아침이었다.

내가 입고 있던 실내용 가운은 어머니가 생일 선물로 준 옷이었다. 내가 사달라고 했었다. 오래된 스타일로 중앙난방 장치가 생겨나기 이전에 보통은 남성들이 입었던 옷이다. 이들이 이 가운을 걸치고 양털 슬리퍼를 신은 채 아침 식사를 하기 위해 계단을 느릿느릿 걸어 내려오는 모습이 그려진다. 품이 크고 긴 허리끈이 있으며 주머니가 깊었다. 구름처럼 부드러우면서도 몸을 안전하게 보호해주었다. 내가 모은 많은 실내용 가운 중 하나였다.

실내용 가운은 인생의 환승 라운지라고 할 수 있다. 한 상태에서 다른 상태로 이동하기 전에 기다릴 때 입는다. 잠에서 깨어나 하루를 시작하기 전에, 목욕을 마치고 나와 옷을 입기 전에 입는다. 내 의견을 말하자면 아무리 많아도 부족하다. 이스탄불에 갔을 때 구매한 흰색 술 장식이 달린 밝고 연한 녹색의 수건 천으로 만든 가운이 있다. 디자이너 매슈 윌리엄 슨Matthew Williamson에게 수년 전에 받았던 등에 다채로운 나비 한 마리가 수놓아진 흰색 면 가운과 파리의 유명한 미술학교 보자르에서 열린 패션쇼에 가기 전 상점에서 급하게 구매한 인도의 어느 섬유 회사가 프로방스 면으로 제작한 가운도 있다. 그리고 최근에 내 수집 목록에 하나가 더 추가되었다. 두 꺼운 면으로 만들어진 짙은 파란색 바탕에 크림색 줄무늬가 들어간 기모노 스타일 가운이다. 이집트에 갔을 때 호텔 객실에 비치되어 있던 가운으로 집으로 가져갈 수 있게 하나 구매할 수 있는지 호텔에 물어보았다.

그러나 내가 여기서 이야기하고 싶은 옷은 체크무늬 실내용 가운이다. 나는 춥지만 상쾌한 아침에 얼음처럼 차가운 바다로 수영하러 갈 때와 급하게 종종걸음으로 따뜻한 아파트로 돌아올 때 이 옷을 입었다. 아침 신문을 사기 위해 자전거를 타고 시내 중심가로 짧은 산책을 다녀올 때 입기도 했다. 또 잠에서 깨어나 휴대용 라디오를 들고 느긋하게 부엌으로 갈 때, 그리고 거실로 이동해 건너편 기와지붕에 둥지를 틀고 새끼들이 나는 법을 가르치는 갈매기를 몇 시간이고 살펴보며 앉아 있을 때도 입었다. 이들이 날아오르기 위해 바람이 불어오는 방향을 바라보며 굴뚝 위에 서 있는 모습을 보았다.

나는 올드버러에서 마침내 내가 무엇을 찾고 있었는지 깨달았다. 바로 새로운 인생이었다. 그리고 이를 위해서는 《보그》를 떠나야만 했다. 어느 날 아침에 일어나서 갈매기들이 비행을 준비하는 모습을 지켜보다가 《보그》 없는 미래가 그때까지 생각했던 것처럼 암울하고 두려운 곳이 아닌 밝고 색다른 모험으로 채워질 준비가 되어 있는 빈 공간임을 깨달았다. 내가 저 갈매기들처럼 도약했을 때 올바른 방향을 향하고 있기를 바랐다.

올드버러에 처음 도착하고 3개월 뒤에 나는 사직서를 제출했다. 그리고 약 6주 뒤인 1월 말에 직원들에게 사임 소식을 알렸다. 나는 그 순간이 무서웠다. 마치 가족에게 등을 돌리고 떠나는 기분이었다. 이후 에드워드 에닌풀이 내 후임으로 발표되기까지 4개월이란 시간이 더 흘렀다.

봄이 되었을 때 파란색과 흰색의 아프리카 스타일의 무늬가 인쇄된 얇은 면 실내용 가운이 올드버러에서 아침을 함께했던 체크무늬 가운을 대신했다. 데이비드와 나는 그곳의 선명했던 빛을 사랑했다. 테니스를 치고, 마을에 있는 레스토랑 세 곳에서 돌아가며 식사하고, 거실에 있는 밑으로 꺼진 안락의자와 소파에 앉아 몇 시간씩 책을 읽고, 창가에 놓인 둥그런 작은 탁자에서 밥을 먹었던 소소한 일상을 사랑했다.《보그》를 그만둔 뒤에 이곳에서 주말만이 아닌 다른 시간을 어떻게 보낼 수 있을지 생각해보았다. 내가 이런 자유시간을 보내는 방법을 알았던가? 데이비드와 내 미래에 대해 수많은 대화를 나누던 중 그는 내가 자유시간을 얼마나 가치 있게 여기는지 생각해보라고 했다. 아무것도 할 필요 없는 시간이 내게 즐거움을 줄 수 있을까?

나는 내가 이런 생각을 해보지 않았다는 사실을 깨닫고 살짝 당혹스러웠다. 몇 년 전에 친구가 앞으로 무엇을 할지도 모른 채 일을 그만두지 말라고 조언한 적이 있었다. 그는 자신의 친구 4명이 그렇게 했다가 지금은 모두 알코올 중독자가 되었다고 말했다. 지역 술집에서 점심을 먹으며 로제 와인 한 잔을 주문할 때 문득 그의 말이 떠올랐다.

이 시기에 실내용 가운과 함께하는 내 삶은 매우 즐거웠다. 퇴직을 앞두고 혼란스럽게 전개되는 상황과는 반대였다. 상관에게 사직 의사를 밝혔을 때 그는 잠시 침묵하더니 의자에 등을 기대고 내가 떠나서 아쉽지만 놀라지는 않았다고 말했다. 사장인 조너선 뉴하우스는 내가 그만둔다는 이야기를 듣고 안타까워했으며, 대체할 인물을 찾을 때까지 최소한 6개월은 더 남아 있어달라고 부탁했다. 이들이 이 기간 안에 적임자를 찾지 못한다면 나는 더 오래 머물 수 있을까? 나는 그렇다고 말하겠다.

돌이켜 생각해보면 일단 내 후임자가 정해지고 난 뒤에

나는 곧바로 그만두었어야 했다. 상황이 복잡해지면서 떠나겠다고 했지만, 회사는 처음 합의했던 내용대로 6월까지 남아야 한다고 말했다. 그러나 그렇게 하기가 점점 더 어려워졌다. 새로 임명된 편집장은 전통적으로 정식 출근을 하기 전까지는 간부급 결정을 내릴 수 없다. 그러나 에드워드는《보그》에 출근하기 몇 달 전부터 의뢰와 고용, 해고를 할 수 있는 권한을 가졌다. 나는 그와 한 번 만나서 직원들의 담당 업무를 설명하고, 잡지사 운영에 대해 짧게 대화를 나누었다. 만남은 아무런 문제없이 원만하게 이루어졌기 때문에 나는 앞으로 벌어질 일을 준비하지 못했다.

차기 편집장으로 임명되었다는 소식이 발표되고 얼마 뒤에 그는《보그》에서 30년을 일했고 나와 함께 손발을 맞췄던 패션 디렉터 루신다 챔버스를 해고했다. 그때까지 책임자였던 나와 상의도 없이 그 후임자를 임명하고 발표했다. 그와 친분이 있는 모델들이 내가 퇴사하기 전 발간할 잡지의 사진 촬영에서 손을 떼기 시작했다. '소문'에 의하면 그가 이들에게 자신이 출근할 때까지 기다리라고 제안했다고 한다. 영국판《보그》가 '화려한 백인 여성들'로 채워진 곳이며, 그가 이들을 제거할 것이라는 이야기가 퍼졌다. 나뿐만 아니라 누구를 위해 일하는지, 얼마나 오랫동안 자리를 지킬 수 있을지 모르는 직원들에게도 매우 불쾌한 상황이었다. 이들 중 다수가 한 가족의 가장이었다.

이런 가운데 에드워드는 아직 편집장 자리에 앉아 있는

내가 자신에게 도움을 주지 않고 있으며, 떠난 뒤에 자신에게
해를 가하려고 한다고 느끼는 것 같았다. 25년간 이 잡지사
에서 일한 뒤에 일어나리라고는 상상도 해본 적 없는 악감정
의 씨앗이 뿌려졌다.

6월에 나는 마침내《보그》를 떠났고, 자유의 희열을 만끽
하며 여름을 보냈다. 따분한 일과와 의무, 퇴사하며 겪었던
끔찍한 경험에서 해방되었고, 출근을 위해 옷을 차려입지 않
아도 되었다. 나는 많은 시간을 실내용 가운을 입고 보냈다.
옷을 갈아입지 않아도 되는 상황에 즐거움을 느꼈다.《보그》
에서 챙겨온 상자들을 집에 마련 중인 내 사무실로 옮겨놓았
다. TV 시리즈 제안서 작성에 착수했고, 이 책의 집필을 생각
해보기 시작했다.

《보그》를 떠나기 얼마 전에 많은 유명인의 스타일을 맡고
있던 엘리자베스 살츠만Elizabeth Saltzman이 내게 프리랜서 삶의
위험을 경고했다. 바로 파자마에서 영영 벗어나지 못할 수도
있다는 것이었다. 그는 이런 상황을 반드시 피해야 한다고 말
했다. IT 분야 전문 프리랜서의 연락처를 건네주면서 '무조
건' 옷을 차려입으라고 강조했다. 그러나 이 시점에서(내 경
우는 파자마가 아닌 실내용 가운이었다) 옷을 차려입지 않은
상태로 돌아다닐 수 있다는 현실은 내게 축하할 일이었다. 할
일이나 갈 곳이 전혀 없었다는 의미가 아니다. 그저 성인이
된 이후로 처음으로 그렇게 할 수 있었기 때문에 상황을 마음
껏 즐겼을 뿐이다.

신기하게도 올드버러의 아파트를 떠날 때 깜박하고 가방
에 챙겨 넣지 않은 물건이 하나 있었다. 바로 체크무늬 실내
용 가운이었다.

37.

네이비색

네이비색 옷을 입는 십 대를 본 적이 있는가? 아마도 없을 것이다. 네이비색을 입는 사람들은 따로 있다. 중년도, 노년도 아니지만 젊지도 않은, 주변 사람들의 영향을 받지 않으면서 자신만의 길을 따라 인생을 여행하는 사람들의 색이다. 이런 이유로 네이비색은 가장 안심이 되는 색이다. 자신을 잘 알고 있고, 깜짝 놀라게 하거나 매복 공격을 하지 않으며, 최선의 방식으로 안전을 보장한다. 적어도 나에게만큼은 언제나 그랬고, 그래서 나는 네이비색 옷을 입는다. 그것도 매우 자주.

네이비색은 내가 정말로 아무것도 입고 싶지 않은 날 선택하는 색이다. 아직 잠에서 헤어 나오지 못했을 때, 그날 하루가 어떻게 흘러갈지 모를 때 선택하기 가장 좋다. 당신과 당신 마음속에 엉켜 있는, 각각이 분명한 시작은 있으나 끝은 없어 보이는 문제들은 놓아두고 세상이 알아서 돌아가게 내버려 두고 싶은 그런 날들이 있다. 이럴 때 네이비색은 친절을 베푼다. 의류계의 성 크리스토퍼다. 여행자들의 수호성인처럼 우리가 하루를 헤쳐 나가는 데 언제나 도움을 준다.

네이비색은 아주 화려한 패션 사진에 잘 등장하지 않는다. 그러나 기본적인 스타일의 중심에 있다. 예를 들면 네이비색 바지에 흰색 셔츠나 줄무늬 티셔츠를 함께 입은 모습을 상당히 자주 목격할 수 있다. 또 바다의 느낌을 담은 마린 룩과도 두말할 필요 없이 잘 어울린다. 흔해서 그다지 놀랍지 않을 정도다. 아마도 이때는 통이 넓은 세일러 팬츠sailor pants와 멋스럽고 경쾌한 모자로 멋을 낼지도 모른다. 또는 배와 관련된 무언가가 장식으로 들어가 있을 수도 있다. 닻이 좋은 예다. 네이비색은 아침에 먹는 시리얼처럼 기본적인 색이다. 가지고 있으면 마음이 든든해진다. 또 나이가 들어 보이지 않는 스타일에서 신뢰할 수 있는 요소다. 젊은이들이 네이비색을 선택하는 경우는 드물다. 그러나 나이가 들어 보이지 않는다는 말은 더는 젊지 않다는 말의 완곡한 표현이기 때문에 이는 중요하지 않다.

실제로 패션을 이야기할 때 나이가 들어 보이지 않는다는 표현은 혼란을 낳는다. 이 말 자체가 이미 나이를 암시하고 있기 때문이다. 멋에 실용성을 더한 스타일인 유틸리티 시크utility chic나 보헤미안 스타일, 파워 드레싱 같은 표현은 나이와 무관하다. 그러나 나이에 구애받지 않는 에이지리스 시크ageless chic는 어떤가? 우리는 이 표현이 무엇을 의미하는지 안다. 형광 분홍색 튤 치마를 입으면 괴짜로 보이는 나이가 되어서도 여전히 괜찮은 모습을 유지할 수 있는가이다. 그러나 괴짜 패션을 고수하는 나이 든 여성들을 보고 멋진 스타일을 가졌다고 생각하는 경우가 많다는 사실은 놀랍다. 80세가 넘어서 어울리지 않는 옷을 입고는 이상하게 보일수록 더 멋지다고 생각하는 것은, 완전히 다른 생태계에서 사는 사람들 같다.

이런 행동은 네이비색과 무관하다. 네이비색은 이상하게 보이지 않기 위해 선택하는 색이다. 이상함과 네이비색은 극과 극에 위치한다. 어쩌면 내가 그 색을 좋아하는 이유가 내 최고의 원피스가 네이비색이었기 때문인지도 모른다. 내 2살 생일파티 때 입은 원피스였다. 네이비색 포플린 천에 옅은 분홍색 장미 자수가 드문드문 장식되어 있고, 목 부분에 옅은 분홍색 띠가 있으며, 살짝 부풀린 짧은 퍼프 소매였다.

아주 어린 나이에도 나는 이 어두운 파란색이 나와 내 친구 대부분이 파티에서 주로 입었던 옷 색깔과 다르다는 점을 인식했다. 이때는 흔히 연한 분홍색이나 파란색, 노란색, 흰색을 입었다. 많은 다홍색 실크 리본 장식이 달려 있던 내 예쁜 흰색 원피스는 욕조 위, 나무로 된 빨랫줄에 걸려 있다가 떨어져 피가 번진 것처럼 사망했다. 그리고 다시는 이 원피스를 입지 못했다.

이후로 내 인생은 네이비색 금지였다. 대다수 십 대들이 네이비색을 좋아하지 않는 이유는 교복에 너무나 자주 사용되기 때문이다. 그래서 인간의 능력으로 할 수 있는 한 빠르게 벗어나야 한다. 그리고 고등학생이 된 이후에는 교복을 입지 않아서 이 시기에는 내 인생에서 네이비색이 발붙일 자리가 없었고, 내가 따라 했던 히피와 글램 록, 프로토 펑크proto-punk* 패션에서 어떠한 역할도 하지 않았다(뭐, 후자는 형광색과 망사 스타킹 정도가 다였다. 옷핀을 주렁주렁 달거나 검은색 쓰레기 봉지를 뒤집어쓰는 스타일은 나와 거리가 멀었다).

그러나 80년대 중반에 《선데이 텔레그래프》에 일자리를 얻었을 때 나는 고급 의류 브랜드인 조셉Joseph에서 짧은 스트레이트 치마와 허리가 살짝 잘록하게 들어간 재킷으로 구성된 네이비색 정장을 구매했다. 직장에서 전문가다운 모습으로 보이고 싶어서이기도 했지만, 조셉에서 새 옷을 사고 싶은 마음도 한몫했다. 이 브랜드는 그 자체로 사우스 켄싱턴에 있는 조스 카페에 갔다면 당연히 생선살에 으깬 감자를 섞어 만든 피시케이크를 주문해야 한다는 사실을 아는 세련된 도시인의 일원임을 증명해주었다. 이 옷이 내가 샀던 첫 네이비색 재킷이었고, 이후로 많은 네이비색 재킷을 구매했다.

네이비색은 검은색과 다른 명확한 특성이 있다. 두 색깔 모두 배경이 되어주면서 입은 사람을 돋보이게 하는 특징이 있지만, 네이비색에는 검은색이 가지는 극적인 성질이 없다. 주연이라기보다는 조연이다. 수년간 《보그》에서 내 부편집장으로 일했던, 지금은 세상을 떠난 애나 하비는 군더더기 없는

---

* 1960년대와 70년대 중반에 등장한 록 음악으로 펑크록 음악에 영향을 주었다.

취향을 가진 명예로운 여성이었고 사과의 말이 없이 문장을 시작하거나 끝내는 경우가 드물었다. 당연히 정말로 사과해야 할 일을 저질러서 하는 말이 아니었다. 그는 많은 면에서 매우 뛰어난 인재였다. 그리고 네이비색 옷을 즐겨 입었다.

루치안 프로이트Lucian Freud가 그렸을 법한 모습이라고 생각하는 여성들은 모두 네이비색 옷을 입는다. 이 화가는 특정 유형의 여성들에게 주로 매료되었다. 호기심을 자아내는 허무한 표정과 창백한 피부, 모호한 색깔의 자연스럽게 풀어헤친 머리를 하고 있다. 조금도 과시하거나 드러내는 기색이 없는 이런 여성들의 외모는 누드화를 그릴 때 신체를 더욱 과감하게 표현할 수 있게 해준다. 이런 여성들은 흔히 네이비색 치마에 크루넥 상의, 남성적인 외투를 입고 플랫슈즈를 신은 모습일 것이다. 교복과 매우 흡사하다. 프로이트의 여성 중에서 강렬한 분홍색 옷을 입은 여성은 보이지 않는다.

이들은 제멋대로 늘어뜨린 머리와 작은 가슴, 사내아이 같은 체형을 가진 제인 버킨Jane Birkin과 같은 특성을 공유한다. 그는 청바지와 셔츠를 입은 모습을 예술로 승화시켰다. 그리고 그가 찍힌 사진에는 네이비색이 자주 등장한다. 심지어 가끔은 정교하게 제작한 파티 드레스를 입고도, 맨발만 남기고 다 벗은 모습처럼 스타일을 연출할 줄 안다. 네이비색 크루넥 스웨터를 애용하는 알렉사 청도 마찬가지다.

네이비색이 가진 단조로움은 자신을 명확히 규정하고 싶지 않을 때 이상적이다. 자신의 외모가 어떠한 결과로 이어지기를 바라지 않을 때를 예로 들 수 있다. 내가 《보그》를 떠난다고 발표했을 때 친구가 리더들에게 조언을 해주는 경영자 지도 단체에서 무료 상담을 받아보라고 권했다. 나는 이들이 무슨 말을 해줄지 궁금해하며 주저하지 않고 승낙했다.

공교롭게도 이들과 만나기로 한 날은 《보그》에서 내 후임자를 발표한 다음 날이었다. 내 예상보다 정서적으로 더 힘들었던 시간이었다. 다음은 2017년 4월 11일에 작성한 일기의 내용이다.

많은 사람이 내게 힘들 것이라고 말했는데 실제로
그랬다. 그러나 그 이유를 알 수 없었다. 어쨌든 나는
사직했다. 언제든 누군가가 내 자리를 차지할 것이다.
그러나 이것은 작은 죽음일 뿐이겠지. 오늘 밤, 사직이
미래로 발을 내딛는 첫걸음임을 깨달았다. 이 순간이
나와 《보그》의 끝의 진정한 시작이다. 사람들에게
퇴사를 알렸을 때 좋은 말을 많이 들었지만, 새 왕이
발표된 지금 이것이 저격수들에게는 줄을 대는
기회임을 이제는 깨달았다.

상담을 받는 날 나는 지나치게 상투적인 패션계 종사자의 모습이 아닌 전문가처럼 보이기를 바라며 네이비색 카디건과 내가 소유한 많은 네이비색 양모 코트 중 하나를 골라 입었다. 그리고 이들의 사무실로 차를 몰고 갔다. 약속 시간은

아침 7시 30분이었다. 연한 미색의 벽에 사진들이 걸려 있고, 유리로 된 커피 탁자와 회색 소파가 놓여 있는 사무실은 내가 상상하는 영국 정보기관 MI6의 고급스러운 은신처의 모습과 비슷했다. 건물 밖의 거리는 조용했다. 이곳에서 일하는 사람들이 어떤 사람인지에 대한 단서가 전혀 없었다.

맞은편에 앉은 남성 2명이 내가 회색 소파 하나에 앉는 동안 나를 면밀히 관찰했다. 새로 임명된 편집장에 대한 내 생각과 퇴사하는 기분이 어떤지를 물어볼 때는 심문을 받는 기분이었다. 이들은 한 가지 역할을 25년간 맡으면 제도에 너무 익숙해지기 마련이라고 말했다. 그래서 《보그》라는 울타리 밖에서 내가 만나는 사람들이 나를 어떻게 보는지에 대해 모를 것이라고 했다. 나의 가장 큰 위험이 한 가지 일을 너무 오래 해서 이 일을 그만두었을 때 어떻게 해야 하는지를 제대로 알지 못하는 것이라고 경고했다.

'퇴사에 관해 한마디 해달라는 언론의 요청을 받으면 뭐라고 말할 건가요?' 한 명이 나를 날카롭게 쏘아보며 물었다. 나는 새로운 삶을 시작해서 매우 흥분되고, 새 편집장이 임명되어 기쁘다고 말하겠다고 답했다. '아니에요. 그렇게 말하면 안 됩니다.' 그가 강한 어조로 반대했다. '아무 말도 하지 마세요. 그리고 무슨 말을 하려거든 부정적으로 말하지 마세요.' 나는 내 대답이 부정적이라고는 조금도 생각하지 않았다. 그러나 그날 이후 지금까지 내가 무언가를 배웠다면 그것은 그들이 옳았다는 점이다. a) 침묵은 명백히 가장 안전한

전술이다. b) 내가 하는 모든 말이 부정적으로 해석될 좋은 기회를 제공한다. c) 나는 침묵하는 능력이 없다.

내 앞날에 예상되는 끔찍한 위험을 걱정하며 김이 빠지기는 했으나 조언에 감사하며 사무실을 나왔다. 몇 주 후에 이들은 내게 설문지를 작성해 달라고 요청했다. 그러면서 이것이 내가 앞으로 인생을 살아가면서 결정을 내리는 데 도움을 줄 것이라고 했다.

내 강점과 약점을 평가한 결과가 내게 전달되었다. 이들의 분석에 따르면 나는 집단으로 일하기 좋아하며, 타인의 지지가 필요하고, 근무 환경에 신경을 쓰는 사람이었다. 나는 이 결과가 상당히 흥미롭다고 생각했다. 그러나 그날 저녁에 데이비드에게 평가 결과를 신나게 들려주었을 때 그는 내가 왜 이 정보가 스스로를 이해하는 데 도움이 된다고 여기는지 모르겠다고 말했다. 평가 결과는 그저 내게 가장 잘 맞는 직업을 내가 지난 25년 동안 해왔으며, 그만두기로 선택한 일임을 증명해줄 뿐이었다. 그는 항상 일을 그만두는 것은 어리석은 짓이었다고 말했다.

이후로 거의 3년이라는 세월이 흘렀다. 그리고 나는 이전과 마찬가지로 네이비색 옷을 즐겨 입는다. 취약하게 느껴지거나 약간의 지지가 필요할 때 지금도 여전히 마음이 향하는 색깔이다. 현재 옷장 안에는 26개의 네이비색 옷이 자리를 차지하고 있다. 속옷은 제외한 개수다.

38.

액세서리

어느 날 아침, 화장대 앞에 앉아서 타원형 거울을 바라보았다. 나는 언제나 화장대를 좋아했다. 그래서 몇 년 전에 지역 중고 상점에서 이 화장대를 우연히 발견했을 때 정말로 기뻤다. 화장대는 매우 문명화된 가구다. 한쪽 다리가 망가져서 살짝 기우뚱한 내 것조차 예외가 아니다. 그러나 이날 아침의 문제는 화장대가 아니었다. 나는 지독한 숙취에 시달리고 있었다. 왜 그랬을까? 이 질문이 머릿속을 떠나지 않았다. 전날 밤에 마지막 두 잔의 유혹에 넘어가고 말았다. 물론 당시에는 두 잔을 더 마시는 것이 끝내주는 생각 같았다. 그때는 이 아침이 한 생애만큼 멀게 느껴졌다.

새로운 아침이 밝았다. 조금 뒤에 나와 함께 작업하는 일에 관심을 보인 남성을 만나야 했다. 이후에는 전시와 관련해 짧은 TV 인터뷰를 찍기로 했다. 거울 속에서 나를 바라보고 있는 여성의 모습으로는 불가능했다. 나를 최소한 제 기능을 하는 사람으로 보이게 만들 필요가 있었다.

　이 옷 저 옷을 맞춰보았지만, 좀 전에 마신 커피가 속을 뒤집어 놓았듯이 효과가 없었다. 술에 덜 깬 모습을 더욱 초췌해 보이게 만들 뿐이었다. TV 인터뷰를 앞두고 나는 아주 단순한 네이비색 원피스를 입고 있었는데, 지나치게 생기가 없어 보였다. 그래서 누가 보아도 칙칙하고 어두워 보이는 모습에 밝고 빛나는 요소를 더하기 위해 목걸이를 착용했다. 그러자 어느 수준까지 원하던 목적을 달성할 수 있었다. 최소한 나는 그렇게 믿었다.

　장신구는 스타일을 살리고 공적을 드러내는 데 굉장히 유용하게 쓰인다. 내가 송별 선물로 《보그》의 기록보관소에서 인쇄물 한 장을 선택할 수 있었을 때 장신구가 주인공인 그림을 고른 이유가 이것이다. 고를 수 있는 패션 사진이 말 그대로 수천 장 보관되어 있었지만, 많은 법석을 떤 후에 내 마음을 사로잡은 한 장은 미국판 《보그》의 1943년도 호에 실린 삽화였다. 당시에 《보그》가 사랑했던 삽화가 칼 에릭슨Carl Erickson의 작품으로 어느 여성이 저녁 외출을 위해 준비하는 모습을 묘사하고 있다. 물론 이는 어디까지나 그림을 보고 떠오른 내 상상이었다. 파스텔과 잉크로 그린 이 이미지는 내가 항상 《보그》와 연관시켰던 전통적인 화려함과 우아함, 현실 도피를 대변했다.

　이 삽화는 여성의 뒷모습을 보여준다. 목에 단단히 둘러져 있는 두 줄의 커다란 진주 목걸이에 이목을 집중시키기 위해 머리카락을 위로 올렸다. 얼굴을 볼 수는 없지만, 손톱에는 어두운 붉은색 매니큐어가 칠해져 있고, 우리 눈에는 보이지 않아 상상에 맡길 수밖에 없는 귀걸이를 착용하고 있다. 어떤 스타일일까? 귀밑에서 달랑거리는 다이아몬드 귀걸이일까? 그는 다이아몬드를 좋아할 사람처럼 보인다. 결혼반지를 끼는 손가락에 각진 부분을 깎아 표면을 둥글게 세공한 거대한 다이아몬드 반지를 끼고 있다. 이 시대의 양식을 잘 보여주는 아주 멋진 액세서리로 잡지에는 이런 설명이 적혀 있었다. '그녀에게 진주를 선물하자…별생각 없이 착용하는 특색 없는 한 줄짜리 작은 목걸이가 아닌 이것처럼 아주 커다란 것을.'

이 그림을 보면 이 여성이 화려한 삶을 살고 있다고 짐작해볼 수 있다. 보라색 드레스의 멋진 목선과 (고급스러운 안목과 지위, 우아함을 보여주는) 최고 수준의 엑세서리가 이를 증명해준다. 삶에서 가질 수 있는 훌륭한 것들이다. 삽화의 설명처럼 여자가 이것들을 직접 구매하지 않았을 가능성이 크다. 이 시기는 1943년이었고, 당시의 사정은 지금과 달랐다. 그는 자신의 상황에 아무런 불만 없이 행복하다. 목걸이를 선물로 받았다는 사실 자체가 일종의 성공을 의미했을 것이다. 이를 통해 사람들이 자신을 어떻게 생각하기를 바라는지를 표현하고 있다.

이것이 보석의 본질이다. 우리가 착용하는 모든 아이템 중 보석 액세서리만큼 큰 효과를 가지는 것은 거의 없다. 이것은 (트로피, 사랑의 정표, 뇌물, 신분의 상징, 투자, 행운의 부적, 가보 등) 여러 가지 일을 척척 처리하는 유능한 '멀티태스커'다. 이 세상의 거의 모든 영역에서 놀라운 변화가 일어났지만, 액세서리는 예나 지금이나 상당히 동일한 목적으로 사용된다.

원시시대의 남성은 자신의 성적 매력을 높이고, 뱀부터 사악한 영혼까지 온갖 재앙으로부터 보호하기 위해 장신구를 걸쳤다고 한다. 클레오파트라는 자신을 흠모하는 남성들과 경쟁자들을 유혹하기 위해 (에메랄드에 특별한 애정을 품으면서) 몸뿐만 아니라 집도 보석으로 치장했다. 그는 보석으로 자신의 어마어마한 부와 지위를 과시했다. 율리우스 카이사르는 오직 가장 고귀한 신분의 여성만이 진주를 착용할 수 있다고 규정했다. 진주는 로마에서 가장 가치가 높은 보석이었다. 장신구는 개인뿐만 아니라 우리를 바라보는 타인에게도 어떤 의미를 지닌다. 장신구는 아주 오랜 세월 동안 모두가 이해하는 화폐였다.

사람들 대다수가 자신이 모아온 다양한 종류의 액세서리를 가지고 있다. 금전적 가치가 큰 것들이 많지 않을지라도 그건 중요하지 않다. 귓불에 딱 맞게 끼우는 스타일이나 고리 모양의 귀걸이, 수년에 걸쳐 모은 팔찌, 언젠가는 고치려고 마음먹고 있던, 금속이나 유색 보석이 떨어진 목걸이가 있을 것이다. 어떤 날을 위해 누군가가 만들어주었거나 감상에 젖게 만드는 유물처럼 우리에게 (장식용이나 물질적 부를 보여주는 용도를 훨씬 뛰어넘는) 의미 있는 특별한 것도 있다. 잃어버렸을 때 가장 가슴 아픈 액세서리는 누군가로부터 물려받은 것인 경우가 흔하다. 할머니의 브로치나 어머니의 시계, 약혼반지 등이 그렇다. 이들은 지금의 나를 만든, 오랜 세월 쌓여온 개인적인 기억과 유대감과 관련이 있기 때문이다. 강도에게 도둑맞기라도 하면 마음이 찢어지는데, 도둑에게는 별로 가치가 없으나 우리에게는 엄청난 정서적 가치를 지니고 있다.

내 수집품은 대단하거나 굉장한 가치를 지니지는 않았지만, 역사의 조각들로 채워져 있다. 화장대 위에는 향수에 젖게 만들기만 할 뿐인 싸구려 장신구를 담아둔 상자 몇 개가 놓여 있다. 이들 중 대부분은 수년간 한 번도 착용한 적이 없지만, 차마 내 손으로 버릴 엄두조차 내지 못한다. 예를 들면 그리스에서 산 파란색과 흰색 유리 팔찌와 니켈로 만든 곰돌이가 달린 목걸이가 있다. 남자들에게 받은 선물도 있다. 검은 구슬들을 엮은 가는 팔찌나 옥으로 만든 작은 부엉이가 매달려 있는 오래된 골동품 석류석 목걸이, 아르 데코 스타일의 녹색 보석 귀걸이 등은 받을 당시에는 큰 의미가 있었으나 지금은 내가 생각했던 것보다 감동적이지 않다.

반대로 40년 넘게 내 왼쪽 손목을 떠난 적이 없는 값싼 팔찌도 여러 점 있다. 나바호족이 만든 평평하게 엮은 모양의 은팔찌와 신화에 나오는 기이한 동물의 머리가 달린 값싼 인도 브랜드 팔찌가 여기에 속한다. 또 외할아버지가 내게 준

뱀 모양의 은팔찌도 있었는데, 캠든 마켓의 간이 탈의실에서 잃어버리기 전까지 항상 착용했었다. 나는 시각장애인이었던 할아버지가 뱀의 비늘과 머리를 손으로 만지며 그 형태를 느껴보는 모습을 상상하기를 좋아했다.

나바호족 팔찌와 인도 팔찌를 차고 다니는 이유는 무엇일까? 예뻐서가 아니다. 누가 주었는지 더는 신경을 쓰지 않아서도 아니다. 내 몸과 하나가 되었다는 표현이 더 어울린다. 행운의 부적이다. 공항의 보안 검색대를 통과하다가 경보가 울릴 때를 제외하면 나는 이들이 내 손목에 채워져 있다는 사실조차 인지하지 못한다.

이제 진짜 주인공들을 이야기할 차례다. 내 대모인 토니가 준, 작은 사각형 다이아몬드 장식이 있는 반지는 내 왼손 새끼손가락에 항상 있다. 토니는 남아프리카의 다이아몬드 산업계 거물과 결혼했고, 이혼 후 한참 뒤에 그가 선물한 목걸이를 작은 조각들로 분해해서 반지를 만든 다음에 대녀들에게 각각 나누어 주었다.

또 내가 태어났을 때 아버지가 어머니에게 선물한, 금과 토파즈로 제작된 목걸이도 있다. 섬세하고 가는 줄이 거미줄처럼 연결되고, 내 탄생석인 옅은 장밋빛 토파즈 12개가 박혀 있다. 내 아들이 태어났을 때 어머니는 처음 선물 받았던 그대로 새틴 안감이 덧대어진 검은색 가죽 상자에 담겨 있는 이 목걸이를 내게 물려주었다. 그리고 나는 아마도 때가 되면 아들과 함께할 여성에게 다시 물려줄 것이다.

　　더 최근에 받은 보석 장신구도 있다. 색이 바랜 희미한 비취색 벨벳 상자에 담긴, 상트페테르부르크의 보석상인 니콜라이 린든Nikolai Linden이 제작한 다이아몬드와 백금으로 만든 목걸이다. 내 60세 생일에 여동생 니키가 준 선물이었다. 러시아 브랜드를 선택한 이유는 캐나다로 이주해 새 삶을 살기 전에 이곳에서 태어난 외할머니 에셀과 연관이 있었다. 린든의 상점은 넵스키 대로에 자리했다. 그는 명성이 더 자자했던 러시아 보석상인 파베르제와 함께 작업하고, 페르시아의 샤shah*와 몬테네그로와 불가리아의 왕자, 루마니아의 왕을 위해 보석 장신구를 제작한 것으로 알려져 있다. 내가 소유한 역사적으로 가장 흥미로운 장신구임은 분명하다.

　　마지막으로 가늘게 늘어지는 귀걸이가 있다. 《보그》를 떠날 때 회사에서 준 후한 선물이었다. 나를 위해 캘리포니아의 보석상인 수전 포스터Susan Foster에게 의뢰해 제작했으며, 18캐럿 금과 화이트 골드, 녹색 전기석과 다이아몬드, 천연 샴페인 지르콘이라고 불리는 광물로 이루어져 있다. 또 귀걸이 한 짝마다 뒷면에 순금으로 대문자 A가 내 손 글씨체로 장식되어 있어 감동을 더했다. 이 귀걸이는 어떠한 기억이나 역사를 담고 있지 않다. 이건 내 앞날에 행운을 빈다는 표시였다. 이들은 그저 아름답고 화려하며 우아하고 유일무이하다. 내가 인생의 큰 부분을 차지했던 《보그》와 연관시켰던 모든 특

---

*　왕 또는 지배자라는 의미를 가진 페르시아어.

성이다. 우리 집 벽에 걸려 있는 칼 에릭슨의 삽화를 보면 계
속해서 떠올리게 되는 특성이기도 하다.

감사의 글

이 책의 집필에 참여한 모든 사람에게 감사의 말을 전한다. 특히 시작부터 내게 용기를 주고, 많은 영감을 불어넣어준 어머니 드루실라에게 감사한다. 내 지지자이자 생각의 형태를 잡아나갈 수 있게 도와주고, 집필 내내 원동력을 주었던 내 에이전트 42mp의 유지니 퍼니스Eugenie Furniss에게 큰 고마움을 전한다. 옥토퍼스 출판사의 앨리슨 스탈링Alison Starling은 지치지 않는 열정과 이해심을, 크리에이티브 디렉터 조너선 크리스티Jonathan Christie는 끝없는 인내심을 보여주었다. 또 귀중한 정보를 준 엘라 파슨스Ella Parsons와 사진 작업을 맡아준 줄리아 헤더링턴Giulia Hetherington에게 감사한다.

루이즈 춘Louise Chunn은 중요한 단계에서 원고 작업에 도움을 준 독자였고, 데이비드 젠킨스David Jenkins는 끊임없이 의견을 묻는 내게 답해주고, 내 반응을 받아주었다. 내 통곡의 벽이 되어준 그에게 마르지 않는 고마운 마음을 전한다.

참고문헌

이 책을 집필하는 과정에서 다른 작가들의 작품을 참고했다. 직접 인용을 한 경우 그 출처를 본문에 포함했다. 그러나 이 외에 내게 영감을 주거나 즐겁게 읽은 글도 여기에 소개한다.

'Black', Alexander Theroux, *Paper Airplane*, Conjunctions:30, Spring 1998

Black in Fashion, Valerie Mendes, V&A Publications, 1999

Black in Fashion: Mourning to Night, National Gallery of Victoria, 2008

Clothing: A Global History, Robert Ross, Polity, 2008

Costume and Fashion: A Concise History (Fifth Edition), James Laver, Amy de la Haye and Andrew Tucker, Thames & Hudson, 2012

Dress and Globalisation, Margaret Maynard, Manchester University Press, 2004

Dressed: The Secret Life of Clothes, Shahidha Bari, Jonathan Cape, 2019

Floury Fingers, Cecilia H Hinde, Faber & Faber

Glam! An Eyewitness Account, Mick Rock, Omnibus Press, 2013

History of Hosiery: From the Piloi of Ancient Greece to the Nylons of Modern America, Milton N Grass, Fairchild Publications, 1955

How to Read a Dress: A Guide to Changing Fashion from the 16th to the 20th Century, Lydia Edwards, Bloomsbury Visual Arts, 2017

I Feel Bad About My Neck: And Other Thoughts On Being A Woman, Nora Ephron, Doubleday, 2006

Indigo: Egyptian Mummies to Blue Jeans, Jenny Balfour-Paul, British Museum Press, 2011

Jackie Style, Pamela Clarke Keogh, Aurum Press Ltd, 2001

Jeans: A Cultural History of an American Icon, James Sullivan, Gotham Books, 2006

Lady Behave: A Guide to Modern Manners, Anne Edwards and Drusilla Beyfus, Cassell & Company Ltd, 1957

'My Life as a Girl', Stephanie Burt, *The Virginia Quarterly Review*, 88(4), 2012

'"None but *Abigails* appeared in white aprons": The Apron as an Elite Garment in Eighteenth-Century England', Elizabeth Spencer, *Textile History*, 49(2), 2018

'Radical Chic: That party at Lenny's', Tom Wolfe, *New York Magazine, June 1970*

Read my Pins: Stories from a Diplomat's Jewel Box, Madeleine Albright, HarperCollins, 2009

'Snow', Louis MacNeice, *Collected Poems*, Faber & Faber, 2007

The Art of Dress: Clothes and Society 1500–1914, Jane Ashelford, The National Trust, 1996

The Blessing, Nancy Mitford, Hamish Hamilton, 1951

The Female Eunuch, Germaine Greer, MacGibbon & Kee Ltd, 1970

The Language of Clothes – Alison Lurie, Hamlyn, 1983

The Psychology of Clothes, J C Flügel, Hogarth Press, 1930

The Secret Lives of Colour, Kassia St Clair, John Murray, 2016

The Thoughtful Dresser, Linda Grant, Virago, 2009

The White Album, Joan Didion, Weidenfeld & Nicolson, 1979

This is not Fashion: Streetwear Past, Present and Future, King Adz and Wilma Stone, Thames and Hudson, 2018

Vogue on: Hubert de Givenchy, Drusilla Beyfus, Quadrille, 2013

Vogue on: Coco Chanel, Bronwyn Cosgrave, Quadrille, 2012

Vogue Essentials: The Little Black Dress, Chloe Fox, Conran Octopus, 2018

'What's Wrong with Cinderella?', Peggy Orenstein, *The New York Times Magazine, December 2006*

Women in Clothes, Sheila Heti, Heidi Julavits, Leanne Shapton & 639 Others, Particular Books, 2014

20th Century Fashion, Valerie Mendes and Amy de la Hay, Thames & Hudson, 1999

옷의 말들

초판 1쇄 발행 2022년 9월 24일

지은이   알렉산드라 슐먼
옮긴이   김수민
펴낸이   조미현
책임편집   박이랑
디자인   정은영

펴낸곳   현암사
등록   1951년 12월 24일 (제10-126호)
주소   04029 서울시 마포구 동교로12안길 35
전화   02-365-5051
팩스   02-313-2729
전자우편   editor@hyeonamsa.com
홈페이지   www.hyeonamsa.com

ISBN 978-89-323-2244-5 03840